한·중·일 프롤레타리아 아동문학

두전하(竇全霞, Dou Quanxia)
중국 산동성(山東省) 출생. 중국 산동사범대학 한국어과를 졸업하였으며, 한국 이화여자대학교에서
교환학생으로 공부하였다. 한국 인하대학교에서 한국어학 석사학위, 한국문학(아동문학) 박사학위
를 받았다. 현재 중국 저장사범대학(浙江师范大学) 인문대학(人文学院) 아동문학 전공 교수로
재직하며, 한·중·일 아동문학 비교연구 및 한·중 아동문학 번역활동을 하고 있다. 저서로는
『동아시아 아동문학사』(공저)가 있으며, 역서로는 『용감하다 꼬끼오』, 『눈의 나라로』 등이 있다.

한·중·일 프롤레타리아 아동문학

초판인쇄 2019년 1월 25일 **초판발행** 2019년 2월 8일
지은이 두전하 **펴낸이** 박성모 **펴낸곳** 소명출판 **출판등록** 제13-522호
주소 서울시 서초구 서초중앙로6길 15, 1층
전화 02-585-7840 **팩스** 02-585-7848 **전자우편** somyungbooks@daum.net **홈페이지** www.somyong.co.kr

값 21,000원 ⓒ두전하, 2019
ISBN 979-11-5905-379-5 93810

한·중·일 프롤레타리아 아동문학

The Proletarian Children's Literature in Korea, China and Japan

두전하

소명출판

머리말

　연구자로서 첫 단독 저서를 세상에 내놓는다. 이 책의 근간이 된 것은 내 박사논문이다. 박사논문을 작성하는 동안은 물론이고 지금도 역시, '동아시아'는 내 연구의 주요 화두이다. '동아시아'를 화두로 아동문학을 연구하면서, 서방 아동문학과 확연히 구분되는 동아시아 아동문학의 특성에 관심을 갖게 되었다.

　서방의 자본주의는 제국주의로 나아가며 풍요를 구가하였다. 그러한 토대 위에서 서방 아동문학이 형성되었다. 반면에 동아시아는 대부분 제국주의의 식민지·반식민지 상태에 놓여 있었다. 이러한 토대 위에서 형성된 동아시아 아동문학은 다분히 정치성·사회성이 두드러질 수밖에 없었다. 서방 제국에도 빈부 격차는 있었지만, 동아시아에서는 절대다수의 아동이 무산 계급에 속하여 있었다. 특히 식민지·반식민지의 무산 계급 아동은 교육으로부터 소외되기 일쑤였으며 노동에 시달렸고, 기아에 익숙해져야만 하였다.

　한·중·일 프롤레타리아 아동문학을 주도한 이들은 대부분 청년이었다. 그들은 동생 혹은 조카 정도 나이의 무산 계급 아동이 비참한 일상을 견디어 내는 모습을 보면서 안타까워하였고, 계급 모순에 분노하였다. 그들은 자연스럽게 공산주의자가 되었으며, 혁명을 위한 아동문학을 창작하기에 이르렀다. 현재적 관점에서 그들이 창작한 프롤레타리아 아동문학을 비판하는 것은 쉬운 일이다. 하지만 나는 그들이 느꼈던 안타까움과 분노에 공감하지 않을 수 없었다.

물론 공감이 작품에 관한 평가로 곧장 이어지는 것은 아니다. 프롤레타리아 아동문학의 안타까움과 분노에 공감하면서도, 시공을 초월하여 아동 독자들의 사랑을 받고 있는 작품들과 주로 연구자들이 관심을 기울이는 작품들의 차이를 규명해야 하였다.

결국 1920~1930년대 한·중·일 프롤레타리아 아동문학을 연구하는 것은 문학사적 작업일 뿐만 아니라, 서방 아동문학과 확연히 구분되는 동아시아 아동문학의 특성에 관한 탐구였다. 더 나아가서 '아동문학'의 본질에 관한 근본적인 탐구이기도 하였다.

'동아시아'를 내 연구의 주요 화두로 삼을 수 있도록 가르침을 주신 최원식 선생님께 감사한다. 선생님의 '동아시아론'은 내 연구뿐만 아니라 인생의 전반에 커다란 영향력을 행사하였다. 동아시아적 관점에서 아동문학 연구를 이어감으로써, '동아시아론'을 계승하고 확장시켜 나아가는 것이 보답하는 길이라고 생각한다.

아동문학 연구자의 길로 이끌어 주신 원종찬 선생님께 감사한다. 훌륭한 지도 교수 덕분에 아동문학 연구자로 설 수 있었다. 성실한 아동문학 연구자로 살아가는 것으로 보답하도록 하겠다.

언제나 격려와 도움을 아끼지 않으시는 권혁준 선생님, 귀한 자료들을 선뜻 제공하여 주신 김영순 선생님, 항상 든든한 버팀목이 되어 주시는 주쯔창 선생님, 장평 선생님, 팡웨이핑 선생님, 가오위 선생님 등 저장사범대학의 동료 교수들과 교직원들께 감사하다.

이 책의 출간을 위하여 애써 주신 소명출판의 모든 분들께 감사하다. 특히 윤소연 선생님께서 이 책의 편집을 맡아 주신 것은 내게 큰 복이었다.

연구자로 살아갈 수 있기까지 물심양면으로 지탱하여 주신 부모님과 시부모님께 존경과 감사의 인사를 드린다. 마지막으로 사랑하는 남편에게 존경과 감사의 마음을 전한다.

2019년 1월
두전하

차례

제1장

한 · 중 · 일과 프롤레타리아 아동문학

1. 한·중·일 프롤레타리아 아동문학의 문제성

한 · 중 · 일 아동문학은 서방 아동문학과는 다른 토양에서 자라났다. 서방제국들은 아시아 · 아프리카 · 라틴 아메리카 식민지를 통하여 축적한 부를 바탕으로, 일찌감치 '현대국가'를 건립하고 현대 제도들을 확립했다. 반면 한 · 중 아동문학은 각각 식민지 상태와 반식민지 상태에서 현대국가 성립 기획의 일환으로 시작되었다. 그래서 서방 아동문학이 온전히 '문학'으로 존재할 수 있었던 데 반하여, 한 · 중 아동문학은 다분히 '운동'으로 존재할 수밖에 없었다. 아시아에서 가장 앞서 현대국가를 건설한 일본의 경우도 한 · 중 아동문학이 처했던 상황과 크게 다르지는 않았다. 자유민권운동의 좌절 이후 급진화된 프롤레타리아운동은 파시즘으로 치닫는 일본 제국주의에 맞서, 아동 독자들에게 혁명에 관한 열정을 심어주고자 하였다. 결국 한·중·일 아동문학은 모두 '운동'으로 존재하였으며, 이는 서방 아동문학과 뚜렷이 구분되는 독특한 특징이라고 할 수 있다.

한·중·일 아동문학의 운동적 성격이 가장 두드러졌던 시기는 1920~1930년대의 프롤레타리아 아동문학 시기이다. 프롤레타리아 문학운동은 1920~1930년대 한·중·일 각국에서 위세를 떨쳤다. 한국에서는 카프KAPF가 1925~1935년까지 유지되었으며, 일본에서는 나프NAPF가 1928~1934년까지 존재했고, 중국에서는 좌련左聯이 1930~1936년까지 활동했다. 프롤레타리아 아동문학은 프롤레타리아 문학운동의 일부로 전개되었다. 따라서 이 책에서는 1920~1930년대, 특히 카프·나프·좌련의 활동 시기를 중심으로 한·중·일 프롤레타리아 아동문학을 고찰할 것이다.

본 연구는 한·중·일 아동문학을 아울러 검토하는 최초의 시도이자, 한·중·일 프롤레타리아 아동문학을 함께 논의하는 첫걸음이다. 현재 한·중·일 어디에서도 프롤레타리아 아동문학에 관한 논의가 활발하지 않다. 이는 프롤레타리아 아동문학이 특정 시기에만 영향력을 행사하였던 운동에 지나지 않는다는 편견에 기인한 것으로 볼 수 있다. 적지 않은 연구자들이 프롤레타리아 아동문학은 '사회성'만 강조하다 보니, '아동성'이라든지 '문학성'에는 무관심했다고 여긴다. 따라서 오늘날에는 더 이상 논의할 가치조차 없다는 것이다. 하지만 그러한 편견으로는 1920~1930년대 한·중·일 아동문학을 풍미했던 프롤레타리아 아동문학의 실체를 정확히 파악할 수 없다. 이에 이 책에서는 프롤레타리아 아동문학이 이후 한·중·일 아동문학의 전개에 중대한 영향을 끼쳤다는 전제를 바탕으로 논의를 진행하였다.

프롤레타리아 아동문학운동이 활기를 띠기 전까지, 한·중·일 각국에서는 이른바 동심주의라고 할 수 있는 흐름이 아동문학을 지배하고 있었다. 이른바 동심주의는 아동을 현실의 존재로 보지 않고, 환상 속의 천사와 같은 존재로 파악하였다는 데에서 그 한계가 명확하다. 이는 다분히 계몽주의로부터 지대한 영향을 받은 것이었는데, '발견된 아동'이 훗날 자국을 서방제국들과 같은 현대국가로 만들어 줄 것이라는 기대가 담겨 있는 것이었다. 제국주의의 폭압이 거세지자, 서구 추종의 양상을 보였던 지식계의 흐름은 서구 극복으로 변화하였다. 특히 소비에트 사회주의 공화국 연방(이하 소련)은 서구 극복과 현대국가 건설이라는 과제를 달성하는 데 있어 결정적인 참고대상으로 여겨졌다. 결국 계몽주의를 대신하여 마르크스주의와 무정부주의 등의 좌파 사상이 한·중·일 아동문학을 새로이 주도하게 되었다. 필자는 프롤레타리아 아동문학운동이 존재했기에, 한·중·일 아동문학이 동심주의를 넘어서는 새로운 단계로 진입할 수 있었다고 판단한다.

프롤레타리아 아동문학운동이 한·중·일 각국에서 그토록 활기를 띠었음에도 불구하고, 오늘날에는 중요하게 검토되고 있지 않은 이유에 관하여 냉정한 검토와 정확한 평가가 필요하다. 또한 프롤레타리아 아동문학 작품들 중에서 오늘날까지 사랑받는 작품은 어떠한 특징 때문에 변함없이 독자들의 호응을 얻고 있는지 살펴보아야 한다. 프롤레타리아 아동문학 작품들 중에서 오늘날까지 사랑받는 작품이 존재한다는 사실은, 프롤레타리아 아동문학이 '아동성'이라든지 '문학성'에는 무관심했다는 편견을 반박할 수 있는 증거가 된다는 점에서 특히 중요하다.

20세기 초반에 한·중·일의 대다수 지식인들은 아동문학을 '교화의 도구' 정도로 인식하고 있었다. 그에 반하여 일부 지식인들은 아동문학이 아동 독자들에게 특정한 교육적 목적이나 사상을 심어 주는 도구가 되어서는 안 된다고 주장하기도 하였다. 필자는 저우쮜런周作人(1885~1967)의 용례를 따라, 전자를 '성인 본위成人本位'의 아동문학이라 칭하고 후자를 '아동 본위兒童本位'의 아동문학이라 칭하기로 한다.[1] 계몽주의 아동문학이든지 프롤레타리아 아동문학이든지, '성인 본위'의 아동문학은 아동 독자들의 지지를 얻기 힘들다. '아동 본위'에 충실한 아동문학 작품만이 시대와 공간을 초월하여 아동 독자들로부터 호응을 받을 수 있다. 프롤레타리아 아동문학 중에서 '성인 본위'의 작품들은 오늘날 아동 독자들에게 별다른 감흥을 제공하여 주지 못하지만, '아동 본위'에 충실한 아동문학 작품들은 오늘날까지도 변함없이 아동 독자들의 사랑을 받고 있다. 결국 한·중·일 프롤레타리아 아동문학을 연구한다는 것은, 한·중·일 아동문학이 나아가야 할 방향을 모색하는 데 있어서도 적지 않은 시사점을 제공할 것이라고 기대한다.

---

1   周作人, 「儿童的文学」, 『周作人散文全集』 2, 广西师范大学出版社, 2009, pp.274~275.

2. 한·중·일 아동문학 및 프롤레타리아
아동문학에 관한 시각들

우선 지금까지 한·중·일 3국 상호 간의 아동문학 비교연구 및 교류가 어떻게 진행되고 있는지 살펴보도록 하겠다. 먼저 한·일 아동문학 비교연구부터 살펴보고자 한다. 주요 한·일 아동문학 비교연구로는 이재철·원종찬·오오타케 키요미大竹聖美·김영순 등의 연구를 들 수 있다.

한·일 아동문학의 비교연구는 1990년대 이후에 본격적으로 시작되었다. 이재철의 「한일 아동문학의 비교연구 (I)」[2]는 한·일 아동문학 비교연구의 출발점으로 볼 수 있다. 이 논문에서는 일제 강점기에 발행된 한국과 일본의 아동잡지들을 분석하였다. 한국의 아동문학가들이 일본 유학 시절에 받은 영향 및 일본잡지들이 식민지 조선을 바라보는 관점 등을 고찰하며, 일본잡지가 한국잡지에 미친 영향과 문학적 영향관계를 밝히고자 하였다. 주로 일본잡지 자료를 바탕으로 총괄적인 논의를 전개하였고, 일본이 한국에 미친 영향을 중심으로 논술하였다. 한·일 아동문학 비교연구의 첫걸음을 떼었다는 데에서 의미를 부여할 수 있는 연구이다.

원종찬은 「한·일 아동문학의 기원과 성격 비교―방정환과 한국 근대아동문학의 본질」[3]에서 세계문학(또는 일반문학)의 바탕에서 한국문학

---

2 이재철, 「한일 아동문학의 비교연구 (I)」, 『한국아동문학연구』 창간호, 한국아동문학학회, 1990.
3 원종찬, 「한·일 아동문학의 기원과 성격 비교―방정환과 한국 근대아동문학의 본질」, 『한국학연구』 제11집, 인하대 한국학연구소, 2000.

을 점검하는 연구방법론을 중요시하며, 비교문학의 관점에서 방정환 문학의 본질을 재조명하였다. 일본잡지 『빨간 새』의 동심주의 아동관을 고찰한 뒤, 방정환과의 연관관계를 살펴보았으며, 당시 일본 아동문학의 주요 작가인 오가와 미메이・기타하라 하쿠슈 등의 작품들을 방정환의 작품과 비교・분석하여 방정환과 그들 사이의 유사성과 분별성을 서술하였다. 이로써 식민지 조선에서 방정환 특유의 아동문학관이 갖는 의미가 무엇인지 밝혔다. 이 논문은 해당 시기의 사회적・역사적・문학적 배경을 바탕으로 자료와 작품을 꼼꼼하게 분석함으로써, 한・일 아동문학 비교연구의 새로운 지평을 열었다고 할 수 있다.

오오타케 키요미의 「근대 한일 아동문화교육 관계사 연구(1895~1945)」[4]는 청일전쟁(1895)부터 1945년 해방까지, 한・일 양국 아동문화 영역의 상호관계를 통사적으로 고찰하였다. 또한 한국에서 보관된 구경성舊京城 발행의 일본 자료를 활용하여 제1기(1895~1910)・제2기(1920년대)・제3기(1931년 전후)・제4기(1937~1945)로 시대를 구분하였고, 이를 시대별로 나누어 고찰하였다. 다음으로 근대 한국아동문화와 근대 일본아동문화의 상호관계를 비교하면서, '식민지 아동문화'의 특성 및 흐름을 논하였다. 이 연구는 아동문학이 아니라 아동문화 교육에 입각한 것이며, 시기별로 통사적 비교를 시도한 것이기 때문에 대상을 개괄적으로 다루는 데 그쳤다는 아쉬움이 있다. 그러나 앞으로의 한・일 아동문학 비교연구에 도움이 될 만한 기초 정보들을 제공하였다는 점에서 의의가 크다고 할 수 있다.

---

4 오오타케 키요미大竹聖美, 「근대 한일 아동문화교육 관계사 연구(1895~1945)」, 연세대 박사논문, 2002.

김영순은 「일본 동화 장르의 변화 과정과 한국으로의 수용-일본 근대 아동문학사 속에서의 흐름을 중심으로」[5]·「1930년대에 교차하는 한국과 일본의 아동문학」[6]·「근대 한일 아동문학 유입사 연구-일본 동요 장르의 한국으로의 수용」[7]·「한일 근대창작 동화 속에 투영된 일생의례의 특징」[8] 등 다량의 논문을 발표하면서, 한·일 아동문학 비교연구를 본격적으로 전개하였다. 그리고 2013년에는 『한일 아동문학 수용사 연구』[9]라는 단행본을 출간하였다. 김영순의 연구들은 한·일 아동문학 비교연구를 하고자 하는 연구자들이 반드시 참고해야 하는 초석으로 여길 만하다.

　　이 외 심은정[10]·강이숙[11]·최지희[12]·김민령[13] 등도 한·일 아동문학 비교연구에 기여한 바 있다.

5　김영순, 「일본 동화 장르의 변화 과정과 한국으로의 수용-일본 근대 아동문학사 속에서의 흐름을 중심으로」, 『아동청소년문학연구』 제4호, 한국아동청소년문학학회, 2009.

6　김영순, 「1930년대에 교차하는 한국과 일본의 아동문학」, 『아동청소년문학연구』 제7호, 한국아동청소년문학학회, 2010.

7　김영순, 「근대 한일 아동문학 유입사 연구-일본 동요 장르의 한국으로의 수용」, 『아동청소년문학연구』 제10호, 한국아동청소년문학학회, 2012.

8　김영순, 「한일 근대창작 동화 속에 투영된 일생의례의 특징」, 『아동청소년문학연구』 제12호, 한국아동청소년문학학회, 2013.

9　김영순, 『한일 아동문학 수용사 연구』, 채륜, 2013

10　심은정, 「한·일 국어교과서의 전래동화 교재연구」, 『동일어문연구』 제13집, 동일어문학회, 1998; 심은정, 「한·일 전래동화 비교연구-일본 소학교 국어교과서에 실린 「줄지 않는 볏단へらない稲束」을 중심으로」, 『일어일문연구』 제55호, 한국일어일문학회, 2005; 심은정, 「한·일 전래동화 비교연구-일본 소학교 국어교과서에 실린 한국전래동화」를 중심으로, 동덕여대 박사논문, 2004.

11　강이숙, 「한·일 양국의 초등학교 '국어'교과서에 나타난 동화분석」, 목포대 석사논문, 2002.

12　최지희, 「한·일 전래동화의 요괴담 비교연구」, 울산대 석사논문, 2004.

13　김민령, 「한일 아동문학의 판타지 시공간 비교연구-이원수의 「숲 속 나라」, 사토 사토루의 「아무도 모르는 작은 나라」」, 『아동청소년문학연구』 제7호, 한국아동청소년문학학회, 2010.

다음으로 한·중 아동문학 비교연구를 살펴보면 다음과 같다. 한·중 아동문학의 비교연구는 2000년대에 이르러서야 정식으로 시작되었다. 한연의 「한·중 동화문학 비교연구」[14]는 이에 관한 최초의 시도라고 할 수 있다. 이 논문은 1920~1950년대 창작동화의 형성 배경과 창작동화의 전개 양상을 중심으로 고찰하며, 한국과 중국의 유사성과 변별성을 찾고자 시도하였다. '창작동화의 출현'에서는 한국의 마해송과 중국의 예성타오叶圣陶를 고찰하였고, '성장기의 동화'에서는 한국의 이주홍과 이구조를 열거하였으며, 중국의 장톈이张天翼와 천보추이陈伯吹에 관하여 언급하기도 하였다. 또한 '시대 상황의 극복'에서 한국의 이원수와 김요섭을 다루었고, 중국의 옌웬징严文井과 진찐金近을 거론하기도 하였다. 이 연구는 한·중 아동문학 비교연구의 첫걸음이라는 데에서 의미를 찾을 수 있다. 그러나 단순히 두 나라의 주요 작가와 주요 작품을 나열하는 식으로 전개하였다는 점에서 한계가 명확하다. 또한 각 시기의 사회적·문학적·역사적 배경을 분석하지 못하였기 때문에, 깊고 체계적인 한·중 아동문학 비교연구로 보기는 어렵다.

이어서 중국의 장메이훙张美红은 「중한 현대 아동문학의 형성 과정 비교연구中韓現代兒童文學形成過程比較研究」[15]에서 중·한 아동문학 비교연구를 시도한 바 있다. 이 논문은 중국과 한국의 아동문학 형성의 발인·자각·개척 등을 중심으로 전개되며, 당시의 역사적·사회적·이론적 배경과 함께 대표적인 인물들과 잡지를 다루었다. 중·한 아동문학 형성 과정을 논함에 있어서는 쑨위슈孫毓修의 『동화童話』 총서와 최남선의

---

14 한연, 「한·중 동화문학 비교연구」, 전남대 박사논문, 2002.
15 張美紅, 「中韩现代儿童文学形成过程比较研究」, 北京师范大学 博士论文, 2008.

『소년少年』, 쩡쩐뚜어鄭振铎의 『소년세계』와 방정환의 『어린이』, 저우쭤런과 방정환, 창작동화를 대표하는 인물인 예성타오와 마해송에 관하여 상세하게 다루었다. 이 연구는 양국 아동문학 형성기의 유사성과 변별성을 중심으로, 그 배경과 원인을 탐색하고자 노력하였다.

한·중 아동문학 비교연구를 진일보시키고 더욱 심화한 논문은 남해선의 「한·중 '童話' 개념의 정착 및 변화 과정 연구」[16]이다. 이 논문은 1900년대부터 20세기 전반기까지, 한·중 양국에서 동화 개념의 발전 과정을 세 단계로 나누어 고찰하였다. 1900~1910년대 중국의 경우에는 '동화'라는 용어가 널리 보급되었는데, 주로 민담을 위주로 하면서 신화·우화·소설 등 여러 가지의 장르를 포함한 아동의 읽을거리를 가리키는 것이었다. 반대로 한국에서는 이 시기에 '동화'라는 용어가 아직 정착하지 못하였고, 흔히 민담을 가리키는 용어로 사용하였다. 1920년대에 한국은 전래동화와 창작동화의 경계선에서 창작동화의 장르적 특성에 관한 명확한 구분이 서지 않은 반면, 중국은 '동화'에 관하여 '환상'을 특징으로 하면서 아동소설·우화·이야기 등과 구별되는 장르로 인식하는 경향이 뚜렷이 나타났다. 1930~1940년대에 이르러 한국에서는 '생활동화'의 창작과 발맞추어 '동화'가 아동문학 서사 장르의 하위 장르가 아닌, 아동문학 서사 장르 전반을 가리키는 용어로 사용되었다. 반면 중국에서는 '동화'가 '아동소설'과 함께 아동문학의 하위 장르로 정착하였다. 이처럼 이 논문은 착실한 자료 수집의 바탕 위에서 실증적 시각으로 아동문학의 주요 장르인 '동화' 개념을 고찰하면서, 한·중

---

16 남해선, 「한·중 '童話' 개념의 정착 및 변화 과정 연구」, 인하대 석사논문, 2012.

아동문학 비교연구의 새로운 장을 열었다.

그 밖에도 한국의 조평환의 「한·중 동화의 비교연구—「개와 고양이」와 「신필마량神筆馬良」을 중심으로」[17] 등도 한·중 아동문학 비교연구의 성과 가운데 하나이다.

다음으로 중·일 아동문학 연구에 있어서는 중국의 장펑蔣風이 「중일 아동문학 교류의 회고와 전망中日兒童文學交流的回顧及前瞻」[18]에서 중·일 아동문학의 발전과 영향 및 앞으로의 중·일 아동문학 교류의 전망에 관하여 서술한 바 있다.

중·일 아동문학 연구에서 주목할 만한 업적을 거둔 연구자로는 중국의 주쯔창朱自强이 있다. 먼저 그는 「전후 일본 아동문학의 변혁战后日本儿童文学的变革」[19]과 「20세기 일본 소년소설 종론二十世纪日本少年小说纵论」[20]에서 일본 아동문학에 관한 본격적인 연구를 시작하였다. 또한 「중일 아동문학 학술 용어의 유사성과 분별성의 비교中日儿童文学术语异同比较」[21]에서 '동심주의童心主義'·'동화童話'·'전쟁아동문학戰爭兒童文學'·'소년소설少年小說'이라는 용어가 중국과 일본에서 사용되는 맥락의 차이점을 연구한 바 있다. 또한 일본의 '환타지ファンタジ'와 '오토기바나시御伽噺'라는 용어는 일본만의 사회적 배경을 갖춘 용어이기 때문에, 이에 대응하는 용어가 중국에는 없다고 주장하였다. 그리고 그는 「'동화' 용어 기원 고찰—중일 아동문학 조년관계의 측증'童话'词源考—中日儿童文学早年关系

---

17 조평환, 「한·중 동화의 비교연구—「개와 고양이」와 「신필마량神筆馬良」을 중심으로」, 『동화와번역』 제18권, 건국대 동화와번역연구소, 2009.

18 蒋风, 「中日儿童文学交流的回顾及前瞻」, 『集宁师专学报』 第2期, 1995.

19 朱自强, 「战后日本儿童文学的变革」, 『东北师大学报』 第6期. 1991.

20 朱自强, 「二十世纪日本少年小说纵论」, 『浙江师大学报』 第6期, 1994.

21 朱自强, 「中日儿童文学术语异同比较」, 『东北师大学报』 第5期, 1993.

側证」[22]에서 중국의 '동화'와 일본의 '동화'라는 용어의 기원에 대하여 고찰하며, 일본의 '동화'라는 용어가 중국의 '동화'라는 용어보다 일찍 사용되기 시작하였음을 밝혔다. 또한 중국 아동문학의 형성기에 미친 일본의 영향에 대하여 규명하였다. 그 이외에도『일본 아동문학론日本兒童文學論』[23]에서 중・일 아동문학 비교연구의 시각을 바탕으로 하여, 용어와 관점의 차이를 분석하였다.

지금까지 한・중 아동문학 비교연구, 한・일 아동문학 비교연구, 중・일 아동문학 비교연구의 연구사를 검토하였다. 이를 통하여 한・중・일 3국 사이에 아동문학에 관한 비교연구가 아직 활발하게 진행되고 있지 않은 실정이라는 점을 확인할 수 있었다. 특히 서로 밀접한 연관관계 속에서 전개되었던 프롤레타리아 아동문학에 관한 비교연구가 공백으로 남아 있는 실정이기 때문에, 이 공백을 메우는 것이 시급하다고 판단하였다.

프롤레타리아 아동문학에 관한 평가에 있어서도 한・중・일 3국에서 차이가 드러난다. 한국의 경우에는 프롤레타리아 아동문학에 관한 평가가 연구자에 따라 다르게 나타나고 있다. 이재철은『한국 현대 아동문학사』에서 카프 아동문학에 관하여 "1930년대에 와서 극성을 이룬 프로文學은 그것이 순수한 아동문학 自體의 존립이나 興盛을 목적으로 한 것이 아니고 그들의 政治的 목적 내지는 이데올로기의 宣傳에다 더 중점을 둔 運動에 불과했다"[24]며, "1930년대에 그 극성을 이룬 프로文學은 어디까지나 그 목적이 純粹兒童文學의 진흥에 있었던 것이 아니

---

22 朱自强,「'童话'词源考―中日儿童文学早年关系側证」,『东北师大学报』第2期, 1994.
23 朱自强,『日本儿童文学论』, 山东文艺出版社, 2007.
24 이재철,『한국 현대 아동문학사』, 일지사, 1978, 170면.

고 時代의 趨勢 즉 당시 植民地 民族解放運動과 共産主義 階級革命運動을 混合시키려는 국제 공산당의 戰略에 따라 많은 文學人을 포함한 知識人들이 그 思想에 현혹되어 일어난 思想의 流布와 그것의 振作에 있었던만큼, 文學의 美的 表象이라는 價値規準으로서는 그리 큰 意義를 부여할 수 없는 것이었다"[25]고 평가 절하했다.

반면 이재복은 『우리 동화 바로 읽기』의 「해방을 꿈꾸는 수염 난 아이」에서 "카프 작가들은 아이들을 아무것도 모르는 존재가 아니라, 아이들도 세상을 보는 지혜가 있고 세상을 보는 독창적인 눈이 있으며, 그들 나름의 경험을 통해 뭔가 세상 속에 숨겨져 있는 비밀과 모순의 벽을 느낄 줄 안다는 생각에서 출발하였다. 아이들도 그들 나름의 세계를 창조할 수 있는 주인으로 생각한 것"[26]이라며 적극적으로 의미를 부여하였다. 또한 "대부분의 카프동화들이 (…중략…) 단순한 이야기 구조를 가지고 있기 때문에 너무 도식적이란 비판을 면하기는 힘들 것"이라고 지적하면서도 "그러나 일제라는 분명히 극복해야 할 적이 있는 상황에서 이런 동화는 어린이들에게 분명히 필요한 이야기였다"[27]면서 카프 아동문학의 긍정적인 측면을 부각시키고자 하였다.

원종찬은 『아동문학과 비평정신』의 「한국 아동문학이 창조한 주인공」에서 "오늘날 카프 계열 아동문학 작품들을 지나치게 도식적이고 관념에 가깝다고 비판하기는 쉬운 일이다. 그러나 카프 계열 아동문학이 사회 현실의 문제를 좀더 분명하게 들고 나온 데에는 나름대로 중요한

---

25 위의 책, 171~172면.
26 이재복, 「해방을 꿈꾸는 수염 난 아이」, 『우리 동화 바로 읽기』, 소년한길, 1995, 129면.
27 위의 글, 148면.

뜻이 담겨 있다"[28]고 지적하며 이재철의 반공주의적 카프 아동문학 비판과 선을 긋는다. 하지만 이재복처럼 카프 아동문학의 긍정적인 측면을 부각시키는 데 주력하지도 않는다. 오히려 그는 "우리의 비판은 차라리 이전 시기의 답습으로 낭만주의와 영웅주의의 한계를 지적하는 편이 옳지 않을까 한다"[29]면서 새로운 관점을 제기한다. 그는 "이 시기에 와서도 낭만주의의 극복은 여전히 우리 창작동화의 과제로 남아 있던 것"이라고 지적하며, "가난한 아이들에 대한 '동정'의 감정은 부자에 대한 '분노'의 감정으로, '눈물'을 흘리는 행위는 '이빨을 갈고 주먹'을 쥐는 행위로 바뀌었을 뿐, 감정과 행동이 실제보다 과장되는 점에서는 마찬가지"[30]라고 비판하였다.

한국 프롤레타리아 아동문학 작가 가운데 이주홍은 카프 아동문학을 대표하는 작가로 손꼽히며 많은 연구자의 주목 대상이 되지만, 그의 아동문학에 관한 연구는 비교적 최근에 와서야 활발하게 이루어지고 있다.[31] 그중 주목할 만한 성과로는 윤주은의 「槇本楠郎와 이주홍의 프롤

---

28 원종찬, 「한국 아동문학이 창조한 주인공」, 『아동문학과 비평정신』, 창작과비평사, 2001, 105면.
29 위의 글, 105면.
30 위의 글, 108면.
31 이주홍 아동문학에 관한 주요 연구에는 김성진, 「1930년대 이주홍의 동화 연구」, 『현대소설연구』 제22호, 한국현대소설학회, 2004; 박태일, 「이주홍의 초기 아동문학과 『신소년』」, 『현대문학이론연구』 제18호, 현대문학이론학회, 2002; 원종찬, 「계보에 비추어 본 이주홍 아동문학의 특질—카프 시기의 성과를 중심으로」, 『문학교육학』 제38호, 한국문학교육학회, 2012; 윤주은, 「槇本楠郎와 이주홍의 프롤레타리아 아동문학 비교연구」, 부산외대 박사논문, 2007; 이정임, 「이주홍 초기 사실 동화 연구」, 부산대 석사논문, 2003; 이재철, 「향파 이주홍 선생의 문학세계—해학적 문장, 건강한 리얼리즘」, 『아동문학평론』 제12호, 한국아동문학연구원, 1987; 장영미, 「이주홍 동화의 현실 인식 연구」, 성신여대 석사논문, 2004; 정금자, 「이주홍 동화의 인물 유형 연구」, 창원대 석사논문, 2003; 정선혜, 「이주홍 아동소설의 문학 구조 탐색」, 『한국아동문학연구』 제13호, 한국아동문학학회, 2007; 정춘자, 「이주홍 연구—창작동화와 소년소설을 중심으로」, 단국대 석사논문, 1990 등이 있다.

레타리아 아동문학 비교연구」[32]를 들 수 있다. 주로 두 사람의 이론 논의에 초점을 맞추어 카프 시기 이주홍의 아동문학 이론이 마키모토 구스로槇本楠郎의 아동문학 이론으로부터 지대한 영향을 받은 것임을 밝혀냈다. 윤주은의 연구가 흥미로운 점은 일국적 시각을 넘어 동아시아적 시각에서 이주홍의 아동문학을 해명하는 발판을 마련했다는 점이다. 이처럼 카프 시기에 한국 프롤레타리아 아동문학을 대표하는 인물인 이주홍과 나프 시기에 일본 프롤레타리아 아동문학을 대표하는 인물인 마키모토 구스로를 비교연구하는 것의 의미는 매우 크다고 할 수 있다. 더 나아가 이주홍의 프롤레타리아 아동문학을 재조명하기 위하여서는, 좌련 시기에 중국 프롤레타리아 아동문학을 대표하는 인물인 장톈이와의 체계적인 비교연구도 필요하다.

한국 프롤레타리아 동요운동에 관한 선행연구로는 김영순[33] · 김태영[34] · 원종찬[35] 등의 연구가 있다. 특히 프롤레타리아 동요집『불별』에 관한 연구가 주목을 요한다. 『불별』은 2003년에 이르러서야 류종렬에 의하여 발굴 · 소개되었다. 류종렬은 한국현대소설학회(제21회 학술연구 발표대회(2003.5.31~6.1)[36]에서 이주홍문학관이 발굴한『불별』의 간략한 서지를 처음으로 설명했다. 이를 통하여『불별』에 관한 연구가 비로소 가능해졌다. 박경수[37]는『불별』의 서지 · 판형 · 편집체제 · 필진의 면

---

32 윤주은, 앞의 글
33 김영순, 「1930년대에 교차하는 한국과 일본의 아동문학」, 『아동청소년문학연구』제7호, 한국아동청소년문학학회, 2010.
34 김태영, 「조선에서 전개된 프로레타리아 음악운동에 관한 고찰」, 한예종 석사논문, 2003.
35 원종찬, 「일제 강점기의 동요 · 동시론 연구─한국적 특성에 관한 고찰」, 『한국아동문학연구』제20호, 한국아동문학학회, 2011.
36 이후 이 논문은 한국현대소설학회에서 발행하는『현대소설연구』에 수록되었다. 류종렬, 「이주홍과 부산 지역문학」, 『현대소설연구』제19호, 한국현대소설학회, 2003.

모・노랫말의 성격을 논하였다. 박경수의 연구는 처음으로『불별』을 연구대상으로 설정하였다는 점만으로도 중요한 의의가 있지만, 1차적인 소개와 수록된 작품들의 주제의식을 설명하는 데에만 치중했다. 이순욱[38]은 노랫말은 물론 곡보와 그림까지 분석함으로써,『불별』에 관한 본격적인 연구를 전개하였다. 그러나 계급주의 아동매체운동의 성격을 강조하는 데 초점을 맞추었기 때문에, 박경수와 마찬가지로 주제의식을 설명하는 데 그쳤고 수록된 작품들을 아동문학적 시각에서 면밀히 검토하지는 못했다. 류종렬[39]과 원종찬[40]은 카프 시기 이주홍 아동문학의 특질을 논하면서『불별』에 수록된 작품도 검토하였지만,『불별』자체를 연구대상으로 설정한 것은 아니다.

다음으로 중국의 사례를 검토하도록 하겠다. 중국에서는 장평의『중국 아동문학 발전사中國兒童文學發展史』[41]・장샹환의『중국 아동문학사－현대부분中國兒童文學史－現代部分』[42]・팡웨이핑方衛平의『중국 아동문학이론 발전사中國兒童文學理論發展史』[43] 등 중국 아동문학사를 다룬 서적들에서는 중국 좌련 시기의 프롤레타리아 아동문학에 관하여 전반적으로는

---

37 박경수, 「계급주의 동시 이해의 밑거름－프롤레타리아 동요집『불별』에 대하여」,『지역문학연구』제8호, 경남・부산지역문학회, 2003. 이 논문은 박경수,『아동문학의 도전과 지역 맥락－부산・경남 지역 아동문학의 재인식』(국학자료원, 2010)에 재수록되었다.

38 이순욱, 「카프의 매체 투쟁과 프롤레타리아 동요집『불별』」,『한국문학논총』제37집, 한국문학회, 2004.

39 류종렬, 「이주홍의 프로문학 연구」,『비교문화연구』제14집, 부산외대 비교문화연구소, 2003. 이 논문은 류종렬 편,『이주홍의 일제 강점기 문학연구』(국학자료원, 2004)에 재수록되었다.

40 원종찬, 「계보에 비추어 본 이주홍 아동문학의 특질－카프 시기의 성과를 중심으로」,『문학교육학』제38호, 한국문학교육학회, 2012

41 蔣风,『中国儿童文学发展史』, 上海 : 少年儿童出版社, 2007.

42 张香还,『中国儿童文学史』(现代部分), 浙江少年儿童出版社, 1988.

43 方卫平,『中国儿童文学理论发展史』, 上海 : 少年儿童出版社, 2007.

높이 평가하고 있으며, 당시 좌련이 아동문학에 끼친 영향에 관하여서도 적극적으로 평가하고 있다. 또한 해당 시기에 전개된 비평 이론으로부터, 주요 창작자들 및 그들의 작품에 관하여 체계적으로 다룬 바 있다. 그들은 또한 이 시기를 중국 아동문학의 '수확의 시기'라고 부르기도 하였다.

반면 일본에서는 프롤레타리아 아동문학 자료가 많이 확보되어 있지 않은 실정이며, 프롤레타리아 아동문학에 대한 연구 역시 미흡한 상태이다. 대다수의 일본 아동문학 연구자들은 나프 시기의 프롤레타리아 아동문학에 대하여 비판적인 시각을 고수하고 있다. 소수의 연구들은 모두 나프 시기의 프롤레타리아 아동문학의 결함과 한계를 지적하고 있다. 일본의 토리고에 신鳥越信은『일본 아동문학사日本兒童文學史』[44]에서 프롤레타리아 아동문학 시기를 '아동문학의 겨울시대兒童文學冬の時代'라고 칭하였다. 또한 무라마츠 사다타카村松定孝・카미 쇼이치로上笙一郎가 편집을 맡은『일본 아동문학연구日本兒童文学研究』에 수록된 요고타니 키横谷輝의「프롤레타리아 아동문학운동에 대하여—그 성과 및 결함プロレタリア兒童文學運動とはなにか—その成果と欠陷」[45]에서는 일본 프롤레타리아 아동문학운동의 성과 및 결함에 대하여 고찰하였다. 그러나 일본 프롤레타리아 아동문학의 성과를 고찰하기보다는, 결함에 대하여 논의하는 데 지면을 주로 할애하였다.

한・중・일 프롤레타리아 아동문학을 일국적 차원에서 보면, 서로

---

44 鳥越信,『はじめて學ぶ 日本児童文學史』, ミネルウア書房, 2001.
45 横谷輝,「プロレタリア兒童文学運動とはなにか—その成果と欠陷」, 村松定孝・上笙一郎 編,
    『日本兒童文学研究』, 三彌井書店, 1974.

밀접한 상관관계와 영향 속에서 전개되었던 프롤레타리아운동의 전모를 제대로 파악하기 어렵다. 그렇기 때문에 동아시아적 시각에서, 한·중·일 프롤레타리아 아동문학을 비교연구해야 할 필요성이 제기된다. 이른바 동아시아 담론이 학계의 주목을 받기 시작한 것은 탈냉전 이후의 일이지만, 일찍이 일제시대에도 동아시아의 사회주의자들 사이에서 국경을 넘는 연대가 모색·실천된 바 있다. 카프·좌련·나프 시기의 프롤레타리아 아동문학운동은 이후 한·중·일 3국의 아동문학의 전개에 상당한 영향력을 행사하였다. 특히 한국 프롤레타리아 아동문학을 더욱 깊이 있게 해명하기 위해서는, 중국·일본의 프롤레타리아 아동문학과의 비교연구가 절실하다.[46]

---

46 카프 아동문학과 좌련 아동문학을 비교한 선행연구는 아직 없었다. 카프문학과 좌련 문학을 비교한 선행연구에는 악용, 「한국 카프와 중국 좌련의 프로시 비교연구」, 건국대 석사논문, 2011; 조리리, 「이기영의 『고향』과 모순의 『농촌삼부곡』의 비교연구」, 아주대 석사논문, 2011; 호배배, 「한국 카프와 중국 좌련에 대한 비교연구—조직과 문학 논쟁을 중심으로」, 대구대 석사논문, 2011 등이 있다.

3. '동아시아론'과 '아동 본위'

일찍이 최원식은 "특수성과 보편성의 통일로서 (한)국문학을 파악할 때 그것은 온전한 모습을 드러낼 것"이라고 강조하였다.[47] 한국문학을 외국문학과의 관계 속에서만 이해하려고 해서도 안 되며, 비교문학을 배제한 채 한국문학 속에서만 한국문학을 해명하려는 배타적 고립으로 떨어져서도 안 된다는 문제의식이었다. 이러한 문제의식을 토대로 하여 제기된 관점이 바로 '동아시아론東亞細亞論'이다. 최원식은 "서구로부터 연역적으로 내려 먹이는 편향, 즉 맹목적 서구주의와 한국에서 한국으로 쳇바퀴 돌듯 귀납하는 편향 즉 낭만적 민족주의를 가로질러 동아시아를 가설적 매개로 삼을 만하다"고 지적하며, "우리 안에 억압된 동아시아로 귀환할 것"을 주문하였다.[48]

아동문학 연구에 있어서도 동아시아적 관점이 중요롭다. 아동문학 연구에 있어 내인內因이나 외인外因만으로 파악하고자 한다면, 하나의 편향에 빠지기 쉽다. 따라서 동아시아 국제주의적 시각[49]에서 아동문학의 "안과 밖을 동시에 보고자 하는 쌍방향의 눈"[50]이 필요하다. 지금 한

---

47 최원식, 「비교문학 단상」, 『민족문학의 논리』, 창작과비평사, 1982, 290면.
48 최원식, 「21세기의 인문학과 동아시아」, 인하BK한국학사업단 편, 『동아시아 한국학 입문』, 역락, 2008, 19면.
49 최원식은 "탈국가적 시민이 아니라 **국가의 시민이면서 동시에 국가 사이의 시민**이라는 이**중성을 생활/사유하는**"(강조는 원저자) 시각을 '동아시아국제주의'로 명명하였다. 최원식, 「동아시아 국제주의의 이상과 현실」, 최원식 외, 『동아시아 한국학의 이론과 실제』, 태학사, 2013, 21면.
50 원종찬, 「한·일 아동문학의 기원과 성격 비교—방정환과 한국 근대아동문학의 본질」, 『한국학연구』 제11집, 인하대 한국학연구소, 2000, 93면.

국 아동문학 연구에 절실하게 요구되는 과제는 동아시아문학 또한 세계 문학의 바탕 위에서, 한국 아동문학을 재점검하고 해명하는 것이다. 비교문학의 시각은 한・중・일, 더 나아가 동아시아 아동문학의 보편성과 특수성을 해명하는 데 도움을 줄 수 있을 것이다.[51]

이 책에서는 동아시아론에 토대를 둔 비교문학적 방법론에 입각하여,[52] 한국 프롤레타리아 아동문학을 더욱 다각도로 해명하기 위하여 중국 프롤레타리아 아동문학・일본 프롤레타리아 아동문학과의 비교 연구를 진행하고자 한다. 이에 이 책은 1920~1930년대, 특히 카프・좌련・나프의 활동 시기를 중심으로 한・중・일 프롤레타리아 아동문학을 고찰할 것이다.

이 책에서는 저우쭤런의 용례를 따라 '성인 본위'의 아동문학과 '아동 본위'의 아동문학이라는 관점을 바탕으로, 한・중・일 프롤레타리아 아동문학을 검토할 것이다. 특히 아동문학은 '성인 본위'가 아닌 '아동 본위'의 문학이어야 한다는 입장을 기본적인 전제로 할 것이다. 또한 역사주의 방법으로 기초연구를 충실히 수행하여 한・중・일 프롤레타

---

51 위의 글, 93면.
52 한국 아동문학 연구에서 동아시아론에 토대를 둔 주요 연구 성과는 다음과 같다. 김영순, 『한일 아동문학 수용사 연구』, 채륜, 2013; 마성은, 「1950년대 조선『아동문학』과 동아시아적 감각―작품 속에 나타난 중국인상을 중심으로」, 『아동청소년문학연구』 제8호, 한국아동청소년문학학회, 2011; 마성은, 「1960년대 조선『아동문학』과 프롤레타리아 국제주의」, 『아동청소년문학연구』 제12호, 한국아동청소년문학학회, 2013; 마성은, 「1980~1990년대 중국 조선족 아동소설 연구―『20세기중국조선족아동문학선집』에 수록된 작품들을 중심으로」, 『한국아동문학연구』 제12호, 한국아동문학학회, 2011; 원종찬, 「근대 한국 아동문학에 나타난 중국인 이미지」, 『동북아문화연구』 제25집, 동북아시아문화학회, 2010; 원종찬, 「한국 동화 장르에 관한 연구―동아시아 각국과 다른 '동화' 개념의 연원」, 『민족문학사연구』 제30호, 민족문학사연구소, 2006; 원종찬, 「한・일 아동문학의 기원과 성격 비교―방정환과 한국 근대아동문학의 본질」, 『한국학연구』 제11집, 인하대 한국학연구소, 2000.

리아 아동문학 논의의 초석을 마련하고자 한다. 이를 위하여 한·중·일 프롤레타리아 아동문학의 주요 이론 논의를 정리하고 평가한 후, 주요 작품들을 정리하고 그 특징을 고찰할 것이다.

제2장 '프롤레타리아 아동문학의 논리'에서는 먼저 프롤레타리아 아동문학이 발생하기 전까지 한·중·일 아동문학의 전개 상황, 즉 프롤레타리아 아동문학의 전사前史를 살펴볼 것이다. 이후 각국에서 프롤레타리아 아동문학이 형성되고 전개되는 과정을 살펴볼 것이다. 국제 연대를 강조하였던 프롤레타리아운동인 만큼, 프롤레타리아 아동문학 분야에서도 국제 연대와 교류를 추구하였다. 또한 이와 같은 연대와 교류가 당시 각국 프롤레타리아 아동문학의 이론·창작 등에 어떠한 영향을 끼쳤는지 살펴볼 것이다. 즉 제2장에서는 프롤레타리아 아동문학의 발생 및 전개, 그리고 연대와 교류에 관하여 상세히 다룰 것이다.

제3장과 제4장에서는 각각 동화·아동소설, 동요·동시로 구분하여 구체적으로 고찰할 것이다. 제3장 '프롤레타리아 동화·아동소설'에서는 프롤레타리아 동화·아동소설을 둘러싼 논의·이론의 전개 및 구체적인 작품 분석을 진행할 것이다. 먼저 해당 시기에 전개되었던 동화·아동소설 논의의 양상에 관하여 살펴보고, 한·중·일 프롤레타리아 아동문학에서 동화·아동소설 논의가 어떻게 전개되었는지 상세히 고찰하도록 하겠다. 현재 '동화' 장르는 한·중·일 각국에서 각기 다른 양상으로 발전되었으며, 각국에서 차지하는 위치도 상이하다. 1920~1930년대 프롤레타리아 아동문학운동 시기에 걸쳐 '동화'에 관한 논쟁은 동화·아동소설 장르의 분화에 커다란 영향을 끼친 바 있다. 카프 시기는 한국 아동문학에서 동화가 거의 사라지고, 아동소설이 주로 창작

되도록 하는 데 있어 결정적인 계기가 된 시기였다. 이는 한국 아동문학에서 이후로도 오랫동안 동화 장르가 발달하는 것을 가로막고, 아동소설 창작이 주를 이루는 결과로 이어졌다. 반면 1930년대 초반에 중국에서 전개된 '조언수어鳥言獸語' 논쟁은 5・4운동 이후 전 사회적으로 벌어진 동화 및 아동 작품에 관한 총괄적인 논쟁으로서, 이 논쟁을 거치며 좌련 시기에 중국 아동문학에서 동화의 위치는 보다 확고해졌다. 다음으로 프롤레타리아 아동소설의 특징을 계급 대립 및 계급 의식의 묘사, 헌신과 인고・반항과 투쟁, 웃음을 견지하는 태도로 구분하여 살펴볼 것이다. 그 다음으로 옛이야기의 수용 양상, 반제국주의・민족의식 표출, 이주홍과 장톈이의 '아동 본위'의 동화 등 세 가지 면에서 한・중・일 프롤레타리아 동화를 살펴볼 것이다. 이주홍과 장톈이의 동화에서는 모두 작가의 이야기꾼으로서의 재능이 두드러진다. 그들의 동화는 마치 옛이야기를 들려주는 것과 같은 구성을 취하는 경우가 많다. 또한 그들의 동화에서는 재미있는 동물・인물 캐릭터가 돋보인다. 그리고 그들의 동화는 풍자 기법을 활용하는 데에 있어서도 남다른 재주를 선보였다. 그러나 이주홍이 발표한 동화는 모두 단편인 반면, 장톈이는 주로 장편 동화를 창작하였다. 이러한 현상이 나타나게 된 까닭은 식민지와 반식민지의 차이, 문단의 시대적 상황 및 작가 개인의 역량 차이 등을 지적할 수 있다.

　제4장 '프롤레타리아 동요・동시'에서는 먼저 동요・동시의 논의 전개에 관하여 고찰할 것이다. 프롤레타리아 아동문학운동 시기에 한・중・일 각국에서 전개된 동요・동시에 관한 주요 논의와 이론에는 어떤 것들이 있는지 살펴보도록 하겠다. 다음으로 프롤레타리아 동요집 『불

별』과『작은 동지』를 비교연구할 것이다. 해당 시기에 한·일 양국에서는 모두 동요가 성행하였고, 프롤레타리아 동요집도 출판되었다. 그러나 중요한 문학적 가치를 가진 자료임에도 불구하고, 프롤레타리아 동요집『불별』과『작은 동지』의 비교연구는 존재하지 않았다. 유사한 시기에 출간된 한·일 양국의 프롤레타리아 동요집에 관한 비교연구는 한·일 양국 프롤레타리아 동요운동의 특성을 고찰하는 데 있어 더없이 중요한 과제가 아닐 수 없다. 이 두 프롤레타리아 동요집의 비교를 통하여 그들 사이의 공통점과 차이점을 확인할 수 있을 것이다. 다음으로 동요·동시의 '사회성'과 '아동성'을 고찰할 것이다. 한국의 이원수와 윤석중·중국의 토싱쯔陶行知·일본의 시마다 아사이치島田浅一 등 동요 시인들의 작품을 검토할 것이다. 그들의 동요는 '사회성'을 강조하면서도, 결코 '아동성'을 소홀히 여기지 않았다. 이를 통하여 오늘날까지 사랑받는 동요·동시 작품들은 결국 '아동 본위'의 문학이어야 한다는 것을 입증하도록 할 것이다.

/ 제2장 /
프롤레타리아 아동문학의 논리

1. 프롤레타리아 아동문학의 전사前史

일본은 1862년 메이지유신 이후 점차 현대국가로 변모하였다. 교육제
도의 확립 및 보급·인쇄기술의 발전·자본주의적 경영과 구매층의 출현
등이 이루어지면서 일본 아동문학의 탄생을 위한 제반 조건이 확보되었다.
이를 바탕으로『영재신지穎才新志』(1877)·『소년원少年園』(1888)·『소국
민小國民』(1889)·『유년잡지幼年雜誌』(1891)·『소년세계少年世界』(1895)
등의 아동잡지가 간행되기 시작하였다. 당시 이와야 사자나미岩谷小波(1870
~1933)를 중심으로 활동한 박문관博文館의 문인 단체가 메이지 시기 아동문
학의 주류를 형성하였는데, 이와야 사자나미가 창작한「고가네마루黃金丸」
(1891)는 일본 최초의 아동문학 작품으로 손꼽힌다.

제1차 세계대전 당시 일본은 군수품과 물자를 공급하면서 자본주의적

축적에 성공하였고, 시민 계급이 확산되면서 아동문학 역시 새로운 발전의 단계를 맞이하였다. 스즈키 미에키치鈴木三重吉(1882~1936)가 1918년 7월에 창간한 『빨간 새赤い鳥』(1918~1936)는 일본 아동문학의 발전에 있어 결정적인 역할을 담당하였다. 『빨간 새』를 통하여 스즈키 미에키치・오가와 미메이小川未明(1882~1961)・기타하라 하쿠슈北原白秋(1885~1942) 등 문단 제일선의 작가들이 '동화・동요운동'을 일으켰으며, 전에 없었던 새로운 '어린이'상을 만들어냈다.

식민지 조선에서는 3・1운동 이후, 아동과 아동 문제에 관한 자각이 천도교 사회운동을 통하여 새롭게 부각되었다. 천도교 사회운동에서는 이를 '소년운동'이라는 이름으로 전개하였는데, 소춘小春 김기전金起田 (1894~1948)의 이론과 소파小波 방정환方定煥(1899~1931)의 실천이 중요한 역할을 담당하였다. 김기전은 아동의 인격과 자유를 말살하였던 장유유서長幼有序 체제를 부정하며 아동의 해방을 주장하였다. 방정환은 일본 체류 당시 『빨간 새』의 자유교육 및 예술교육 사상을 받아들였고, 이를 바탕으로 소년운동을 이끌며 아동의 자발성과 정서 함양을 중시하였다. 또한 그는 천도교 소년회의 기관지로 『어린이』(1923~1934)를 창간하였는데, 이 잡지는 한국 아동문학의 형성 과정에서 중추적인 역할을 담당하였다. 『빨간 새』의 영향을 받은 방정환은 그저 계몽의 도구가 아닌, 예술로서의 아동문학을 개척해 나아가고자 노력하였다. 이를 통하여 알 수 있듯이 방정환의 아동문학관은 '아동 본위'의 아동문학에 가깝다고 할 수 있는데, 천도교 사회운동가인 그는 결코 아동문학의 '사회성'도 외면하지 않았다.

방정환은 천도교 소년회 창립(1921.5)・'어린이날' 선포(1922.5.1)・

조선소년운동협회 결성(1923.4) 등을 주도하고, '어린이'라는 용어를 새롭게 각인시키면서 소년 운동과 아동문학의 기수로 부각되었다. 천도교의 소년운동은 형성기 한국 아동문학의 든든한 토대가 되어, 그 사회적 영향력을 확산시켰다.[1] 1923년 3월에는 방정환·손진태·윤극영·정순철·고한승·진장섭·조재호·정병기 등이 '색동회'를 창립하였고, 이들은 『어린이』 편집에서 중요한 역할을 담당하였다.

〈그림 1〉 저우쭤런(周作人)

중국 아동문학의 형성에 있어 주된 역할을 담당한 잡지는 쑨위슈孫毓修(1871~1922)가 주필로 있었던 『동화童話』 총서 (1908~1923)이다. 상무인서관 국교부에서 출간한 '동화' 총서에는 동화뿐만 아니라 우화·역사 인물이야기·소설 등이 수록되기도 하였다. 내용상으로 보면 '동화' 총서는 아동문학 총서의 성격에 가깝고, 총서에 수록된 작품들은 모두 번안 혹은 개작된 것으로서 새롭게 창작되어 수록된 작품은 없었다.

5·4운동 이후 '아동문학'에 관한 시각은 '아동'에 관한 시각과 밀접하게 연결되었다. 저우쭤런周作人·루쉰魯迅(1881~1936)·쩡쩐뚜어郑振铎(1898~1958)·꿔모뤄郭沫若(1892~1978) 등은 현대적 아동관의 확립을 위하여 노력하였다. 특히 저우쭤런은 '아동 본위兒童本位' 사상에 입각한 현대적 아동관을 제기하였는데, 그 내용은 다음과 같다.

---

1   원종찬, 「한국 아동문학의 형성 과정」, 『한국아동문학의 쟁점』, 창비, 2010, 79면.

①아동은 불완전한 작은 사람이 아니며 완전한 개인으로서 자신의 내면과 외면의 삶이 있기 때문에, 성인 사회는 '완전한 개인'으로서 아동의 권리를 존중해야 한다.

②20년에 이르는 아동기의 삶은 한편으로는 성인이 되기 위한 예비 단계이지만, 또 다른 한편으로는 스스로의 독립적 의미와 가치를 지니고 있는 것이다. 삶 전체가 성장의 과정인 것이지, 하나의 특정 시기만 국한시켜 그것만이 진정한 삶이라고 할 수 없기 때문이다.

③아동 내면의 삶은 어른들과 다르며, 우리는 객관적으로 그것을 이해하고 존중해야 한다.

④아동의 삶은 변화하고 성장하는 것이다.

⑤우리는 자연에 순응하고, 각 시기의 아동들은 자연의 본성을 유지하며 조정하는 것이 중요하다.[2]

위와 같은 저우쭤런의 '아동 본위' 사상은 중국 아동문학 이론의 성립에 사상적 바탕을 마련해 주었다.

2　周作人, 『周作人散文全集』 2, 广西师范大学出版社, 2009, 274~275면.

2. 프롤레타리아 아동문학의 전개

1) 일본―프롤레타리아 아동문학과 『동화운동』·『소년전기』

　일본의 프롤레타리아 아동문학은 1910~1920년대 초반의 노동문학이 마르크스주의 예술론을 도입하며 계급주의문학으로 나아가는 과정에서 형성된 것이다. 일본 프롤레타리아 아동문학의 출발점은 1926년 6월 『무산자신문無産者新聞』에 '어린이 세계コドモのせかい'란이 개설된 것으로 볼 수 있다.[3] 1927년에는 『문예전선文芸戦線』[4]에 '작은 동지小さい同志─子供の欄'란이 개설되었다. 또한 『전위前衛』에도 '어린이 페이지コドモノページ'란이 개설되었다.

　1928년 10월에는 일본 아동문학사에서 획기적인 의미를 갖는 신흥동화작가연맹新興童話作家聯盟이 발족하였다. 오가와 미메이와 마키모토 구스로槇本楠郎, まきもとくすろう(1898~1956)를 중심으로 한 신흥동화작가

3　카미 쇼오이찌로오上笙一郎, 「일본의 아동문학」, 김요섭 편역, 『현대일본아동문학론』, 보진재, 1974, 30면.
4　『문예전선』(1924~1932)은 1920~30년대에 걸친 프롤레타리아문학 잡지이다. 칸토대지진 다음해인 1924년 6월에 창간되었다. 『문예전선』 창간호에 작품을 수록한 이마노 겐조·가네코 요분·나가니시 이노스케·아오노 스에키치 등 13인의 동인은 모두 『種蒔く人(씨 뿌리는 사람)』의 동인이었다. 1925년 6월호부터 1927년 11월호까지 야마다 세이자부로가 편집 책임을 맡았다. 하야마 요시키葉山嘉樹·구로시마 덴지黒島伝治 등의 작품을 수록하면서 프롤레타리아문학의 유력한 발표 무대로 인정받게 되었으며, 수차례에 걸쳐 발매 금지 처분을 당하기도 하였다. 『문예전선』에서는 세 차례의 분열이 일어났는데, 후일 노농예술가연맹이 결성되면서 『문예전선』이 기관지로 자리매김했다. 1931년 이후에는 잡지의 이름을 『문전文戦』·『레프트レフト』·『신문전新文戦』으로 개칭하기도 하였다. 1932년에 노동예술가연맹이 해소되면서 『문예전선』도 1934년에 폐간하였다.

연맹은 '반자본주의적 사회의식을 갖는 아동문학 작가'들을 폭넓게 규합하고자 하였다. 이에 자유주의자·무정부주의자·공산주의자 등이 집결하여, '다채로운 예술적 가치가 있는 아동문학의 제작과 보급을 위하여 노력하고 교화전선의 일단을 받아들인다'는 의지를 천명한 운동조직을 출범시키기에 이르렀다. 신흥동화작가연맹은 이와야 사자나미와 스즈키 미에키치 등을 '부르주아 동화 법안가'라고 비판하였으며, 신흥동화 창작을 주장하며 기관지로 월간『동화운동童話運動』(1929)을 창간하였다. 신흥동화작가연맹의 운동적 지향과 방침은 그들이 발표한 선언과 성명서를 통하여 확인할 수 있다.

〈선언〉

본 연맹은 반자본주의적 사회인식을 가진 동화문학 작가들이 진정 아동을 시대의 악폐惡弊로부터 해방시키기 위하여 결성한다.

〈성명서〉

자본주의는 정치적으로나 경제적으로나 모든 이를 짓밟고 남겨 두지 않는다. 우리 아동 역시 그 독아毒牙를 면할 수 없다.

아동이 우리 부친·형제와 함께 경제적 곤궁困窮에 시달리는 것은 말할 것도 없고, 아동에게 직접 가해지는 지배 계급의 교육방침만을 보더라도 실상 소름끼치는 것이 있다. 오늘 그들 지배 계급은 자연과학 연구를 회피하는 태도를 보이는 것과 더불어 역사를 국사로 개명하고, 이에 내용을 더하여 신화화神話化하며 사실史實을 왜곡하고 있다. 이렇게 해서 피육皮肉에도 '교육'에 의하여 차대의 민중을 무식에 그치게 하는 데 부심腐心하고 있다.

그들이 의도하는 것은 명백하다. 그러나 종래의 아동문학 작가는 자본주의 심지어 봉건주의의 찌꺼기를 담아냄으로써 그들의 악惡한 의도를 따르며 조장하고 있다.

본래 아동문학 작가의 역할은 아동을 모든 해악으로부터 보호하고, 건강한 성장을 이룩할 수 있도록 해주는 데에 있다. 지금 그것을 이룰 수 있는 것은 우리 반자본주의 아동문학 작가뿐이다.

이에 우리의 역할은 힘을 기르기 위하여 신흥동화작가연맹을 조직하고, 다채多彩로운 예술적 가치가 있는 아동문학의 제작과 보급을 위하여 노력하고 교화전선教化戦線의 일단을 받아들이는 것이다.

성명한다.[5]

1928년 말부터는 각 지방의 농촌에서 소작쟁의가 빈번하게 일어났고, 소년들도 과감하게 투쟁에 결합하기 시작하였다. 이에 따라 자연발생적인 노농소년단労農少年團이 결성되었고, 소년들의 교화·조직·훈련 등의 문제들이 주목을 받았다. 또한 노농소년을 위한 잡지의 출간이 요구되는 정세였다. 이에 따라 1929년 5월에 나프의 기관지 『전기戦旗』[6]의 아동판으로 『소년전기少年戦旗』가 창간되었으며, 일본 프롤레타

---

5 「新興童話作家聯盟の宣言」(1928.10), 猪野省三 等編, 『日本児童文學大系―プロレタリア童話から生活童話へ』, 三一書房, 1955, p.346.

6 『전기戦旗』는 1928년 5월부터 1931년 12월까지 간행된 일본의 문예지로서, 프롤레타리아문학 작품의 중요한 발표 무대였다. 1928년 당시에는 여러 프롤레타리아문학 단체가 난립하고 있었다. 1928년에 치안유지법 위반으로 일본공산당 관계자가 전국적으로 일제히 검거를 당하는 '3·15'사건이 일어난 뒤에, 전일본무산자예술연맹(나프)이 결성되었다. 나프의 기관지로 발행된 잡지가 바로 『전기』였다. 『전기』는 고바야시 다키지小林多喜二의 「게공선蟹工船」과 도쿠나가 스나오德永直의 「태양이 없는 거리太陽のない街」 등의 화제작을 잇달아 게재하면서 프롤레타리아문학을 대표하는 잡지로 자리매김하였다.

〈그림 2〉『소년전기』 창간호

리아 아동문학은 『소년전기』를 중심으로 전개되며 본격화하였다. 『소년전기』는 1929년 10월호부터 『전기』에서 독립하여 독자적으로 간행되었다.

일제는 프롤레타리아 아동문학을 가혹하게 탄압하며 판매금지령을 내렸다. 좌파 색채를 띤 작품은 일체 압수했을 뿐만 아니라, 작가들을 투옥시키기까지 하였다. 1930년 12월 『동화의 사회童話の社會』가 정간되면서 일본 프롤레타리아 아동문학운동은 공식적 활동의 한 단락을 지었다.[7]

일본 프롤레타리아 아동문학운동은 창작 방면에서는 객관적으로 높은 평가를 받을 수 있는 작품을 남기지 못하였다. 오늘날까지 작품성을 인정받는 작품은 이노쇼우 猪野省三, いの しょうぞう(1905~1985)와 카와사키 다이찌 川崎大治, かわさき だいじ(1902~1980) 등의 단편 몇 작품뿐이다. 이렇듯 일본 프롤레타리아 아동문학은 이렇다 할 작품을 내놓지 못하였을 뿐만 아니라, 이론적으로도 상당한 결함을 가지고 있었다. 그럼에도 불구하고 일본 프롤레타리아 아동문학이 일본 아동문학사에서 차지하는 의미를 간과해서는 안 된다. 일본 프롤레타리아 아동문학은 동심주의에 기반을 두었던 초기 아동문학을 부정하며, 당시 일본 아동의 현실을

발매 금지처분도 종종 받았지만, 처분을 당하기 전에 구독자에 직접 배포하거나 판매와 동시에 구입하는 독자들의 지원을 받아 발행을 지속할 수 있었다. 1931년 12월에 폐간되었다. 『전기』의 부간으로는 『소년전기少年戰旗』・『부인전기婦人戰旗』 등이 있었다.

7　朱自强, 『日本儿童文学论』, 济南 : 山东文艺出版社, 2007, p.13.

그리는 현실주의적 방법을 받아들였다. 이는 창작기법상의 일정한 진전을 의미하였으며, 이후 일본 아동문학의 전개에도 큰 영향을 끼쳤다.

2) 한국
　—소년운동·소년문예운동의 방향전환론과『신소년』·『별나라』

사회주의 사상이 소년운동 단체에 들어오기 시작한 것은 1923년 3월 이원규·고정환·정홍교·김형배 등에 의해 조직된 '반도소년회'의 결성으로 알려져 있지만, 반도소년회에 관하여서는 거의 알려진 바가 없다. 1925년 5월에는 반도소년회와 다른 소년 단체들이 연합하여 '오월회五月會'라는 전국 조직을 결성하였다. 1920년대 초부터 활발하게 전개된 소년운동은 각 지방에 소년회를 조직하였고, 1923년 말부터는 '조선소년운동협회'라는 전국 조직을 결성하여 활동하고 있었다. 하지만 오월회의 등장으로 소년운동은 분화되기 시작하였다. 오월회는 당시 사회 분위기로부터 영향을 받아서 무산 계급無産階級 아동문학을 표방하였다.[8]

소년운동 단체에서 무산소년운동과 무산소년 문예운동을 뚜렷이 주장하기 시작한 시기는 조선소년운동협회와 오월회가 1927년 7월 '조선소년연합회'로 조직을 통합한 이후부터였다. 조선소년연합회는 좌우합작 노선에 발맞춘 결과였지만, 방정환 등 주요인물들이 빠진 상태에서 1928년 3월 25일 '조선소년총연맹'으로 바뀌었다. 이처럼 소년운동

8　심명숙, 「한국 근대아동문학론 연구」, 인하대 석사논문, 2002, 37~38면.

조직의 변화를 둘러싸고 이론 투쟁을 중요시하는 소년운동론과 소년문예운동론도 활발하게 전개되었다. 이때는 카프가 '방향전환론'에 따라 조직을 재정비하던 시기로서, 프롤레타리아문학이 '자연생장기'에서 '목적의식기'로 바뀌던 시기이다. 이에 따라 소년운동론과 소년문예운동론 역시 방향전환을 적극적으로 주장하기 시작하였다.

방향전환론은 1927년 말에서 1928년 초까지 활발하게 전개되었는데, 김태오·최정곡·홍은성·송완순 등이 주로 참여하였다. 이들의 논의는 서로 비판하거나 보완하는 방식으로 전개되었는데, 그 기본 방향은 모두 소년운동과 소년문예운동이 마르크스주의라는 뚜렷한 목적의식을 바탕으로 방향전환을 해야 한다는 것이었다. 그들은 모두 그동안의 소년운동이 통일적으로 되지 못하고 파열破裂적이며, 조직적으로 되지 못하고 산조散組적이며, 계획적으로 되지 못하고 임시적으로 해왔다고 비판하였다. 또한 방정환을 중심으로 한 과거의 소년운동이 "재래在來의 아동생활의 번영 — 아동의 취미趣味 증진 — 으로부터 교양 또는 사회적 진출을 요구하게 되었다"[9]고 비판하였다.

김태오는 「전 조선소년연합회 발기대회를 앞두고 일언함」에서 "우리의 하고야 말 소년운동을 위함에는 노력이 통일적으로 되어야 하겠고 희생도 조직적 계획적으로 하여야 할 것"[10]이라고 주장하였다.

홍은성은 「소년운동과 그의 문예운동의 이론 확립」에서 소년운동과 소년문예운동의 "사회적 가치를 진작振作"하기 위하여 "먼저 재래在來의 자연생장적自然生長的 소년운동을 게시揭示하여야 된다. 이것을 게시함에

---

9 홍은성, 「소년운동과 그의 문예운동의 이론 확립」, 『중외일보』, 1927.12.12~13.
10 김태오, 「전 조선소년연합회 발기대회를 앞두고 일언함」, 『동아일보』, 1927.7.29~30.

〈그림 3〉『별나라』   〈그림 4〉『신소년』

는 과감한 이론개쟁理論開爭이 아니면 불가능하다. 과감한 이론개쟁과 함께 방향전환도 될 수 있는 것"[11]이라고 주장하였다.

송완순은 「공상적 이론의 극복—홍은성 씨에게 여與함」에서 "우리의 소년운동이 무산 계급 아동의 운동인 만큼 글을 쓰는 데에도 반드시 실천적 조건하에서 푸로레・이데올로기를 포함한 작품을 써야 할 것"[12]이라고 주장하며 조선 아동은 공상보다 현실미, 허영보다 실천성을 더욱 인식해야 한다고 주장하였다.

소년운동과 소년문예운동의 방향전환론은 뒤이어 조직된 조선소년총연맹에 반영되었다. 「조선소년총연맹 결의사항」(1928)에서 소년운동은 공식적으로 '뿌르주아' 문학을 거부하고 무산소년 교양에 주력할 것

---

11 홍은성, 「소년운동과 그의 문예운동의 이론 확립」, 『중외일보』, 1927.12.12~13.
12 송완순, 「공상적 이론의 극복—홍은성 씨에게 여與함」, 『중외일보』, 1928.1.29~2.1.

이라고 발표하였다.[13] 이로써 프롤레타리아 아동문학은 하나의 시대 사조가 되었고, 『별나라』(1926~1935)·『신소년』(1923~1934)·『어린이』 순으로 당시 아동 문단을 대표하던 잡지들을 휩쓸고 지나갔다. 1928년 경 카프 맹원 박세영朴世永(1902~1989)·송영宋影(1903~1978) 등이 『별나라』에 동참하면서 변화가 시작되었으며, 최소한 1930년부터는 프롤레타리아 아동문학이 확연히 모습을 드러냈다.[14]

초기 『신소년』은 조선어연구회·조선교육협회 간부로 일하던 신명균申明均(1889~1941), 조선어연구회 회원이자 대종교 신자인 정열모鄭烈模(1895~1968)와 이병기李秉岐(1891~1968) 등이 주도하였다. 초기 『신소년』은 민족어와 민족의식을 진작하려는 지향이 뚜렷했으며, 색동회 회원을 비롯한 작가들과 소년문예가들의 작품이 수록되었다.[15] 그러다가 1929년경 이주홍李周洪(1906~1987)·이동규李東珪(1911~1952)·홍구洪九(1908~미상) 등 신진 작가들이 편집 전권을 이어받은 후로 프롤레타리아 아동문학을 표방하게 되었다.[16]

천도교에서 발행한 『어린이』는 『개벽開闢』(1920.6~1926.8)과 사상적 뿌리가 같은데, 천도교의 민족사회운동은 프롤레타리아운동과 친연성이 깊었다는 점에 주목할 필요가 있다. 방정환이 주도한 『어린이』 역시 송영과 같은 프롤레타리아문학 작가에게 지면을 제공하였다. 이로 인하여 송영의 1920년대 주요 작품인 「쫓겨 가신 선생님―어떤 소년의 수

---

13 심명숙, 앞의 글, 40면.
14 원종찬, 「중도와 겸허로 이룬 좌우합작―1920년대 아동잡지 『신소년』」, 『창비어린이』, 2014.여름, 179면.
15 위의 글, 180~185면.
16 위의 글, 179면.

기」(1928)과 「옷자락 깃발같이」(1929) 등이 『어린이』에 발표되었던 것이다.[17]

1930년에 솟아오른 프롤레타리아 아동문학은 1920년대 아동문학의 문학사적 반전으로서, 식민지 조선의 아동 현실에 관한 지향을 공유하지만 상대적으로 비연속성을 가지고 있었다. 이를 통하여 한국 프롤레타리아 아동문학의 전개는 외부적 동인이 컸음을 파악할 수 있는데, 주로 성인 문단과 일본의 동향을 추수하는 양상이었다.[18]

3) 중국-계급 의식 확립과 『소년대중』

1930년대 중국 문단에서는 무산 계급 아동을 소재로 하고, 현실주의를 창작 방법으로 한 아동문학 작품이 많이 나타났다. 이러한 현상은 좌익문예사조와 매우 밀접한 관계를 맺고 있었다. 1928년 '무산계급혁명문학無産階級革命文學'[19]의 발생으로부터 1930년 중국 좌련의 성립까지, "좌익문학은 온 시대문학의 능동적인 권력을 가지고 있으며 문학의 발

---

17 원종찬, 「계보에 비추어 본 이주홍 아동문학의 특질-카프 시기의 성과를 중심으로」, 『문학교육학』 제38호, 2012, 341면.
18 위의 글, 342면.
19 1928년 1월 1일 꿔모뤄郭沫若(1892~1978)는 월간 『창조創造』 제1권 제8기에 논문 「영웅나무英雄樹」를 발표하여 '무산계급문예' 혹은 '사회주의 문예 경향'을 제창하며 "문학계에서 폭도暴徒가 나타나야 한다"고 밝혔다. 1927년 말에 일본에서 귀국한 중국공산당 당원인 청방우成方吾 · 퐁나이초馮乃超 · 퐁캉彭康 · 리추리李初梨 · 주찡워朱静我 · 이톈성李铁生 등은 창조사創造社에 가입하였는데, 꿔모뤄는 그들을 '신예新鋭 투사'라고 불렀다. 1928년 1월 1일에는 『태양월간太陽月刊』이 창간되어 혁명문학단체 '태양사太陽社'가 형성되었다. 맹원에는 찌앙광츠蒋光慈 · 치안씽췬钱杏邨 · 양췬런杨邨人 등이 있었다. 태양사의 맹원 중 많은 수가 좌련에 가맹하였다.

〈그림 5〉『대중문예』

전 취향도 결정하는 강력한 문예사조였다".[20] 현실주의를 강조한 이 문예사조는 아동문학 창작에도 많은 영향을 끼쳤다.

좌련은 결성 당시부터 아동문학을 좌련 문학의 중요한 일부로 인식하고, 아동문학 이론 건설에 지대한 관심을 기울였다. 좌련의 성립대회는 1930년 3월 2일에 상하이 중화예술대학에서 개최되었다. 성립대회를 마치고 얼마 지나지 않은 동년 3월 29일, 좌련 기관지 『대중문예大众文艺』[21]는 상하이에서 『소년대중少年大众』[22]의 편집 방침 등을 설정하기 위한 토론을 전개하였다.

치안싱춘钱杏邨은 소년들에게 계급 의식을 인식하게 하며, 투쟁 결합의 중요성과 조직의 중요성을 이해할 수 있도록 도와주어야 한다고 주장하였다.

티안한田汉은 아동은 흙장난과 사탕을 좋아하지만 이제부터 새롭고

20　姚辛,『左联史』, 北京 : 光明日报出版社, 2006, pp.2~3.
21　『대중문예』는 1928년 9월에 창간되었으며, 창작 작품 및 번역 작품을 수록하였다. 처음에는 이우따푸郁达夫와 시아래띠厦莱蒂가 편집을 담당하였다. 1929년 2월 20일 제1권 제6기를 출판한 이후 8개월 동안 정간停刊했다가, 같은 해 11월 1일 다시 복간되어 토쩡쉬엔陶晶孙이 편집을 담당하여 제2권 제1기를 발표하였다. 매 호마다 '대중문예소품大众文艺小品' 전란을 개설하여 국내와 외국 작가의 작품을 수록하였다. 문예를 통하여 대중을 위하여 복무하는 것이 좌련의 행동강령이었으며, 『대중문예』의 전진 방향이자 분투 목표였다.
22　1930년 3월 29일 『대중문예』의 부간副刊인 『소년대중』의 창간에 관한 회의가 개최되었다. 좌련 작가 등 17명이 참여하였다. 1930년 5월 1일 출판한 『대중문예』 제2권 제4기의 '신흥문학전호新兴文学专号'에서 소년 독자와 만나게 되어 1930년 6월 1일 출판한 『대중문예』 제2권 제5·6기의 합간에서 제2기를 출판한 후에 국민당 정부의 금지로 인하여 정간되었다.

유익한 것을 보여주어야 하며, 흙장난과 사탕에 관한 아동의 선호가 자신들이 보여줄 것에 관한 선호로 바뀔 수 있도록 해야 한다고 주장하였다. 또한 소년 역시 대중의 일부이기 때문에 풍자·해학·교육 등의 수단을 사용할 수 있다고 말하였다.

추위뚜어邱韻鐸는 아동문학은 "선전성과 선동성이라는 기능을 가진 문자와 그림을 최대한 활용하여 선입관념을 도입하게 하고 모든 혁명 투쟁에 협동하여야 한다"는 방침을 제기하였다.[23]

이들의 주장을 종합하여 볼 때, 좌련 역시 카프와 마찬가지로 아동문학을 아동 독자에게 계급 의식과 투쟁 관념을 전달하는 도구로 인식하였음을 확인할 수 있다.

제1기『소년대중』은 1930년 5월 1일 발간된『대중문예』제2권 제4기의 '신흥문학전호新興文學專號'의 부간副刊으로 발행되었다.『소년대중』은 발간 선언「신시대의 형제 자매에게给新时代的弟妹们」를 통하여,『소년대중』에 발표된 모든 글은 신시대의 소년 대중을 위한 것이라고 밝혔다. 또한 곧 밝은 시대가 올 것이며, 자신들이 과거·현재·미래에 관한 진실을 알려주겠다는 포부를 밝혔다.

또한 좌련의 기관지인『북두北斗』·『문학도보文學導報』·『맹아萌芽』·『척황자拓荒者』·『대중문예大衆文藝』등 좌익잡지들이 프롤레타리아 아동문학 작품과 이론의 발표를 위한 기지基地를 제공하였으며, 북방좌익작가연맹 등 혁명 문예 단체들이『아동兒童』·『소년선봉少年先鋒』등의 잡지를 창간하였다.[24]

1930년대 중국 프롤레타리아 아동문학은 좌익문예운동의 제창하에

---

23 方卫平,『中国儿童文学理论发展史』, 上海 : 少年儿童出版社, 2007, pp.200~201.
24 蒋风,『中国儿童文学发展史』, 上海 : 少年儿童出版社, 2007. p.110.

중국 아동의 현실생활을 반영하고자 하였다. 이를 위하여 가혹한 환경에 처한 아동, 특히 극도로 빈곤했던 노동자·농민의 자녀들이 어떻게 운명에 맞서 힘겨운 투쟁을 전개하는지를 보여주고자 하였다. 이로써 아동 독자들에게 가혹한 사회 현실을 고발하는 것이 주된 내용을 이루었으며, 아동 독자들로 하여금 사회의 백태를 관찰하게 만들고자 하는 것이 주된 창작 목표를 이루었다.

3. 프롤레타리아 아동문학의 연대와 교류

1) 아동문학 이론에 관한 일반문학가들의 개입

중국에서는 1920년대 중반부터, 특히 1930년대 이후 루쉰·마오둔 茅盾(1896~1981)[25]·쩡쩐뚜어[26] 등 일반문학계의 거장들이 아동문학 비

---

25 마오둔의 본명은 선더홍沈德鴻, 자는 옌빙雁冰이다. 저장성浙江省 퉁샹현桐鄕縣 출신이다. 5·4운동 때 첸두슈陳獨秀 등으로부터 영향을 받고 중국공산당 혁명에 적극적으로 참가했다. 마오둔은 중국 신문학운동에 적극적으로 앞장섰다. 1920년 신문학운동 최초의 문학단체인 '문학연구회'를 저우쭤런 등과 결성, 기관지 『소설월보小說月報』의 편집을 담당했다. 1926년 '대혁명'(1925~1927)을 즈음해 꽝뚱廣東으로 갔으며, 후에 우한武漢 혁명정부에 참여했으나 혁명이 좌절된 후 칩거했다. 「루쉰론魯迅論」을 집필하고 나서 「환멸幻滅」(1927)·「동요動搖」(1928)·「추구追求」(1928)의 3부로 구성된 장편소설 『식蝕』(1930)을 간행, 작가로 재출발했다. 1930년 일본에서 귀국한 후 루쉰 주변에 집결한 중국 '좌익작가연맹'의 맹원으로서 그 지도이론의 확립을 위하여 노력하면서, 동시에 장편소설 『춘잠春蠶』(1932)과 『자야子夜』(1933)를 출판했다. 또 '문예대중화 논쟁'을 통하여 현실주의의 확립에 공헌하였다.

평에 많은 관심을 기울였다. 좌련의 맹원으로서 문학계의 거두였던 루쉰은 겸손하게 "나는 아동문학을 제대로 연구해 본 적이 없다"[27]고 밝힌 바 있지만, 실제로는 아동·아동교육 및 아동잡지 등에 많은 관심을 기울였다. 루쉰은 외국 아동문학 작품을 번역하기도 했고, 신진 아동문학 작가 발굴에도 나섰다. 그중에는 장톈이張天翼(1906~1985)와 같은 신진 작가도 있었다.

루쉰은 일찍이 1926년에 『이십사효도二十四孝図』[28]에서 "'문학혁명' 이래 아이에게 주는 책은 유럽·미국·일본에 비하면 매우 적기는 하지만, 그나마 글뿐만 아니라 그림도 있었다. (…중략…) 그렇지만 어떤 이들은 애써 이를 막으려고 하는데, 그들은 아이들의 세계에서 즐거움이 전혀 존재하지 않게 만들고자 한다"고 비판하였다. 또한 1933년 8월 『우리가 아동을 어떻게 교육했을까我们怎样教育儿童的』[29]에서는 역대 아동교육 연구

---

26 쩡쩐뚜어는 저장성浙江省 이융지아永嘉에서 태어났다. 친척의 도움으로 베이징철로관리학교에 입학하여 취추바이瞿秋白·경찌쯔耿济之·쉬띠산许地山 등을 알게 되었다. 1920년 11월 정젠두오·신이안빙沈雁冰·예성타오叶圣陶와 함께 문학연구회를 창립하였고, 1921년 초에 『학등學燈』의 편집을 담당하게 되었다. 1922년 1월 그는 중국 최초의 아동문학지 『아동세계儿童世界』 주간을 담당하여 많은 작품을 창작 및 번역하였다. 1923년 1월 신이안빙이 편집한 『소설小說 월보月報』를 이어받아 편집을 담당하였고, 봉건문학을 비판하며 신문학 진영의 '예술을 위한 예술' 등의 관점도 비판하였다. 이외에도 『삽도본중국문학사揷图本中国文学史』(1932)·『중국문학논집中国文学论集』(1934)·『구루집佝偻集』을 출판하였고, 『문학文學』·『문학계간文學季刊』 등 문학지 편집을 담당하였다. 루쉰과 함께 『베이핑전보北平笺谱』와 『십죽재전보十竹斋笺谱』를 편집·출판하였고, 루쉰이 취추바이의 유저인 『해상술림海上述林』을 출판하는 것을 도와주었다.
27 1936년 3월 11일 양진호杨晋豪에게 답하는 편지 참조. 方卫平, 앞의 책, p.210에서 재인용.
28 『이십사효도二十四孝图』는 루쉰의 산문집 『조화석습·야초朝花夕拾·野草』에 수록되어 있다. 소위 『이십사효도』란 고대 중국의 24가지의 효자 이야기를 다룬 것이다. 그림과 글로 구성되어 있으며, 주요 목적은 봉건적인 효도를 찬양한 것이다. 루쉰은 어릴 적에 이 책을 읽었던 소감으로부터 출발하여, 특히 「노래오친老莱娱亲」과 「곽거매아郭巨埋儿」라는 두 편의 이야기에 대한 반감을 밝히고 봉건 효도의 허위와 잔혹성을 밝혔다.
29 「우리가 아동을 어떻게 교육했을까我们怎样教育儿童的」는 1933년 8월 18일, 『신보·자유담申报·自由谈』에 처음 발표된 글이다.

〈그림 6〉 루쉰(魯迅)

의 중요성을 밝혔다. 그는 "중국에는 작가
도 필요하고 '문호文豪'도 필요하지만, 진
정한 학구學究도 필요하다. 만약 누가 중국
의 역대 아동교육 방법을 책으로 명확히 기
록하여, 사람들로 하여금 선조들로부터 우
리까지 어떠한 교육을 받았는지 알 수 있게
한다면 그 공덕은 우禹[30]에 못지않을 것"이
라고 밝힌 바 있다.

　　루쉰은 해害를 가진 아동 작품은 날카
롭게 비판하였는데, 아동문학에 관한 그의 사고는 아동의 특성에 관한
진지한 인식을 바탕으로 하였던 것이다. 그는 "아동에게 보여주는 책은
굉장히 신중해야 하기 때문에 실행할 때에도 어렵고 복잡할 것"이라고
지적하였다. 아동의 특성을 이해하고 존중하는 것이야말로 루쉰의 아동
문학관의 기본 이론이었다.[31]

　　문학계의 또 다른 거두인 마오둔은 길었던 문학 인생 중 계속해서 아
동문학 이론의 건설에 깊은 관심을 기울이며 많은 아동문학 평론을 썼
다. 1930년대는 마오둔의 문학 창작에 있어서 수확기였으며, 아동문학
평론 분야에서 가장 활발하게 활동했던 시기였다. 그는 1932년 12월부
터 1938년 4월까지 15편의 아동문학 이론 비평을 썼는데, 루쉰은 그를

30　우禹는 황하의 수환水患을 다스린 공덕이 커서 순舜 임금에게 선양禪讓을 받아 제위帝位에
　　올랐다. 우는 하나라의 첫 번째 제왕이다. 나중에 사람들이 하우라고 부르기도 한다. 중
　　국 전설 시대의 요堯, 순舜과 함께 세 명의 현성賢聖 제왕 중에서 그는 수환을 다스리고
　　중국의 국토를 구주九州로 구분하여 공덕이 제일 커서 대우大禹라고 불린다. 이는 '위대
　　한 우禹'라는 뜻이다.
31　方卫平, 『中国儿童文学理论发展史』, 上海 : 少年儿童出版社, 2007, pp.214~215.

"전투하는 비평가"라고 평가하였다.[32]

마오둔은 1920년 「문학상의 고전주의・낭만주의 및 사실주의文学上的
古典主义浪漫主义和写实主义」에서 3대 문예사조의 역사 및 발전과 특징을 고
찰한 후, 합리적인 사상 요소를 흡수할 것을 강조하며 '5・4 신문학'에
관한 자신의 견해를 제기하였다. 그는 또한 이를 아동문학 비평에도 적용
하였다. 1933년 5~7월 마오둔은 『신보・자유담申报・自由谈』에 「그들
에게 무엇을 보여주면 좋을까?给他们看什么好呢」・「아이들이 신선함을 요
구함孩子们要求新鲜」・「아동독물을 논하며论儿童读物」・「아동의 발표 능력
을 어떻게 양성할까?怎样养成儿童的发表能力」 등의 글을 연이어 발표하였다.
그는 당시 아동문학 출판계에서 유통되고 있는 '세계소년문학총서'는 양
이 적을 뿐만 아니라, 너무 유럽화되어 있어서 아이들을 만족시킬 수 없다
고 판단하였다. 그리고 낮은 연령대의 아동문학 작품은 표절 문제가 심하
며, 신선한 소재가 없다고 지적하였다. 또한 고학년 아동을 대상으로 한
아동문학 작품은 과학적 역사에 관한 작품이 부족하다고 지적하였다.[33]

마오둔은 1935년 초에 「'아동문학'에 관하여关于'儿童文学'」에서 현대
아동문학 30년의 역사를 고찰하였다. 그는 아동문학사가 주로 서방 작
품의 번역을 중심으로 이루어져 왔으며, 대부분 역본의 언어가 건조하
여 아동이 재미를 느끼지 못한다고 지적하였다. 따라서 새로운 아동문
학을 창작해야 한다는 뜻을 밝혔다.

아동문학의 대가인 쩡쩐뚜어는 당시 좌련의 정식 맹원은 아니었지만,
루쉰・마오둔과 밀접한 관계를 유지하며 1920년대부터 아동문학 분야

---

32 위의 책, p.217.
33 위의 책, pp.220~221.

〈그림 7〉 쩡쩐뚜어(郑振铎)

에서 활발하게 활동해 왔고 아동문학의 발전에 관하여 많은 관심을 기울였다.[34] 1934년 5월 20일에는 『대공보大公报』에 「아동 독물 문제儿童读物问题」를 발표했고, 1936년 7월에는 『문학文学』 제7권 제1호에 「중국 아동 독물 분석中国儿童读物分析」을 발표하였다. 이 글들은 아동문학 비평에서 중요한 가치를 가지고 있다. 그는 「아동 독물 문제」에서 "아동 '독물'은 성인 독물과 완전히 같지 않다. 아동의 연령과 지혜 및 정서의 발전에 따라 그들의 '독물', 즉 정신적인 양식도 다르다"고 지적하며 당시 아동 출판계에서 『삼자경三字经』・『대학大学』・『중용中庸』 등의 시대가 다시 오는 것을 비판하고, 신화・전설 등은 본래 아동을 위하여 쓴 것이 아니기 때문에 이들을 간행할 때에는 정중히 다루어야 한다고 밝혔다.

쩡쩐뚜어는 「중국 아동 독물 분석」에서도 '충실한 노예'와 '순종하는 신민'을 키우고자 했던 전통 아동교육의 본질에 대하여 심각한 비판을 표현하였다. 쩡쩐뚜어는 현대 사회와 현대 교육의 수요에서 출발하여 아동의 특성을 분석한 것이다.[35]

---

34 1920년대 중반부터 1930년대까지 그는 「「이솝 우언伊索寓言」 서문序」・「「레슨 우언莱森寓言」 서문序」・「「렌나호의 역사列那狐的历史」 서문序」・「안데르센의 작품 및 안데르센에 관한 참고서적安徒生的作品及关于安徒生的参考书籍」・「우언의 복흥寓言的复兴」・「민간고사의 교묘와 전변民间故事的巧合与转变」・「중산늑대의 변이中山狼故事之变异」・「호랑이 할머니老虎婆婆」 등의 문장을 썼다.
35 方卫平, 앞의 책, pp.221~225.

위에서 언급한 바와 같이 좌련 시기에, 더 나아가서 1930년대에 루쉰·마오둔·쩡쩐뚜어 등 일반문학의 거두들은 중국 현대 아동문학 비평 건설에 아낌없는 관심을 기울였을 뿐만 아니라, 직접 몰두하여 중국 아동문학의 이론 논의를 한발 더 나아가게 만들었다. 특히 루쉰과 마오둔은 1930년대의 '조언수어鳥言獸語' 논쟁에도 활발하게 참여하였는데, 이는 중국 아동문학사에 남을 중요한 논쟁으로서, 일반문학의 거두들인 루쉰과 마오둔이 중국 현대 아동문학 비평 건설에 있어 중요한 역할을 담당하였음을 확인할 수 있는 사례이다. 이에 관하여서는 아래의 장에서 보다 구체적으로 논의하도록 할 것이다. 일반문학가들의 개입과 비평을 통한 구체적인 실천은 비단 중국 프롤레타리아 아동문학뿐만 아니라, 중국 아동문학사에서 매우 중대한 의미를 가지고 있다. 그들은 아이들을 "중국에서 가장 사랑스럽고 희망이 있는 제2세대"[36]로 보며, 아동과 아동문화의 건설에 관심을 기울이고 실천에 나섰다.

일본에서는 일반문학계의 거장들이 아동문학 창작에 상당한 관심을 보였고 많은 작품을 발표하기도 하였지만, 이론 논의에는 활발하게 개입하지 않았다. 일본 프롤레타리아 아동문학의 이론적 지도자는 마키모토 구스로였다. 그는 『프롤레타리아 아동문학의 제문제プロレタリア児童文学の諸問題』(1930)와 『프롤레타리아동요강화プロレタリア童謠講話』(1930)라는 두 권의 평론집을 출간하였다. 이상 두 권의 평론집에 수록된 글들은 일본 프롤레타리아 아동문학의 핵심 이론으로서, 지도적 역할을 담당하고 있었다. 또한 한·중·일 프롤레타리아 아동문학을 통틀어서, 유일하게 출

---

36 위의 책, p.228.

〈그림 8〉 **마키모토 구스로**(槇本楠郎, まきもと くすろう)

간된 프롤레타리아 아동문학 이론집이라는 의미를 갖는다. 마키모토 구스로는 마르크스주의에 입각하여, 프롤레타리아 아동문학의 지향 및 동화 이론·동요 이론 등 다양한 방면에 걸쳐 이론 논의를 주도하였다.

마키모토 구스로는 먼저 아동문학을 통하여 아동들의 혁명의식을 배양하자고 주장하였다. 다음으로 '초계급'적 아동성을 찬양했던 초기 아동문학을 비판하였다. 마키모토 구스로의 이론은 일본 아동문학사 최초의 체계적·본격적인 아동문학론이라는 획기적인 의미를 가지고 있다. 그러나 예술성에 앞서 정치성을 강조한 그의 이론은 프롤레타리아 해방의 슬로건을 직접 내걸고 투쟁을 선전·선동하는 아동문학만을 강조한 결과, 인민적 기반에서 유리된 급진주의로 기울고 말았다. 일본 프롤레타리아 아동문학의 붕괴에는 일제 관헌에 의한 가혹한 탄압이라는 외부적 원인뿐만 아니라, 인민적 기반에서 유리된 급진적인 이론이라는 내부적 요인도 있었던 것이다.[37]

이노쇼우 쪼우는 1927년에 일본 프롤레타리아 예술연맹에 가맹하였다. 처음에 그는 화가로서 결합하였지만, 점차 문학에 관심을 가지게 되

---

37 카미 쇼오이찌로上笙一郎, 김요섭 편역, 『현대일본아동문학론』, 보진재, 1974, 31면.

었다. 이노쇼우 쪼우는 1928년에 아동소설 「돈돈야키ドンドンやき」를 『프롤레타리아 예술プロレタリア芸術』에 발표하였고, 이후 잇달아 동화를 발표하면서 프롤레타리아 아동문학가로 인정받게 되었다. 또한 그는 『전기』 등의 잡지에 동화와 아동문학 평론을 발표하였다.

이노쇼우 쪼우는 1929년 2월 「일본 프롤레타리아 작가동맹 창립대회에서 동화에 관한 보고日本プロレタリア作家同盟創立大會における童話についての報告」를 통하여, 일본 프롤레타리아 아동문학 작가 및 작품의 수·작품의 내용·문학적 형식 등을 정리·보고하였다. 또한 1929년에 일본 프롤레타리아 아동문학이 달성해야 할 것들에 관하여 몇 가지 의견을 제기하기도 하였다. 또한 그는 1930년 5월 『프롤레타리아 예술교정プロレタリア芸術教程』 제4집의 「전기·소년전기는 어떻게 편집하고 경영할 것인가戰旗·少年戰旗は如何に編輯 経営されるか」 1절 '『소년전기』에 대하여'에서 『소년전기』의 발전 과정 및 방침·편집 등에 관하여 논하기도 하였다. 그의 글은 『소년전기』 및 당시 일본 프롤레타리아 아동문학을 이해하는 데 상당한 도움을 준다. 특히 그의 글과 활동을 통하여, 나프 산하에 따로 아동문학부가 설치되어 있었던 것은 아니지만 『소년전기』가 나프의 기관지로 발행되었다는 점은 분명히 확인할 수 있다.

마키모토 구스로가 공산주의 진영에서 아동문학 이론의 지도적 역할을 담당한 데 반하여, 무정부주의 진영의 지도자는 오가와 미메이였다. 오가와 미메이는 일본 프롤레타리아 아동문학 중 무정부주의 진영을 대표하는 작가일 뿐만 아니라, 전체 일본 아동문학에서 예술적 창작동화를 대표하는 중진重鎭이었다. '신흥동화운동'을 제창하며 반자본주의적 아동문학가들을 집결할 수 있도록 하는 데 있어, 오가와 미메이의 결합

〈그림 9〉 박세영

은 중대한 의의를 가지고 있었다. 그러나 일본 프롤레타리아 아동문학운동은 결국 공산주의 진영과 무정부주의 진영으로 분리되고야 말았다. 이를 둘러싼 자세한 논의는 아래에서 별도의 장을 통하여 상술하도록 하겠다.

한국에서는 카프 시기에 문학계의 거장들이 아동문학 논의에 별다른 관심을 보이지 않았다. 카프 아동문학이 주로 발표된 잡지였던 『별나라』와 『신소년』의 주요 필자는 다음과 같다. 박세영·송영·신고송·이주홍·이동규·엄흥섭·박아지·김우철·안준식·구직회·최청곡·정청산·손풍산·홍구·현동염·송완순·이원우 등이 자주 등장했고, 이기영·임화·윤기정·권환·홍효민 등도 간혹 등장했다.[38] 이기영과 임화는 당시 프롤레타리아 문학에서 중요한 위치에 있는 인물들이었다. 그들이 아동문학에 아무런 관여도 하지 않았던 것은 아니지만, 당시 활발하게 전개되던 아동문학 논의에 참여하거나 개입했던 흔적을 찾아볼 수는 없다.

박세영·송영·신고송은 카프 중앙위원회 위원으로 활동했던 카프의 주요 성원이었다. 특히 제1·2차 방향전환과 발맞추어 카프의 주도권이 도쿄의 제3전선파·무산자파로 바뀌는 과정에서, 박세영과 송영

---

38 원종찬, 『북한의 아동문학』, 청동거울, 2012, 23~24면.

은 카프에서 핵심적인 위치를 차지하게 되었다.[39] 박세영과 송영은 카프 아동문학의 성립에 주도적인 역할을 했지만, 카프 아동문학론의 전개 과정에 활발하게 개입하지는 않았다. 카프 아동문학의 이론 논의를 주도한 인물들은 홍효민(홍은성)・송완순 등 젊은 문사들이었다. 계급주의 문단에 젊은 문사들의 오류를 지적하고 교정해 줄 거장이 부재했던 것은 아니지만, 그들은 카프 아동문학론의 전개 과정에 거의 개입하지 않았다. 그러한 까닭에 카프 아동문학은 교조주의로부터 벗어나지 못한 채, 진보적 문인들을 광범위하게 포괄하는 데 실패하고 말았다.

일본 프롤레타리아 아동문학 역시 한국 프롤레타리아 아동문학과 마찬가지로 이론을 둘러싼 논쟁이 치열하게 전개되지는 않았다. 물론 공산주의 진영과 무정부주의 진영 사이에 열띤 논쟁이 있었고, 이는 결국 일본 프롤레타리아 아동문학운동의 분열로 이어지기도 하였다. 그러나 한국 프롤레타리아 아동문학처럼 동화를 부정하는 논의가 호응을 얻지는 못하였다. 오가와 미메이를 중심으로 한 무정부주의 진영에서는 동화의 목적성 못지않게 예술성을 강조하였으며, 마키모토 구스로를 중심으로 한 공산주의 진영에서도 동화의 중요성을 부정하지 않았다. 한국 프롤레타리아 아동문학과 일본 프롤레타리아 아동문학 사이에 이와 같은 차이가 나타난 것은, 오가와 미메이・마키모토 구스로 등 문학계에서 중요한 위치에 있었던 인물들이 동화의 중요성을 강조하고 나섰기 때문이라고 볼 수 있다.

또한 앞서 살펴본 바와 같이 중국에서는 좌련 시기에 루쉰・마오둔・

---

[39] 위의 책, 21면.

쩡쩐뚜어 등 거장들이 아동문학 논의에 활발하게 참여하며, 좌련 아동문학이 '조언수어' 금지론과 같은 교조주의적 오류에 빠지지 않도록 무게 중심을 잡아 주었다. 덕분에 좌련은 보다 폭넓은 문인들을 포괄하며 문단의 통일전선으로 존재할 수 있었다. 좌련 시기에 중국 프롤레타리아 아동문학이 '조언수어' 금지론 등의 오류를 극복한 과정은 아래의 장에서 상술하도록 하겠다.

2) 한·일 아동문학의 연대와 교류

식민지 조선에서는 1920년대에 접어들어 일본 유학 후에 귀국한 인물들을 중심으로 '흑우회黑友會'를 비롯한 많은 정치 조직이 결성되었고, 1925년 8월에는 '조선프롤레타리아예술동맹(카프)'이 조직되기에 이르렀다. 이후 1920년대 후반에서 1930년대 전반에 이르기까지 조선 문단에서는 주로 프롤레타리아문학 계열의 일본문학에 관한 언급이 많아졌는데, 이는 조선의 프롤레타리아문학 진영이 일본 프롤레타리아문학과 긴밀한 연계를 통하여 국제주의 노선을 취하였던 상황을 보여준다.[40] 이에 발맞추어 조선 아동문학가와 일본 아동문학가들의 교류 역시 활발하게 전개되었다.

오오타케 키요미는 일본잡지 『소년전기』에 게재된 네 편의 조선 관련 글을 소개하며, 한·일 프롤레타리아 아동문화의 교류를 살펴본 바

---

40 서은주, 「일본문학의 언표화와 식민지 문학의 내면」, 민족문학사연구소 기초학문연구단 편, 『제도로서의 한국 근대문학과 탈식민성』, 소명출판, 2008, 275면.

있다. 『소년전기』에 소개된 조선 관련 기사는 크게 두 가지로 나눌 수 있는데, 하나는 조선의 주체적인 소년운동을 소개하는 것이었고, 다른 하나는 일본에 거주하는 조선인들의 노동운동을 소개하는 것이었다. 오오타케 키요미는 『소년전기』가 "프롤레타리아운동 잡지였기 때문에 노동자라는 공통 항목에서 일본인과 조선인이 서로 연결된 셈"[41]이라고 언급하였다.

김영순은 『소년전기』에 게재된 조선 관련 글 중에서 오오타케 키요미가 언급하지 않은 니시다 이사쿠西田伊作의 「찢어진 저고리裂かれた上衣(チョゴリ)」를 추가로 소개하였는데, 이 글은 광주에서 발단이 되어 시작된 학생노동운동을 소재로 하며 "글의 화자가 노동자와 농민운동을 통해 일본이나 한국이나 중국이 모두 하나가 되어 단결해야 할 것을 강조하고 하고 있다"[42]고 평가하였다. 이렇듯 나프의 아동문학 기관지였던 『소년전기』에 조선 관련 글이 많이 실려 있었다는 점을 통하여 볼 때, 일본 프롤레타리아 문단에서는 조선 아동문학에 상당한 관심을 기울이고 있었다는 점을 확인할 수 있다. 이것은 조선과 일본의 아동문학 사이에 의미 있는 교류가 존재하였음을 의미하는 것이다.

두 권의 계급주의 동요집과 프롤레타리아 아동문학 이론서들을 발표하면서 일본 프롤레타리아 아동문학 이론을 주도하였던 마키모토 구스로는 한국 프롤레타리아 아동문학과 매우 중요한 관계를 맺고 있었던 인물이라고 할 수 있다. 그는 35편의 동요가 수록된 동요집 『빨간 깃발

---

41 오오타케 키요미大竹聖美, 「근대 한일 아동문화교육 관계사 연구」, 연세대 박사논문, 2002, 130~131면.
42 김영순, 「1930년대에 교차하는 한국과 일본의 아동문학」, 『아동청소년문학연구』 제7호, 한국아동청소년학회, 2010, 66면.

赤い旗』을 발표하였는데, 이는 일본의 첫 계급주의 동요집이었다.

마키모토 구스로는 오가 가쯔다岡一太, おか かずた(1903~1986) · 가와사키 따이찌川崎大治, かわさきだいじ(1902~1980) · 마주야마 후미오松山文雄, まつやまふみお(1902~1982) 등 9명의 계급주의 시인들의 작품 47편이 수록된 동요집『작은 동지小さい同志』를 간행하기도 하였다.『빨간 깃발』은 1930년 5월 5일에 홍옥당서점紅玉堂書店에서 발행되었고,『작은 동지』는 1931년 7월 25일에 자유사自由社에서 출판되었다.

주목을 요하는 것은 동요집『빨간 깃발』과『작은 동지』가 발행된 시점이다. 조선의 첫 '푸로레타리아 동요집'『불별』은 1931년 3월 10일에 출간되었다. 즉『불별』이 출간된 시점은『빨간 깃발』과『작은 동지』의 출간 시점과 매우 가까울 뿐만 아니라, 일본에서 두 권의 계급주의 동요집이 발행된 사이에 출간된 것이다. 이를 통하여 볼 때, 조선 계급주의 동요집과 일본 계급주의 동요집 사이에 일정한 상관관계가 있었을 것이라고 추측하는 것은 무리가 아닐 것이다.

무엇보다도 일본 계급주의 동요집『빨간 깃발』의 표지에 한글로 '푸로레타리아 동요집'이라는 문구가 적혀 있다는 점은 조선과 일본의 프롤레타리아 아동문학 사이에 긴밀한 교류가 실재했음을 입증하는 것이다. 또한『빨간 깃발』을 보면, 목차에 앞서 "童謠〈コンコン小雪〉の朝鮮語譯"(동요〈쌀악눈〉의 조선어역)이라는 소개와 함께 마키모토 구스로의〈쌀악눈〉이 조선의 프롤레타리아 문인 임화의 번역으로 수록되어 있다. 또한『빨간 깃발』에서는 다음과 같이 밝히고 있다.

"일본어가 사용되는 국내에서는 아직 프롤레타리아 아동을 위한 창작 '동

화집'이나 '동요집'이 한 권도 나오지 않았습니다. 제 『빨간 깃발』은 그 시작입니다. (…중략…) 투고자를 찾아준 동지는 山田淸三郎와 林房雄 두 분이었습니다. 또한 계속 격려해주시는 동지 藤森成吉, 江口渙, 藤枝丈夫, 猪野省三, 옥중에 있는 동지 仁木二郎, 친구 難波亦三郎, 浦上后三郎, 岡一太 등 선재 지음들에게 대단히 감사합니다. 또한 이 책의 출판 당시에 힘을 써주신 白須孝輔, 伊东欣一, **이북만李北滿**, 제 시를 훌륭한 조선어로 번역해 준 식민지 시인 **임화**林和, 작곡을 해주신 ナツブ, 음악동맹의 동지 守田正義, 戸部香, 장정裝幀에 참신한 착상을 내주신 ナツブ, 미술동맹의 동지 村××, 이외에 늘 크고 깊은 마음을 써 주신 ナツブ의 동지들에게 감사를 표시하며 이 책을 바칩니다."

1930.4.10 교정 완료일에[43]

(번역 및 강조는 인용자)

마키모토 구스로가 책의 말미에 수록한 글을 통하여, 그와 함께 활동하였던 일본 계급주의 문인들의 면모를 살펴볼 수 있다. 이 가운데 당시 아동문학 분야에서도 활발하게 활동하고 있었던 인물로 에꾸치 간江口渙, えぐちかん(1887~1975)・이노쇼우 쬬우・오가 가쯔다 등의 이름을 확인할 수 있다. 그리고 "이 책의 출판 당시에 힘을 써주신 (…중략…) 이북만李北滿"과 "제 시를 훌륭한 조선어로 번역해 준 식민지 시인 임화林和"라는 두 사람의 한국 프롤레타리아 문인의 이름 역시 확인할 수 있다. 이를 통하여 당시 23세였던 임화(1908~1953)와 당시 33세였던 마키모토 구스로가 상당히 밀접한 관계에 있었음을 확인할 수 있다. 또한 마키

---

43 槇本楠郎, 『赤い旗』, 紅玉堂書店, 1930, p.105.

모토 구스로는 한국 프롤레타리아 문인 가운데 이북만[44]과도 활발하게 교류하고 있었음을 알 수 있다.

1927년에는 카프 도쿄 지부가 설립되었다. 이북만은 1927년 3월 도쿄에서 프롤레타리아 문학운동에 가담하여 『제3전선』을 발행하였으며, 1929년 5월에는 카프 도쿄 지부를 중심으로 '무산자사無産者社'를 조직하고 조선공산당 재건운동과 관련된 조직 확대운동에 주력하였다. 임화는 1930년에 일본으로 가서 이북만이 중심이 된 '무산자사' 그룹에서 활동하였고, 이듬해 귀국하여 1932년에 카프 서기장이 되었다.

당시 이북만은 일본에서 계급주의운동에 적극 결합하며, 나프의 기관지 『전기』 등 일본 계급주의 잡지에 글을 발표하기도 하였다.

(…상략…) 우리의 무기인 예술을 통하여 노동자에게, 농민에게, 소시민, 학생, 부인, 그 밖의 모든 계층의 조선 민중에게, 그리고 외국인에게도−피를 흘리는 듯한 비참한 우리의 생활과 증오와 반항에 타오르는 불꽃을 알려야 한다. 프롤레타리아트를 선두로 한 일체의 민중이 반제국주의 전선에 이르기까지 몰아세운 그 힘을 알려야 한다. 한마디로 말하면, 우리 현실의 생

---

44 이북만은 1927년에 카프 도쿄 지부 설립을 주도하였다. 1927년 3월 도쿄에서 프롤레타리아 문학운동에 가담하여 『제3전선』을 간행하였다. 1929년 5월에는 카프 도쿄 지부를 중심으로 '무산자사無産者社'를 조직하고, 조선공산당의 재건운동과 관련된 조직의 확대운동에 주력했다. 재건공산당 사건으로 주요인물들이 검거되자, '무산자사'나 카프에 관계했던 김두용·박노갑·김정한 등과 도쿄 유학생을 중심으로 1931년 11월에 '동지사同志社'를 결성하였다. 박영희의 방향전환론을 비판한 「예술운동의 방향전환론은 과연 진정한 방향전환론이었던가」(『예술운동』, 1927.11)가 대표적인 평론이며, 이어 「사이비 변증법의 배격」(『조선지광』, 1928.7)을 발표함으로써 프롤레타리아문학에 동조하는 진보적 소부르주아들에 대한 문제를 제기하였다. 8·15 해방 후 북조선으로 갔다고 하는데, 구체적인 활동은 알려져 있지 않다.

활을 대담하게 여실히 내던져야 하는 것이다. 그리고 전국적으로, 조직적으로, 민첩하게, 용감히 행해야 하는 것이다. (…하략…)[45]

이북만 이외에도 조선의 프롤레타리아 문인들 가운데 김호영·김중생金中生·김희명金熙明·김광욱·신득룡申得龍·김중정金重政·박달朴達·한철호韓鐵鎬 등 많은 작가들이 일본의 『씨 뿌리는 사람種蒔く人』·『전위』·『문예전선』·『전기』 등 계급주의 잡지에 글을 발표하여 자신의 목소리를 내며, 일본 프롤레타리아 문인들이 식민지 조선에 관심을 가질 수 있도록 노력하였다. 조선 계급주의 동요집 『불별』에 5편의 동요를 발표하는 등 아동문학가로도 활동한 바 있었던 김병호金炳昊는 일본 문단에 여러 편의 일어시를 발표하였다.[46] 나프의 기관지였던 『전기』에서도 그의 작품을 찾을 수 있는데, 그 가운데 「나는 조센징이다おりや朝鮮人だ」라는 시는 다음과 같다.

　　나는 조센징이다!
　　나라도 없고 돈도 없다
　　즐거운 일은 물론 없지만
　　슬픔을 청할 눈물 또한 치워버렸다.

---

45 이북만, 「朝鮮に於ける無産階級藝術運動の過去と現在 (2)―プロレタリア藝術四月號續く」(『戰旗』, 1928.5), 김계자·이민희, 『일본 프로문학지의 식민지 조선인 자료 선집』, 도서출판 문, 2012, 254면.
46 박경수, 「잊혀진 시인, 김병호金炳昊의 시세계」, 『한국시학연구』 제9집, 한국시학회, 2003, 69~70면.

도덕이 뭐냐!

일선융합이란 무엇이냐

우리들은 너무 속고 있다

선대로부터 살아온 정든 집을

선조로부터 내려온 논밭을

어떤 놈이 탐하여 갈취해 갔다!

지금은 알몸 하나만 남아 있을 뿐이다

(…중략…)

일본인은 우리들의 ×이다

그러나 우리 전 일본 무산자는 우리들 편이다

우리들을 가엾게 여겨 구해줄 이도

전 일본 프롤레타리아다

너희들이 생각하고 있는 것은 우리들도 생각하고 있고

너희들이 하려는 일은

우리들도 할 수 있을 것이다!

동지들이여 손을 잡아주게나

그리고 일대 사업을 잘 부탁하네![47]

---

47 金炳昊, 「おりや朝鮮人だ」(『戰旗』, 1929.3), 김계자・이민희, 앞의 책, 264~265면.

상술한 것처럼 1920~1930년대에는 조선의 많은 문인들이 일본으로 건너가서 다양한 활동을 전개하였다. 카프 맹원이었던 이주홍은 1924년에 일본으로 건너가 탄광·토목·철물·문구·제과공장을 전전하며 막노동을 하면서도, 방대한 중국 경서를 독학으로 공부하였다. 또한 그는 1925년 4월 1일부터 1928년 3월 26일까지, 3년여에 걸쳐 '동경정치영어학교'에 다니며 교포 자녀들을 가르치는 근영학원에서 교편을 잡은 경험도 있었다. 이주홍은 1923년 이후부터 『신소년』에 동요와 동화를 발표하였고, 당시 개벽사의 편집을 맡았던 신형철의 주선으로 『신소년』의 편집장이 되었다.[48]

특히 이주홍은 1929년의 아동문학을 평가한 「아동문학운동1년간」에서 마키모토 구스로를 언급하며 그의 이론을 직접 인용하기도 하였다.

그럼으로 나는 여기서 일본의 동지 槇本楠郎군의 말을 인용하자.

"아동문학의 참 사명은 비약적으로 프로레타리아의 정치적 슬로-간 등을 직접 해설하는 데에 있는 것이 아니라 차라리 이러한 슬로-간을 생장과 함께 저절로 포함시켜서 실현치 않고는 않을만치 참으로 근본적으로 아동을 프로레타리아××을 완성 시키기 위한 훈련이고 교화이지만 아동문학은 그 알파벳의 ABC?오-케스트라의 대조직(이것이 당연 ×의 슬로-간으로 되여 있다. ―槇本)예의 음계 도레미파를 틀림없이 가르키는 데에 있다. 그리고 그 지도자는 그냥의 어학자 음악가로서는 안 될 것을 레-닌도 똑똑히 말한 바와 같다.

이렇게 어른의 문학과 아동의 문학은 그 사명으로나 그 기능으로나 근본

---

48 류종렬, 『이주홍과 근대문학』, 부산외대 출판부, 2004, 95~98면.

적으로 다른 성질임을 우리는 잘 인식하지 않으면 안 된다."

(…중략…)

그러고 금후로 우리들은 작품 제작에 직면해 가지고 주의할 것은 역시 槇本 동무가 구체적으로 규정한 바도 있지만은 "추상적 비판에 의한 개념적 평가에서가 아니라 대상의 계급층군의 상위 지역적 문화적 생활적 相違年齡性 조직 미조직 평상시 비상시 등 특수 사정을 잘 칭량秤量하여서 혹은 노래할 것, 혹은 동작에 옮길 것 혹은 들릴 것 등"을 특색부쳐 가지고 제작 하여서 본래의 효과를 내어야 할 것이다.[49](강조는 인용자)

이처럼 이주홍이 직접 마키모토 구스로의 이론을 인용하며 논의를 전개하였다는 점을 통하여, 이주홍이 마키모토 구스로의 프롤레타리아 아동문학론을 읽었다는 점을 확인할 수 있다. 또한 자신의 아동문학 비평활동을 전개하는 데 있어서도, 상당 부분 마키모토 구스로의 아동문학론에 기대고 있었다는 사실을 확인할 수 있다.

마키모토 구스로 역시 조선의 프롤레타리아 아동문학에 관심이 많았으며, 자신의 프롤레타리아 아동문학 이론을 전개함에 있어서 조선의 상황을 소개하기도 하였다. 『신아동문학이론新兒童文學理論』(1936)에서 마키모토 구스로는 '조선의 신흥동요'(프롤레타리아 동요)에 관하여 다음과 같이 평가하고 있다.

조선의 아동문학계에서 소위 '신흥동요'적 색채의 작품이 나타난 것은 아

49 이주홍, 「아동문학운동1년간」, 『조선일보』, 1931.2.13~21.

마도 1930년 경 봄일 것이다. 물론 조선은 정치적으로 특수한 사정이 있기 때문에, 그에 가까운 작품은 그 이전에도 나타났을 것이다. 하지만 '신흥동요'가 한 흐름을 주도하며 하나의 운동이 되어 나타난 것은 그쯤이라고 보아도 지장이 없을 것이다. 그리고 이 경향의 작품들은 주로 아동을 위한 종합적 문예잡지 『신소년』(조선어 잡지로 4, 6판형·매호 약 6~70면·정가 5전)이나 『별나라』(거의 같은 형태의 것)에 발표되어 많은 신진 작가를 배출하여, 33년 가을 경까지 융성하였다. 그 후에는 일본의 문학운동과 같은 양상의 고난기에 있는 듯하다.[50]

마키모토 구스로는 이구월의 〈새 쫓는 노래〉·손풍산의 〈거머리〉·신고송의 〈거지 아이〉·김성도의 〈설날〉과 〈너무 많은 쌀〉 등의 한국 프롤레타리아 동요 작품을 번역 및 소개하였으며, 김병호·엄흥석·이주홍·정청산·이동규·김우철·안용민·홍구·김욱 등 한국 프롤레타리아 문인들의 이름을 언급하기도 하였다. 또한 그는 "이들의 작품은 많은 결함을 갖고 있기도 하지만, 동시에 우리들이 배워야 할 더욱 더 많은 그 무엇인가를 지니고 있다는 것도 부정할 수 없을 것이다"[51]라고 평가하였다.

---

50 槇本楠郎, 『新兒童文學理論』, 東宛書房, 1936, p.184.
51 위의 책, p.191.

3) 중국 아동문학의 연대와 교류

중국에서 프롤레타리아문학의 발생은 일본 유학파 문인들과 밀접한 관계를 맺고 있다. 중국 좌련 맹원 중 유학 경험이 있는 작가들을 살펴보면, 일본에서 유학한 후에 귀국한 문인이 가장 많았다. 꿔모뭐를 중심으로 한 '창조사創造社'와 루쉰을 중심으로 한 '어사파語絲派'는 좌련 성립의 기초를 마련하였다. '창조사'·'어사파'·'태양사太陽社' 등에는 일본에서 유학을 마치고 귀국한 문인들이 다수를 차지하고 있었다.

일찍이 1910년 대부터 루쉰과 저우쭤런은 일본 유학의 길에 나섰다. 루쉰·저우쭤런·마오둔 등은 일본 문단에 관심이 깊었다. 루쉰은 일본 소설을 접하고 번역하는 과정에서, 나쓰메 소세키夏目漱石·모리 오가이森鷗外·기쿠치 간菊地寬·아쿠타가와 류노스케芥川龍之介 등의 작품을 매우 높이 평가하였다. 중국 문인들의 '일본 체험'은 중국 프롤레타리아문학의 형성과 발전에 직접적인 영향을 끼쳤다.

1927년 말에 일본에서 귀국한 청팡위成仿吾·펑나이차오冯乃超·펑캉彭康·리추리李初梨·주징워朱镜我·리티에셩李铁声 등은 창조사를 조직하였다. 그들은 일본으로부터 후쿠모토주의福本主義의 영향을 받아, '무산계급혁명'이라는 구호를 제기하였다. 또한 태양사를 중심으로 활동한 작가들은 일본의 구라하라 고레히토藏原惟人의 이론, 특히 그의 '신사실주의' 이론으로부터 영향을 받았다. 태양사의 주요 구성원인 장광츠蒋光慈·러우쓰이楼适夷·펑시앤짱冯宪章 등의 문인들은 구라하라 고레히토의 이론이 당시 일본에서 중요한 지위를 차지하고 있음을 알고 있었다. 특히 장광츠의 경우에는 1929년 10월에 당시 나프의 지도적 이론가였던 구라하라 고레히토를 만나서, '신사실주의'에 관하여 토론한 바 있었다. 1931년을 전후로 하여 '신사실주의'는 중국 프롤레타리아 문예운동의 중요한 구호가 되었다.[52]

상술한 바와 같이 중국 프롤레타리아 문학운동의 형성과 발전은 일본 프롤레타리아 문학운동과 밀접한 관계를 유지하고 있었다. 또한 중국 프롤레타리아문학은 일본 프롤레타리아문학 이론으로부터 상당한 영향을 받았다. 좌련 성립 이후에도 중국 프롤레타리아 문학운동은 일본 프롤레타리아 문학운동과 밀접한 관계를 유지하고 있었다.

좌련이 성립한 지 얼마 지나지 않아서 재일본 중국 유학생 예이췬叶以群 · 센바오森堡 · 셰빙잉謝冰瑩 · 러우쓰이 등에 의하여 '중국좌익작가연맹 동경특별지부'가 조직되었고, 그들을 통하여 좌련은 일본 프롤레타리아 문학운동과 더욱 더 활발하게 교류를 이어 갔다. 그들은 일본에서 아키타 우자쿠秋田雨雀 · 무라야마 도모요시村山知義 등 일본 프롤레타리아 작가들 및 진보적 작가들을 방문하였고, 일본 프롤레타리아 문학운동의 발전에 관하여 기록하였다.[53]

좌련과 일본 프롤레타리아 문학운동의 교류는 주로 일본의 우치야마 간조內山完造 · 야마까미 마사요시山上正義 · 오자키 호쓰미尾崎秀實 · 가지 와타루鹿地亘 · 야마모토 사네히코山本實彦 등을 통하여 전개되었는데, 이들은 루쉰과 사적인 친분을 유지하고 있었다.[54] 또한 이들은 좌련의 다른 문인들과도 교류하였다. 예를 들어, 가지 와타루는 좌련의 펑나이차

---

52 陈红旗, 「'日本体验'与中国左翼文学的发生」, 『贵州师范大学学报』 第5期, 2005, pp.95~96.
53 姚辛, 『左联史』, 北京 : 光明日报出版社, 2006, p.56.
54 위의 책, p.75.

오·꿔모뤄 등과도 밀접하게 교류하고 있었다.

당시의 중국 프롤레타리아 아동문학운동 역시 일본 프롤레타리아 아동문학운동과 활발하게 교류하고 있었다. 좌련의 기관지『소년대중』은 일본의『소년전기』로부터 영향을 받았다. 1930년 3월 29일,『소년대중』편집과 관련된 좌담회에서 회의의 사회를 맡은 공빙루龔冰廬는『소년전기』를 참조하는 편집 계획을 제기하였다. 이에 따라 그는 읽기 쉬운 문자와 삽화로 아동을 교육할 것을 주장하였으며,『소년대중』이『대중문예』와 마찬가지로 목적의식을 가져야 한다고 주장하였다.[55]

『소년대중』에는 수니아苏尼亚의「소련의 동자군苏俄的童子军」, 펑캉의「꼬마 아창小阿强」, 치안싱춘의「저 열세 살 아이那个十三岁的小孩」, 공빙루의「고정홍顾正鸿」 등의 창작 작품이 수록되었는데, 이외에도 쓰투휘민司徒慧敏이 번역한 일본 작가 후지모리 세이키치藤森成吉(1892~1977)의「금목왕자의 이야기金目王子的故事」[56]가 수록되기도 하였다. 일본 작품이 번역·수록되었다는 사실은『소년대중』편집부가 일본 프롤레타리아 아동문학운동과의 교류를 중요하게 생각하고 있었음을 확인할 수 있게 해준다.

상술한 바 있듯이 루쉰은 일본 프롤레타리아 문학가들과 밀접하게 교류하고 있었는데, 필자는 루쉰이 마키모토 구스로의 활동에도 적지 않은 관심을 기울이고 있었음을 확인할 수 있는 자료를 발견하였다. 바로「『시계』역자의 말『表』譯者的話」이라는 글이다. 루쉰은 레오니드 판텔르예프Леонид Пантелеев(1908~1987)의『시계』를 1935년 1월 1~12일 동안 번역하여, 같은 해 7월에 상하이생활서점上海生活书店에서 출간

---

55 张香还,『中国儿童文学史』(现代部分), 浙江少年儿童出版社, 1988, pp.236~237.
56 이 작품의 일본어 제목은 '金目王子の話'이다.

하였다. 「『시계』 역자의 말」과 『시계』의 번역문은 처음으로는 1935년 3월 월간 『역문译文』 제2권 제1기에 발표되었다.

루쉰은 「『시계』 역자의 말」에서 자신이 번역한 『시계』는 1930년에 베를린에서 출판된 마리아 아인슈타인Maria Einstein 여사의 독일어 역본을 저본으로 삼았는데, 일본의 아동문학 작가 또한 당시 일본 프롤레타리아 아동문학의 지도자인 마키모토 구스로의 일본어 역본 『금시계金時計』를 참고하였다고 밝혔다. 또한 일본어 역본이 자신의 번역 작업에 매우 도움이 되었다는 말도 덧붙였다. 마키모토 구스로의 일본어 역본 『금시계』는 1933년 12월에 동경낙랑서원东京乐浪书院에 발행되었다.

> 번역 작업을 할 때 나에게 크나큰 도움을 준 것은 일본의 마키모토 구스로의 일본어 역본 『금시계金時計』였다. 이는 재작년 12월에 동경낙랑서원에서 발행되었다. 일본어 역본에서는 원본을 저본으로 삼은 것인지에 관하여 설명하지 않았다. 후지모리 세이키치藤森成吉의 말(『문학비판文學批判』 창간호)에 따르면 독일어 역본을 이중 번역한 것 같다.
>
> 일본어 역본은 나에게 매우 도움이 되었다. 신경을 덜 써도 되게 해주었으며, 자주 사전을 뒤지는 것도 줄여 주었다. 독일어 역본과 일본어 역본 사이에는 차이점이 보이는데, 이 책은 독일어 역본을 저본으로 한 것이다.[57]

위에서 살펴본 바와 같이 「『시계』 역자의 말」에서 루쉰은 자신이 번역 작업을 진행함에 있어서 저본으로 삼은 판본은 물론, 자신이 참고한

---

[57] 魯迅, 「『表』译者的话」, 『魯迅全集』 第10卷, 人民文学出版社, 2005, p.435.

역본까지 분명히 밝히고 있다. 또한 그는 마키모토 구스로의 일본어 역본 역시 러시아어 원본이 아닌 독일어 역본을 이중 번역한 것으로 추측하고 있다. 루쉰은 일본어 역본『금시계』에 수록된 마키모토 구스로의 역자의 말을 읽고 무척 공감하였으며, 「『시계』 역자의 말」에 마키모토 구스로의 말을 인용하기도 하였다.

『금시계金時計』에는 역자의 서언이 수록되어 있다. 이는 일본 독자를 대상으로 한 것이지만, 중국 독자들에게도 참고가 될 것이다. 이에 번역하여 여기에 소개한다.

"사람들이 말하기를 일본에는 과자와 아동 도서가 많아서, 세상에 비교할 만한 나라가 또 없을 것이라고 한다. 그러나 상당수 과자와 아동 도서들은 나쁜 것들이다. 영양이 풍부하며 사람들에게 이익을 주는 것이 매우 적다. 그래서 일반적으로 사람들은 좋은 과자라고 하면 바로 서양 과자를 생각하고, 좋은 책이라면 바로 외국의 동화를 생각하는 것이다.

그러나 지금 일본에서 읽고 있는 외국 동화들은 낡은 작품들이 대부분이며, 곧 사라질 무지개나 입다가 낡아진 옷과 같은 것으로서 새로운 즐거움이 없다. 왜일까? 그것들은 다 큰 오빠와 언니들이 아동기에 읽었던 책들이다. 심지어 부모들이 태어나기도 전인 70~80년 전에 창작된 것으로서, 매우 예전 작품들이다.

그러나 예전 작품들이라는 이유만으로 유익有益하지 않고 유미有味가 없는 것이라고 말할 수는 없다. 하지만 꼼꼼하게 읽어 보면, 예전 작품들 속에는 고대의 '유익'과 고대의 '유미'만 있다. 예전 동요와 지금의 동요를 비교하여 보면 알 것이다. 아무튼 예전 작품 속에는 고대의 감각·감정·정서와 삶이 있지만, 현대의 새로운 아이들처럼 새로운 눈과 새로운 귀로 동물·식물·인류의 세계를 관찰하는 것은 없다.

따라서 새로운 아이들을 위하여 새로운 작품을 보여주고, 변화하고 있는 새로운 세계를 향하여 자라나게 해줄 수 있기를 바란다.

위와 같은 이유에서, 이 책은 많은 사람들이 좋아할 것이다. 왜냐하면 내용이 무척 새롭고 재미있는 데에다가, 유명한 작품이지만 지금껏 한 번도 일본에 소개되지 않았다. 그런데 이 책은 본래 외국 작품이며, 아무리 훌륭하더라도 외국 특색을 많이 지닐 것이다. 독자들은 외국 여행을 즐기는 것처럼 이 특색을 감상하며, 광박廣博한 지식을 섭취하고 고상한 정조를 바탕으로 이 책을 읽었으면 좋겠다. 독자들의 견문은 더 넓어지고 깊어질 것이며, 정신적 훈련도 될 것이다."

아키타 우자쿠秋田雨雀의 발문 한 편도 같이 수록되어 있는데, 여기에서는 번역하지 않을 것이다.[58]

루쉰은 마키모토 구스로가 주장한 바와 같이, 아이들을 위하여 새로운 작품을 제공하여 주어야 한다고 강조하였다. 또한 아이들이 부단히 변하여 가는 세계에 발맞추어, 부단히 자라날 수 있도록 해주어야 한다고 주장하였다. 이를 통하여 루쉰이 마키모토 구스로를 중심으로 한 일본 프롤레타리아 문학운동에도 상당한 관심을 기울이고 있었음을 확인할 수 있다. 특히 루쉰이 번역 작업을 진행하는 데 있어, 마키모토 구스로가 일본어로 번역한 책을 중요한 참고 자료로 활용하였다는 점도 흥

---

58 위의 글, pp.436~437.

미롭다. 또한 그가 「『시계』 역자의 말」에 마키모토 구스로의 역자 서문을 번역하여 인용한 것을 통하여 볼 때, 그가 마키모토 구스로의 주장에 상당 부분 공감하고 있었다는 사실 역시 확인할 수 있다.

1929년 11월에는 상하이춘초서국上海春潮書局에서 루쉰의 부인 쉬광핑许广平이 번역하고 루쉰이 교정을 맡은 『꼬마 피터小彼得』가 출간되었다. 이 작품의 작가는 독일혁명에 투신했던 독일의 작가 헤르미니아 추어 뮐렌Hermynia zur Mühlen(1883~1951)인데, 쉬광핑이 번역한 중국어 번역본은 1927년에 일본의 동경효성각東京曉星閣에서 출간된 하야시 후사오林房雄(1903~1975)의 일본어 역본을 이중 번역한 것이다. 이 역시 중국 프롤레타리아 아동문학운동과 일본 프롤레타리아 아동문학운동의 활발했던 교류를 보여주는 사례 가운데 하나이다. 이 책에는 교정을 맡은 루쉰이 쓴 역자 서문이 수록되어 있다.

여기에 수록된 동화 6편은 일본의 하야시 후사오의 일본어 역본(1927, 동경효성각출판)을 저본으로 하는데, 역자의 일본어 학습을 위하여 내가 추천하여 준 것이다. 학습을 하는 과정에서 자연스레 번역이 이루어졌고, 결국 이렇게 중국어 번역본이 나오게 된 것이다. 그러나 외국 문자를 배우기 시작한 지 얼마 안 되었을 때 동화부터 골라 읽는 것이 틀린 것은 아니지만, 학습을 시작하자마자 동화를 번역하는 것은 적당하지 않은 구석이 많다. 왜냐하면 번역자의 이해가 원문에 국한되어 있어서 의역을 하지 못함에 따라, 독자들이 독서에 어려움을 겪을 수 있다. 초벌 번역에서 이러한 문제들이 나타났기 때문에, 내가 교정을 하면서 유창하게 이어질 수 있도록 많이 수정하였다. 따라서 혹시 번역이 마땅하지 않은 곳이 있다면, 그것은 교정자의 책임이다.[59]

지금까지 살펴본 바와 같이, 루쉰은 마키모토 구스로 · 하야시 후사오 등 일본 프롤레타리아 작가들이 번역한 일본어 역본을 소장하고 있었다. 이를 통하여 볼 때, 루쉰이 당시 일본 프롤레타리아 아동문학운동에 적지 않은 관심을 기울이고 있었다는 점을 확인할 수 있다.

다른 한편으로 좌련 시기 중국 프롤레타리아 문학운동은 소련으로부터 크나큰 영향을 받았으며, 중국 프롤레타리아 아동문학 역시 소련 아동문학 이론을 폭넓게 수용하고 있었다. 1930년대 초부터는 소련 아동문학 이론이 번역되거나 간접적으로 소개되어 널리 수용되었다. 앞에서 언급한 문학계의 거장 마오둔은 해외 아동문학 이론도 적극적으로 소개하였는데, 특히 소련 아동문학 이론을 많이 참고하였다. 그는 사무일 야코블레비치 마르샤크Самуйл Яковлевич Маршáк(1887~1964)[60]의 아동문학 이론을 소개하며 다음과 같이 지적하였다. 우선 문자는 명쾌하고 간명해야 하지만, '재미'와 '생기'가 있어야 한다는 것이었다. 동시에 아동문학은 '뚜렷한 이야기 구조'를 가지고 있어야 하며, '우스개 놀이'를 포함해야 한다고 하였다. 다음으로 '영웅적 색채' 및 '유머'가 있어야 한다고 지적하였다. '유머'는 '느끼함'이 아니며 '죽은 말'을 하는 것도 아니고, '활발한 천진' 및 '소박한 행동'이어야 한다고 주장하였다.[61]

위와 같은 아동문학의 기능 · 내용 · 문자와 구조 등에 관한 문제의식

---

59 鲁迅, 「『小彼得』译本序」, 『鲁迅全集』 第4卷, 人民文学出版社, 2005, pp.155.
60 사무일 야코블레비치 마르샤크는 소련을 대표하는 아동문학가이자 유명한 시인 · 극작가 · 번역가이다. 막심 고리키Максйм Гóрький 는 마르샤크를 일컬어 "소련 아동문학의 개척자"라고 평가하였다. 마르샤크는 셰익스피어William Shakespeare(1564~1616)의 소네트sonnet들을 번역하였으며, 윌리엄 블레이크William Blake(1757~1827) · 로버트 번스Robert Burns(1759~1796) · 루디야드 키플링Joseph Rudyard Kipling(1865~1936)의 소설 · 동화를 번역하기도 했다.
61 方卫平, 『中国儿童文学理论发展史』, 上海 : 少年儿童出版社, 2007, pp.217~219.

은 1930년대 아동문학이 깊이 반성해야 할 문제였다. 또한 마오둔은 「아동문학은 소련에서儿童文学在苏联」라는 글을 발표하여 소련 아동문학의 최신 상황과 소련 아동문학 비평 이론을 소개하였다. 그는 이 글에서 소련 작가들이 직접 아동 독자들과 만나서 소감과 의견을 나누는 것을 높이 평가하였다. 신치위沈起予는 막심 고리키Макси́м Го́рький(1868~1936)의 논문 「아동문학의 '주제'론」을 번역하여 월간 『문학』의 '아동문학특집'에 수록하였다.

중국은 5·4운동 이후 1920년대 중반에서 1930년대 중반까지 아동문학 개론 및 아동문학 비평 이론에서 수확의 시기를 맞이하였다. 이와 함께 많은 서방 아동문학 작품과 아동문학 이론 서적이 중국에 소개되었다. 한스 크리스티안 안데르센Hans Christian Andersen(1805~1875) 탄생 120주년을 기념하기 위하여 1925년 『소설월보小说月报』의 제16권 제8~9기는 '안데르센 전호(특집호)'로 구성되었다. 「안데르센 동화의 예술安徒生童话的艺术」이 번역·수록되었고, 「안데르센의 어린 시절安徒生的童年」과 「안데르센 동화의 기원 및 계통安徒生童话的来源和系统」 등이 소개되었다. 그 이외에도 많은 중국 아동문학 비평 이론가들도 안데르센에 관한 글을 집필하여 수록하였다. 『소설월보』의 편집자인 쩡쩐뚜어는 서두에서 안데르센이 세계적으로 가장 위대한 동화 작가라고 높이 평가하였다. 이처럼 대규모로 한 사람의 해외 아동문학 작가를 체계적으로 연구하고 거론한 것은 전례가 없었던 일이었다.

좌련 시기에 출판된 주요 아동문학 이론서의 목록을 정리해보면 〈표 1〉과 같다. 목록을 살펴보면 좌련 시기의 중국에서는 아동문학 이론서가 활발하게 출판되었음을 확인할 수 있다. 특히 일본 아동문학 이론서의

〈표 1〉 좌련 시기의 주요 아동문학 이론서 목록

서명	저자/역자	출판사	출판연도
『세계동화연구(世界童話研究)』	아시야 로손(蘆谷蘆村, あしやろそん), 황위앤(黃源) 역	화퉁서국 (华通书局)	1930
『어린이동화(小朋友童话)』	자오징셴(赵景深)	북신서국 (北新书局)	1930
『아동의 열독 취미 연구(儿童阅读兴趣的研究)』	쉬시링(徐锡龄)	민지서국 (民智书局)	1931
『아동문학소론(儿童文学小论)』	저우쭤런(周作人)	아동서국 (儿童书局)	1932
『아동이야기연구(儿童故事研究)』	천보추이(陈伯吹)	북신서국	1932
『아동독물연구(儿童读物的研究)』	왕런루(王人路)	중화서국 (中华书局)	1933
『아동문학연구(儿童文学研究)』	조뤼칭(赵侣青) 쉬휘치안(徐回千)	중화서국	1933
『아동문학연구(儿童文学研究)』	천보추이(陈伯吹) 첸쯔청(陈济成)	상해유치사범학교 총서사 (上海幼稚师范学校 丛书社)	1934
『아동문학개론(儿童文学概论)』	뤼뼈디(吕伯攸)	대화서국 (大华书局)	1934
『신아동문학(新儿童文学)』	거청쉰(葛承训)	아동서국	1934
『동화평론(童话评论)』	자오징셴(赵景深)	신문화서국 (新文化书局)	1934
『아동문학선택법(儿童读物选择法)』	린쓰떠(林斯德)	후베이대문서제 (湖北大问书斋)	1935
『동화와 아동의연구(童话与儿童的研究)』	마쓰무라 다케오(松村武雄, まつむら たけお) 저, 쭝쯔이안(钟子岩) 역	개명서국 (開明書局)	1935
『금일의 아동문학(今日之儿童)』	중국아동문화협회 (中国儿童文化协会)	생활서국 (生活书店)	1936

번역·출간에 주목할 만하다. 1930년 3월에는 일본의 아시야 로손[62]의 『세계동화연구』가 중국 화통서국에서 번역·출간되었다. 마쓰무라 다케오의 『동화와 아동의 연구』는 1935년에 개명서국에서 번역·출간되었다.

위와 같은 중국의 상황에 비하여 한국의 상황은 극히 초라한 실정이었다. 한국에서는 카프 시기뿐만 아니라 일제시대 전 시기에 걸쳐 아동문학 관련 단행본이 활발하게 출간되지 못했다. 이론 논의를 다룬 책은 물론이고 창작 작품을 수록한 작품집 역시 매우 드물었다. 카프 시기의 아동문학 이론 논의는 중국과는 다르게 단행본 출간을 통하여 전개되지 못했고, 신문지상의 논쟁을 통하여 이루어졌다.

카프 시기의 아동문학 이론 논의 과정에서 절대적인 영향을 받은 것은 일본 나프의 논의였다. 그나마도 나프 아동문학 이론을 체계적으로 소개하거나 적용한 사례는 찾아볼 수 없다. 그저 나프의 문학이론 논의에서 자주 언급되는 단어를 자주 사용하는 정도가 고작이었다. 나프 아동문학의 이론조차도 제대로 소개되지 못한 상황인 만큼, 일본을 제외한 다른 국가의 아동문학 이론이 수용되는 것은 상상하기 어려운 일이었다. 일본은 물론 소련의 아동문학 이론까지 활발하게 번역·소개되었던 중국과는 상황이 매우 달랐던 것이다.

이러한 차이는 역시 당시 한국이 일제의 식민지였던 데에 반하여 중국은 반식민지 상태였기 때문에, 한국에 비하면 비교적 출판활동이 자유로웠다는 상황의 차이로부터 비롯된 것이다. 이와 같은 까닭으로 중

---

[62] 아시야 로손蘆谷蘆村, あしやろそん(1886~1946)의 본명은 아시야 주조芦谷重常이다. 아동잡지 『신소년新少年』(1912)의 편집을 거쳐 일본동화협회(1922.5)를 설립하였고, 『동화연구童話研究』와 『동화자료童話資料』를 발간하였다.

국은 좌련 시기에 해외 아동문학론을 폭넓게 수용하면서 발전의 토대를 마련할 수 있었지만, 한국은 카프 시기에 일본을 제외한 해외 아동문학론을 전혀 수용하지 못하여 나프 아동문학의 교조주의적 오류를 그대로 답습하고 말았다. 그나마도 일본의 아동문학론 조차 체계적으로 정리 · 소개되지 못했기 때문에, 카프 아동문학론은 그리 높은 수준을 기대하기 어려웠다.

또한 위에서 살핀 바와 같이 한국과 일본 · 중국과 일본의 프롤레타리아 아동문학에서는 상호 교류를 확인할 수 있지만, 한국과 중국의 프롤레타리아 아동문학에서는 상호 교류를 확인하기 어려운 실정이다. 다만 반자본주의 · 반제국주의적 특성이 드러나는 주요섭朱耀燮(1902~1972)의『웅철이의 모험』(1937.4~1940.12)은 각별한 주목을 필요로 한다. 주요섭은『웅철이의 모험』창작 당시에 베이징(당시 명칭은 뻬이핑)에서 생활하고 있었다. 또한 중국 여권을 들고 미국 유학길에 오르기 이전에는 상하이에서 생활했다. 주요섭이 오랫동안 중국에서 생활했다는 점, 특히 상하이 · 베이징 등 대도시에 거주했다는 점 등으로 미루어 볼 때, 그는 1933년에 단행본으로 출간된 천보추이의『아리스 아가씨』를 읽었을 가능성이 있다. 천보추이의『아리스 아가씨』역시 반자본주의 · 반제국주의적 특성이 드러나는 작품인 만큼,『웅철이의 모험』과『아리스 아가씨』의 비교연구는 폭넓은 관점에서 진행되어야 할 것이다.[63]

---

63 두전하, 「한 · 중 동화와『이상한 나라의 앨리스』모티프-『웅철이의 모험』과『아리스 아가씨』를 중심으로」,『동화와번역』제30집, 건국대 동화와번역연구소, 2015; 두전하, 「한국『웅철이의 모험』과 중국『앨리스 아가씨』의 반제反帝 특성 연구」,『아동청소년문학연구』제21호, 한국아동청소년문학학회, 2017.

제3장

프롤레타리아 동화 · 아동소설

　이 장에서는 먼저 한 · 중 · 일 각국에서 동화의 공상성을 둘러싸고 진행된 논의를 분석한다. 프롤레타리아 아동문학은 현실의 모순에 깊은 관심을 기울이는 만큼, 현실의 모순을 어떻게 표현할 것인지에 관한 논의들이 이어졌다. 현실의 모순을 있는 그대로 보여주는 것이 중요하다고 주장한 일각에서는 동화의 공상성을 부정하기도 하였다. 하지만 동화의 공상성을 통하여 현실의 모순을 비유하거나 풍자할 수 있다는 반론이 제기되기도 하였다.

　다음으로 한 · 중 · 일 프롤레타리아 아동소설의 특징 및 주요 작품들을 검토한다. 프롤레타리아 아동소설은 가난한 아동 주인공의 헌신과 인고의 모습을 그리거나, 사회 모순에 적극적으로 반항하고 투쟁하는 모습을 그리기도 하였다. 특히 주목해야 할 점은 무거운 주제의식 속에서도 웃음을 견지하는 태도를 보여준 작가들이다.

　마지막으로 한 · 중 · 일 프롤레타리아 동화의 특징 및 주요 작품들을 살펴본다. 동화는 장르적 특성상 민담의 요소를 받아들이는 경우가 많은데, 그러한 특징이 나타난 작품들을 확인하도록 하겠다. 그리고 제국주의 침략에 맞서 반제국주의·민족의식을 표출한 작품들도 살펴보도록 하겠다. 또한 '아동 본위' 동화의 사례로서, 이주홍과 장톈이張天翼의 작품들을 살펴볼 것이다.

1. 동화·아동소설을 둘러싼 논쟁

1) 한국—아동소설의 강조와 동화의 부정

한국 아동문학은 '식민지 근대'라는 특수한 조건에서 태동하였던 바, 아동에게 꿈과 환상을 심어주는 데 주력하였던 서구 아동문학과는 다른 양상으로 출발할 수밖에 없었다. 특히 아동문학이 일제시대 민족·사회운동의 중요한 일부였던 소년운동과 결합하여 전개된 것은 다른 나라에서 유례를 찾아보기 어려운 일이다.[1] 이에 따라 한국 아동문학은 아동들로 하여금 독립된 민족국가 건설의 주역으로 성장하게 하고자 하는 목적의식을 강하게 띠고 있었다. 그런 만큼 생성기의 한국 아동문학이 식민지 아동의 비참한 삶을 현실적으로 묘사하는 데 주목한 것은 자연스

---

1 원종찬, 「아동과 문학」, 『한국 아동문학의 쟁점』, 창비, 2010, 16면.

러운 일이었다.

하지만 처음부터 동화보다 아동소설이 많이 창작된 것은 아니었다. 장선명의 「신춘동화개평-3대 신문을 주로」,[2]를 보면, 1930년 신춘문예까지만 하더라도 많은 이들이 주로 동화를 창작해서 보냈고, 신문사에서도 그런 작품들을 주로 뽑았음을 알 수 있다. 하지만 장선명은 『중외일보』·『동아일보』·『조선일보』에서 뽑은 1930년 신춘동화를 비평하며, 그런 작품들을 버릴 것을 주장했다. 또한 조선 소년의 실생활을 소재로 한 현실적 작품만이 무산소년의 의식을 교양할 수 있으며 그들의 심리에 부합된다고 주장했다. 당시 문단의 주류를 형성하고 있던 카프 계열에서 이러한 지적이 나오자, 신춘문예 당선을 목표로 하는 작가들은 동화 대신 아동소설 창작에 주력하게 되었다. 그 결과로 1932년 『동아일보』에 응모된 150여 편의 아동문학 작품들은 거의 계급 의식을 바탕으로 한 아동소설이 전부였다. 카프 계열에서 아동소설만을 강조하면서 불과 2년 만에 아동문학 창작의 판도가 완전히 뒤바뀐 것이다.

아동문학의 공상성을 부정하고 현실성과 계급성을 강조하기 시작한 비평은 송완순의 「공상적 이론의 극복」,[3]이었다. 송완순은 "모든 일체의 공상적 관념을 버리고 오로지 현실과 배척되지 안는 작품을 써야 하며 넑혀 주어야 할 것이다"[4]라고 주장하며, 조선 아이들에게는 공상보다 현실 인식이 중요하므로 현실성이 두드러진 작품만 써야 한다고 지적하였다. 그는 동화의 중요한 특징인 공상을 모두 부정하였는데, 특히 전래

---

2   장선명, 「신춘동화개평-3대 신문을 주로」, 『동아일보』, 1930.2.7~15.
3   송완순, 「공상적 이론의 극복」, 『중외일보』, 1928.1.29~2.1.
4   위의 글, 『중외일보』, 1928.1.31.

동화에 나타난 공상적 요소를 철저히 부정하고 있다. 이러한 주장은 한국 아동문학이 민담의 자유로운 공상적 요소를 받아들이는 것을 어렵게 했으며, 동화보다 아동소설이 주로 창작되는 계기가 되었다. 송완순의 주장에 이어 홍은성도 「소년문예 일가언」[5]에서 소년들의 현실생활과 거리가 먼 창작 작품과 번역 작품을 비판하고, "재래의 '호랑이 담배'식의 작품으로부터" 현대성을 파악하고 쓰는 쪽으로 방향을 전환해야 한다고 지적하였다.

앞서 언급한 바 있는 장선명의 「신춘동화개평—3대 신문을 주로」는 동화보다 아동소설이 주로 창작되도록 하는 데 큰 영향을 끼친 비평이다.[6] 장선명은 "사회를 떠나고 인생관을 떠나고 생활을 떠나서 신화적 전설, 환언하면 신비적 무기체에 의존된 비과학적 작품"을 버려야 한다고 주장하며, "예술이 인류생활의 반영이라면 소년문예의 일부분인 동화에 있어서도 소년생활의 반영이라야 될 것"이라고 지적하였다. 또한 그는 "자본주의 사회에 있어서 착취와 억압을 당하는 노동민중의 비참한 처지와 무산 계급의 사회적 지위를 잘 묘사"한 "동화래야만 무산 아동의 참다운 벗이 될 수 있다"고 주장하였다. 이어서 그는 "장론을 술할 것 없이 이상 제작가에게 간단한 부탁으로써 결론하겠다"며 "사회적 현상에서 야기하는 간단한 사실을 포착하고 이것을 문예화시켜서 처녀지인 소년 대중에게 읽혀주기 바란다"는 말로 평론을 마무리하였다. 흥미로운 점은 그가 "제작가에게 간단한 부탁"을 하며 결론을 지었다는 것이다. 당시 카프 진영은 문학계의 주류를 형성하고 있었기 때문에 그의

---

5   홍은성, 「소년문예 일가언」, 『조선일보』, 1929.1.1.
6   심명숙, 「한국 근대아동문학론 연구」, 인하대 석사논문, 2002, 53면.

주장은 이론적 논의에만 머무르지 않고 창작에 지대한 영향을 끼칠 수밖에 없었다.

김완동은 「신동화운동을 위한 동화의 교육적 고찰—작가와 평가제씨에게」[7]에서 아동기의 단계별 특성이나 그에 맞는 동화의 내용을 살펴보면서, 동화의 현실성을 강조하기 위하여 동화의 환상성을 부정하고 '프롤레타리아 동화'를 제창하였다. 그는 "동화가 아동의 문학인 이상 아동 생활의 반영일 것인 고로 정확한 현실을 파악하여야 될 것"이라고 주장하며, 동화가 환상에 그칠 것이 아니라 사회 계급성에 대한 정확한 지식을 주어야 한다고 강조하였다. 결국 그는 사회 현실을 짙게 반영하는 아동소설 창작이 동화 창작을 압도하는 데 기여한 것이다.

카프 시기의 아동문학 비평에서 동화를 부정하고 아동소설을 강조하는 글은 앞서 언급한 글들 이후로도 쉽게 찾을 수 있다. 김수창·김태오·현동염 등도 역시 앞서 언급한 글들과 마찬가지로 동화의 환상성을 부정하고 있다.[8] 동화의 중요성을 강조하는 비평들도 없었던 것은 아니지만, 비평의 주류가 되지는 못하였다.[9] 결국 카프 시기는 한국 아동문

---

7 김완동, 「신동화운동을 위한 동화의 교육적 고찰—작가와 평가제씨에게」, 『동아일보』, 1930.2.16~22.

8 김수창은 「현조선동화」(『동아일보』, 1930.12.26~30)에서 좋지 않은 동화의 예로 도깨비 이야기, 무서운 이야기, 슬픈 이야기를 들었다. 김태오는 「소년문예운동의 당면 임무」(『조선일보』, 1931.1.31~2.10)에서 동화의 공상적 요소를 미신적 관념이나 허무맹랑한 이야기라 하여 부정하였다. 현동염도 「동화교육문제—전 씨의 현조선동화론 비판」(『조선일보』, 1931.2.25~3.1)에서 동화의 공상적 요소를 부정하였다.

9 동화의 중요성을 제기한 비평을 간단하게 정리하면 다음과 같다. 「신춘문예 동화 선후언」(『동아일보』, 1932.1.23~26)에서 『동아일보』 신춘문예 선자選者는 "혹시 실생활에 취재하라고 한 본사의 주문이 오직 아동소설을 의미함인 줄로 작가들을 오해케 함이나 아닌가고 생각할 수밖에 없도록 그처럼 '아이들에게 들려줄 이야기'로의 동화가 희소하였다"고 지적하며, 좀더 넓고 자유로운 처지에서 아동소설과 동화를 나누어 창작할 필요가 있다고 밝혔다. 호인虎人은 「아동예술시평」(『신소년』, 1932.9)에서 『신소년』과

학에서 동화가 거의 사라지고 아동소설이 주로 창작되도록 하는 데 있어 결정적인 계기가 된 시기였다고 평가할 수 있다. 이러한 특징은 비단 카프 시기에만 국한되지 않고, 이후로도 오랫동안 동화 장르가 발달하는 것을 가로막고 아동소설 창작이 주를 이루는 결과를 낳았다.

2) 중국—'조언수어' 논쟁 및 '신흥동화'의 형성

1930년대 중국 아동문학에서는 사회 빈곤층에 속한 아동들을 소재로 하고, 현실주의를 창작 방법으로 한 작품이 많이 나타났다. 이러한 현상은 좌익문예사조와 매우 밀접한 관련을 맺고 있었다. 좌익문예운동의 제창하에 현실생활을 반영하고 가혹한 환경 속의 아동, 특히 극빈곤층인 노동자·농민 대중의 자식들이 어떻게 운명에 맞서 힘겨운 투쟁을 전개하는지를 보여주고자 했다. 이로써 어린 독자들에게 가혹한 사회 현실을 교육하며, 사회의 백태를 관찰하게 만들고자 하는 것이 1930년대 좌련 아동문학의 주된 내용이며 창작 목표였다.

1931년 새해의 시작과 함께, 의인적 수법으로 창작된 동화와 우화 부류의 작품을 학교 교과서에 수록해야 하는지를 둘러싸고 교육계와 문학계에서 논쟁이 전개되었다. 이 논쟁은 동화와 아동문학에 관하여 별

『별나라』 등의 잡지에 수록된 동화의 수가 너무 적다고 지적한 뒤, 동화 창작이 적은 이유를 다음과 같이 세 가지로 요약하였다. 첫째, 프로아동예술의 역사가 짧아 기술이 부족하기 때문이다. 둘째, 프롤레타리아 아동문학가들이 아동에 대한 이해가 적어 동화의 중요성을 정확히 인식하지 못하기 때문이다. 셋째, 프롤레타리아 아동문학가들이 소설보다 동화를 가볍게 보는 까닭이다. 그의 비판은 상당한 설득력을 갖추고 있었지만, 이미 아동소설 창작이 동화 창작을 압도해버린 현실을 바꾸기에는 역부족이었다.

다른 지식을 갖추고 있지 않았던 후난湖南성 정부 주석인 허찌안何鍵으로부터 제기되었는데, 그는 학교 교과서에서 동화를 제거해야 한다고 주장하였다. 1931년 3월 5일 『신보申報』에는 「허찌안이 교과 과정 개량을 요청함何鍵吞请教部改良学校课程」이라는 글이 발표되었다. 허찌안은 교과서에 동물 이야기가 수록되어 있는 것을 비판하며, 새와 동물들의 의인화에 대하여 괴이하기가 이를 데 없다고 평하였다.

이어서 상중이尚仲衣는 나름대로 이론적 논거를 제기하며 허찌안의 주장을 발전시켰다. 그는 「아동 작품을 고르는 기준选择儿童读物的标准」에서 아동 작품을 긍정적인 것과 부정적인 것으로 구분하였다. 자연 현상에 어긋나지 않은 범위에서 취재한 작품은 긍정적인 것에 해당하며, 신선이 나오고 동물들이 말을 하는 동화는 자연 현상과 사회 가치에 위배되는 부정적인 것이라고 지적하였다. 더불어 그는 환상성이 드러난 아동문학을 모두 반대하였다. 그는 '조언수어鳥言獸語'와 같은 의인법을 무의미한 '환상'으로 폄하하며 동화를 비판하였다. 그는 ① 아동이 객관적 생활에 적응하는 것을 방해, ② 현실생활에서 환상으로 도피, ③ 환상에 빠져 열심히 일하지 않아도 성공할 수 있다는 심리 양성, ④ 현실생활에 대한 공황과 두려움 양성, ⑤ 괴이하고 잘못된 생각에 빠지는 위험 등 여러 가지의 죄명을 동화에 뒤집어씌웠다. 이어서 더 이상 동화를 창작하지 말고 폐기할 것을 주장하였는데, 이는 동화에 대한 가장 전면적인 공격이었다.[10]

허찌안과 상중이의 주장은 발표되자마자, 교육계와 문학계에서 루쉰

---

10 张香还, 『中国儿童文学史』(现代部分), 浙江少年儿童出版社, 1988, pp.216~217.

鲁迅 · 우얀인吳研因 · 예성타오叶圣陶 · 천허친陈鹤琴 · 장톈이 · 웨이삥씬
魏冰心 · 장쾅张匡 등의 반발을 일으켰다. 이들은 아동을 이해하고 동화의
예술적 특성을 수호하고자 하는 입장에서, 적극적으로 '조언수어' 부류
의 작품을 옹호하였다. 이들의 노력은 동화의 교육적 가치에 새롭게 주
목하는 결과를 낳았다. 또한 아동소설과 구별되는 동화의 장르적 특성
을 분명히 하는 데 기여하기도 하였다.

우얀인은 먼저 '조언수어', 즉 동화는 의인화 기법을 활용하기는 하
지만 단순히 낡고 괴이한 '신선 · 요괴 이야기'가 아니며, '판타지'와 같
은 범주로 취급해서도 안 된다고 주장하였다. 동시에 그는 동화의 예술
적 환상성을 높이 평가하였다. 천허친은 「'조언수어' 작품을 깨뜨려야
하는가?'鸟言兽语'的读物应当打破吗」에서 아동의 심리적 특성에 입각하여
많은 유아의 생활 속 실례를 들며, 동화가 어린 아이들에게 방해가 되지
않음을 밝혔다. 또한 유아는 동화라는 예술 형식을 선호하기 때문에, 어
떠한 권력도 아동에게 필요한 것을 빼앗을 수 없다고 비판하였다. 예성
타오는 '조언수어'라는 제목의 동화를 써서 허찌안과 상중이의 주장을
간접적으로 비판하였다. 웨이삥씬은 「동화 교재의 상각童话教材的商榷」이
라는 글에서 동화 교재에 관하여 논의하면서, 문학과 과학의 가치를 구
별하고 아동 독자를 각 연령 단계별로 구별해야 한다고 지적하였다. 장
쾅은 「아동 작품에 대한 토론兒童讀物的探討」에서 성인기의 가치관과 아
동기의 가치관이 다르기 때문에, 성인의 심리로 아동의 심리를 추측해
서는 안 된다고 지적하였다. 또한 아동은 동화에 관심이 많으니, 그것을
잘 활용하여 좋은 동화 작품을 골라 주는 것이 교사의 임무라고 강조하
였다. 장톈이 역시 동화를 옹호하며, 허찌안과 상중이를 비판하였다.

허찌안과 상중이의 주장에 가장 예리하고도 거센 반격을 가한 인물은 현대문학의 거장이자 좌련의 맹원이었던 루쉰이다. 루쉰은 두 가지의 측면에서 허찌안과 상중이의 '조언수어' 금지설을 반박하였다. 먼저 '아이의 마음'과 '문무관원文武官員의 마음'이 다르다는 점을 구별해야 한다고 지적하였다. 다음으로 아동의 실제 수용상황에 따르면 어린 아이들은 예술의 가설적 성격을 모르고 특정한 의인적 수법을 진실로 간주하는 경우도 있지만, 아이들은 성장할 것이며 영원히 제자리에만 머물러 있지 않다고 강조하였다. 그렇기 때문에 중요한 것은 '조언수어', 즉 동화를 폐기하는 것이 아니라 문화와 과학을 보급하면서 아동의 감상 능력을 높이는 것이라고 밝혔다.

　　1930년대 초의 '조언수어' 논쟁은 5・4운동 이후 전 사회적으로 벌어진 동화 및 아동 작품에 관한 총괄적인 논쟁이었다. 이 논쟁을 계기로 하여 사람들은 '조언수어', 즉 동화의 가치를 더욱 분명히 인식하게 되었다. 결과적으로 좌련 시기는 중국 아동문학에서 동화의 위치가 보다 확고해진 시기였다. 좌련 시기, 더 나아가 1930년대에 루쉰・마오둔茅盾・쩡쩐뚜어郑振铎 등 문학의 거장들은 아동문학 비평, 특히 동화의 발전에 아낌없는 관심을 기울였다. 또한 그들은 그저 관심을 가지는 정도에만 그치지 않고, 동화・아동소설 논의에 활발하게 참여함으로써 아동문학 비평의 전진을 이끌었다. 이렇듯 거장들의 구체적인 이론 비평은 중국 아동문학에서 매우 중요한 의미를 가지고 있다. 그들은 아이들을 "중국에서 가장 사랑스럽고 희망이 있는 제2세대"[11]로 보았고, 아동문

11　方卫平, 『中国儿童文学理论发展史』, 上海 : 少年儿童出版社, 2007, p.228.

화의 건설에 깊은 관심을 기울이며 구체적인 실천에 나섰다.

상술한 바와 같이 중국에서는 한국의 사례와는 반대로, 프롤레타리아 아동문학운동 시기를 거치면서 동화의 중요성이 더욱 강조되기에 이르렀다. 중국에서 위상이 더욱 확고해진 동화는 현실주의적 정신을 적극 수용하고자 하였는데, 이를 통하여 새로이 형성된 동화를 '신흥동화新興童話'로 규정하였다. '신흥동화' 등장 이전까지는 동화의 환상성과 현실주의적 정신의 공존은 불가능하다는 이분법적 사고가 지배적이었다. 그러나 '신흥동화'는 동화의 환상적인 특징을 그대로 유지하면서도, 현실주의적 정신을 반영하여 작품 속에 '사회성'을 적절하게 녹여내는 것이 가능하다는 것을 입증하였다.

> 만약 민족동화는 역사적(혹은 민속학적)이고, 문학동화는 예술적이고, 교육동화는 관념론적이고, 과학동화는 유물론적이라고 한다면, 신흥동화는 사회적인 것이라고 할 수 있다.[12]

'환상성'과 '사회성'의 결합에 토대를 둔 중국의 신흥동화는 1930년대, 더 나아가 1940년대에도 꾸준히 아동소설과 함께 현실주의 아동문학의 맥을 이어 갔다. 신흥동화의 대표작으로 손꼽히는 작품이 바로 좌련을 대표하는 아동문학 작가 장톈이의 『다린과 쇼린大林和小林』(1932)이다. 이 작품은 현재까지도 변함없이 독자들의 사랑을 받으며, 중국 아동문학의 걸작으로 평가받고 있다.

---

12 陈伯吹, 「童话研究」(『儿童教育』, 1933.5.15), 李利芳, 『中国发生期儿童文学理论本土化进程研究』, 中国社会科学出版社, 2007, p.243.

또한 중국 아동문학에서는 1930년대에 이르러 현실주의가 확립됨에 따라, '동화'와 '아동소설'의 장르 구분도 명확해졌다. 아동문학에서 물활론적 사고를 바탕으로 하는 산문 장르는 '동화'로, 현실을 바탕으로 하는 산문 장르는 '아동소설'로 뚜렷하게 구분된 것이다.

3) 일본 – '신흥동화'를 둘러싼 논쟁

1928년 10월에 발족한 신흥동화작가연맹은 '신흥동화'를 제창하였다. 그들이 제창한 '신흥동화'는 종래의 표현을 답습하는 비현실·비자연과학적인 동화가 아니라, 아동의 현실생활을 직접 그리는 새로운 표현 형식의 동화였다.

> 우리나라 창작동화를 살펴볼 때, 표현 형식에는 대체로 두 개의 양식이 있다는 것을 확인할 수 있다. 하나는 종래의 표현을 답습하는 소위 동화 세계를 전개하는 동화로서, 주로 비현실·비자연과학적인 것이었다. 다른 하나는 앞서 언급한 형식과 엄연히 대립하는 형식으로서, 아동의 현실생활을 직접 그리는 동화라는 새로운 표현 형식이었다. 이들 가운데 후자에 해당하는 것이 신흥동화 작가들에 의한 새로운 동화 형식으로 간주되었다.[13]

위에서 인용한 마키모토 구스로의 언급을 통하여 확인할 수 있듯이,

---

13 槇本楠郎, 『プロレタリア兒童文學の諸問題』, 世界社, 1930, p.52.

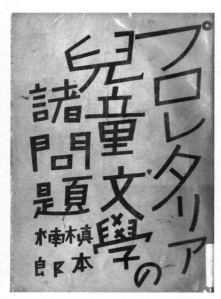

〈그림 10〉『프롤레타리아 아동문학의 제문제』

당시 일본 아동문학계에서는 공상성보다 현실성에 더욱 주목하였다. 이러한 양상이 아동의 현실을 소재로 한 작품들까지 모두 동화에 포함시키는 그릇된 경향으로 이어졌다는 점은 주목을 요한다.

프롤레타리아 진영 내부에서는 '신흥동화'를 둘러싸고, 공산주의 진영과 무정부주의 진영 사이에 견해의 차이가 드러났다. 먼저 공산주의 진영을 대표했던 마키모토 구스로의 논의를 살펴보도록 하겠다. 마키모토 구스로의 책『프롤레타리아 아동문학의 제문제プロレタリア兒童文學の諸問題』는 1928년부터 1929년까지 2년에 걸쳐 집필한 결과물이었다. 이 책은 당시 일본 프롤레타리아 아동문학의 기념비적 저작으로 평가할 수 있다. 그는 동화 역시 아동 독자로 하여금 계급적 관점을 확립할 수 있도록 도와주어야 한다고 주장하였으며, 계급 이데올로기의 교화에 있어서 아동 심성의 특수성을 고려할 것을 강조하였다.

마키모토 구스로는『빨간 새』이래로 아동문학을 지배한 동심예술론에 투쟁적인 비판을 가하며, '어린이는 천사'라는 무계급·초계급적 아동관의 기만성을 밝혔다. 이어서 '동심'의 실체는 아동 지각의 빈약 및 인식 부족에 있다고 강조하였다. 또한 아동에게도 계급성이 존재하기 때문에, 그들에게 계급 의식이 담겨 있는 작품을 전달해야 한다고 주장하였다. 이로써 공산주의 진영에서는 자연스레 아동소설을 강조하게 되었다.

본래 아동의 마음·아동의 세계는 천진난만·순진무후純眞無詬하여, 마치 백지나 천사와 같이 무계급·초계급적인 것이라고 간주되었다. 그러나 이는 심히 계급적이며, 너무나도 시적인 공상화이자, 종교적 우상화요, 무지無智에 의한 미신적 신성화일 뿐이다. 현재 '어른의 세계'에서는 계급적 대립이 나타나고 있으며, 시시각각 그 투쟁이 첨예화尖銳化·백열화白熱化되고 있다.

아동 역시 어느 쪽이든지 계급에 속하지 않고는 살아갈 수 없다. 어느 쪽이든지 어머니(계급에 속한 인물)의 젖을 먹지 않고는 성장하지 못한다. 즉, 아동의 생활·아동의 마음 역시 각기 계급적 차이가 있으며, 아동 스스로도 계급에 속해 있다. 따라서 오늘날 아동 역시 부모 동포와 힘을 합쳐 투쟁해야 한다.

— 우리 가난한 사람들을 위한 이야기를 쓰자!

— 우리 고생하는 사람들을 격려하는 이야기를 읽자!

이러한 요구들은 무슨 이야기를 하고 있는 것인가? '왕자'와 '공주'의 생활, 그들의 이야기가 우리 프롤레타리아 아동에게 무슨 재미를 줄 수 있겠는가! 오늘날 우리는 당신들이 어떤 이야기, 어떤 책을 써야 할 것인지 알고 있다.[14]

다음으로 마키모토 구스로는 아동이 특정 계급에 기반을 둔 존재이며, 어른의 보호 및 교화가 필요하다고 밝혔다. 아동과 어른 사이의 관념 차이를 표현하는 것이 '아동문학의 본질'이며, 그 차이를 어른의 관념으로 이끌어 주는 것이 '아동문학의 사명'이라는 것이다. 또한 그 관념을 프롤레타리아트의 관념으로 이끌어 주는 것이 '프롤레타리아 아

---

14 위의 책, pp.8~9.

동문학의 사명'이라고 주장하였다. 이어서 그는 "프롤레타리아 아동문학은 아동을 대상으로 하는 프롤레타리아문학의 한 분과 — 최초이자 최후의 임무이고 사명이며 또한 목적"이라고 강조하였다.[15]

> 성인과 아동 사이에는 생활 태도 · 생활 의식 · 생활 기분, 그리고 욕망 · 희망 · 지표 등에 있어 큰 차이가 존재한다. 따라서 희노애락喜怒哀樂의 내용質이 다르다. 이에 따라 성인과 어린이는 각기 '가치'나 '의의'의 기준이 다르다. 따라서 동화, 더 나아가 아동문학은 아동의 세계 · 심성 · 세계관을 지반地盤으로 하여 그것으로부터 성장할 것이다.[16]

마키모토 구스로가 아동 심성의 특수성 및 아동문학의 특수성을 특히 강조하였던 이유 역시, 성인과 아동의 차이를 현실적으로 파악하고자 했던 태도에서 기인한 것으로 이해할 수 있다. 그는 아동문학의 특수성을 명확히 강조하며, 프롤레타리아 아동문학 진영 일부에서 동화의 공상성을 부정하는 견해에 맞서 투쟁하였다.

콘또우 고우찌近藤浩二, こんどう こうじ는 동화의 공상성이 아동의 이해력을 착잡錯雜하게 만들며 과학을 부정할 위험이 있고, 현실과 공상을 구별할 수 없게 만들 위험이 있다고 주장하였다.

> '광의의 상징'이란 내 나름의 해석인데, 소위 동화에는 방법도 아닌 터무니없는 상징이 있다. 예를 들어 토끼와 거북이의 이야기 · 원숭이와 게의 싸

---

15 위의 책, pp.22~23.
16 위의 책, p.54.

움·'식물이나 꽃이 나비에게 말을 했다' 등 인간과 철저히 동떨어진 것들인데, 그들은 전부 인간처럼 그려지며 인간적인 삶을 누리고 있다. 따라서 동화는 아동의 이해력을 착잡錯雜하게 만듦으로써 결과적으로 변태적·심리적인 일상생활을 누리게 하고, 혹은 과학을 부정하게 할 위험(예를 들어 곰이 정말 사람처럼 생각한다고 여기는 것)이 있다.[17]

마키모토 구스로는 콘또우 고우찌의 주장을 '폭론暴論'이라 칭하며, 맹렬히 비판하였다. 그는 프롤레타리아 아동예술운동에 있어 현실주의만을 강조하며 모든 아동예술에서 '공상성' 혹은 '비현실성'을 추방하려 하는 것은 어리석은 짓이라고 비판하였다. 그는 아동의 심성(공상성·비현실성)을 무시한다면 어떻게 현실주의가 있을 수 있으며, 또한 어떻게 아동문학의 대상을 추구할 수 있는지 의문이라고 지적하였다. 이어서 어른의 과학적 판단에 의거한 '현실'과 '비현실'의 문제를 아동 세계에까지 적용하려 해서는 안 된다고 밝혔다.

(…상략…) 프롤레타리아 아동예술운동에 있어 현실주의만을 강조하며 모든 아동예술에서 '공상성' 혹은 '비현실성'을 추방하려 하는 자가 있다면, 이는 뿔을 교정하고 소를 죽이는 어리석은 짓을 하는 것이다. 그뿐만 아니라 앞에서 기술한 아동의 심성(공상성·비현실성)을 무시한다면 어떻게 현실주의가 있을 수 있으며, 또한 어떻게 아동문학의 대상을 추구할 수 있다는 말인가.
(…중략…)

---

17 近藤浩二, 「これからの童話」(『教育新潮』, 1928.7), 槇本楠郎, 『プロレタリア兒童文學の諸問題』, 世界社, 1930, p.53.

우리 어른의 인식에 따라, 즉 과학적 판단을 통하여 '현실'·'비현실'을 논
할 때에는 지장이 될 것이 없지만, 동화를 논하는 경우에는 결코 이러한 척
도尺度를 아동의 세계에까지 적용해서는 안 된다. (…중략…) 프롤레타리아
동화 작가는 이 점을 충분히 주의해야 한다(독자의 대상 — 연령·계급·계
층·단체·지역적 특성의 차이 등을 고려해야 한다).[18]

마키모토 구스로는 성인과 아동의 차이를 현실적으로 파악하고, 아
동 심성의 특수성 및 아동문학의 특수성을 강조하였다. 이와 같은 마키
모토 구스로의 생각은 오늘날까지도 그 타당성을 잃지 않고 있다. 하지
만 정작 중요한 문제는 타당성을 갖는 생각을 실제 작품 창작에 적용시
키는 것이다. 상술한 마키모토 구스로의 이론에는 분명히 현실주의에
관한 인식의 심화가 보이지만, 창작 방법으로서 현실주의의 검토가 심
화된 것은 아니었다.

마키모토 구스로의 프롤레타리아 아동문학 이론과 실제 작품 창작
사이에 상당한 거리가 있었던 것은 불가피한 일이었다. 앞서 언급한 것
처럼 『문예전선』·『전위』·『프롤레타리아 예술』·『소년전기』·『동화
운동』에 발표된 작품들은 경직된 관념이나 주관의 표현, 사상 교육에
그치고 말았다. 작품을 통한 계급 투쟁을 최우선 목표로 설정하는 한,
표현이나 방법의 성숙을 기대하는 것은 매우 어려운 일이었기 때문이
다. 따라서 마키모토 구스로의 프롤레타리아 아동문학 이론은 작품이
노골적인 슬로건이 되는 것을 방지하고자 하였음에도 불구하고, 결과적

---

18 위의 책, pp.60~61.

으로는 창작에 있어서 이데올로기의 교조적 적용을 막을 수 없었다.[19]

다음으로 오가와 미메이를 중심으로 한 무정부주의 진영에서 전개된 '신흥동화'에 관한 논의를 살펴보도록 하겠다. 오가와 미메이는 무정부주의 진영 프롤레타리아 동화를 대표하는 작가일 뿐만 아니라, 예술적 창작동화를 대표하는 중진重鎭이었다. '신흥동화' 운동을 제창하며 반자본주의적 아동문학자들을 집결시킬 수 있었던 데에는 오가와 미메이의 역할이 중대한 의의를 가지고 있었다.

이후 공산주의 진영과 무정부주의 진영 사이의 대립이 이어지자, 오가와 미메이는 신흥동화작가연맹에서 끝내 탈퇴하고 말았다. 그는 자신의 입장과 견해를 밝힌 「신흥동화의 강압과 해방新興童話の强圧と解放」에서 공산주의 진영의 입장을 강권주의라고 배척하며, 아동에게 주입식으로 계급 의식을 교화하고자 해서는 안 된다는 태도를 나타내 보였다.

볼셰비즘을 믿는 일파가 신흥동화의 이름 아래 아동을 계급 투쟁의 전사戰士로 여긴다. 투사인 것이 나쁘다는 것은 아니다. 그것은 자아의 의지이고, 자유롭게 선택한 확신인 경우에는 실제로 그것을 혁신의 열화熱火로 여길 수 있다. 그러나 현재 그것은 강제强制이다. 목적의식을 위하여 인식이 없는 자에게 지도한 경우, 자본주의의 폭력이 아동에게 독을 먹이는 것을 증오하는 우리는 똑같이 이러한 방식을 부정하고 투쟁하지 않으면 안 된다.[20]

---

19 横谷輝, 「プロレタリア兒童文學運動とはなにか―成果と欠陷」, 村松定孝·上笙一郎, 『日本兒童文学研究』, 三彌井書店, 1974, p.309

20 小川未明, 「新興童話の强圧と解放」(『童話文学』, 1929.8), 猪野省三 等編, 『日本児童文學大系―プロレタリア童話から生活童話へ』, 三一書房, 1955, p.351.

또한 그는 동화에서 "아름다운 것은 곧 진眞이자 선善이라는 것"이라고 밝히며, 예술이 특별한 것은 바로 이와 같은 점 때문이라고 주장하였다. 그리고 그는 동화가 단순히 아동을 위한 문학이 아니라, 성인 대중도 읽어야 할 문학이라고 주장하였다. 그는 "가장 정직하고 순진한 감격성을 보유한 대중"이 곧 아동이며, 동화는 아동보다 대중을 위하여 창작되어야 한다고 생각하였다.

동화에 있어서 아름다운 것은 곧 진眞이자 선善이라는 것을 긍정할 수 있다. 진선미眞善美라는 하나의 관념의 완전한 구상화具象化는 모든 예술 중 오직 동화에서만 가능할 수 있는 것으로서, 예술 중에서도 동화가 특별한 것은 이 때문이다.

나는 자주 생각하건대, 동화 작가는 아동을 위하여 작품을 쓰는 것이 아니다. 아동에게 들려주는 것을 목적으로 하는 데에는 의미가 없다. 아동은 성인들의 배후에서 온 대중大衆이다. 가장 정직하고 순진한 감격성을 보유한 대중, 이들이 아동이다. 동화 작가가 동심童心에 입각하여 정직한 고백과 지극한 감격에 의하여 작성한 작품은, 뜻밖에 대중에게 잘 받아들여지지 않는다.[21]

1929년 12월에는 공리와 강권을 가지고 있는 예술을 해방시키고 예술 스스로의 기능을 발휘함으로써, 사회와 인심을 향상시키고 순화시키기 위하여 동화와 동요의 혁신을 기대한다고 선언하며 자유예술가연맹自由藝術家同盟이 창립되었다. 자유예술가연맹은 오가와 미메이를 옹호한

---

21 小川未明, 「童話の創作に就いて」(『童話研究』, 1928.1), 위의 책, p.344.

후나키 시로우船木枳郎를 중심으로 한 무정부주의 진영의 동화운동 조직이었다. 자유예술가연맹의 맹원에는 오가와 미메이를 비롯하여 치요타 아이쬬우千代田愛三·도바시 사도키土橋里木·쿠라다 우시오倉田潮·나카모토 미산로中本彌三郎·오시마 쯔네오大島庸夫·다케다 유키오武田雪夫 등이 있었다. 그들의 기관지『동화의 사회童話の社會』는 1930년 3월에 창간되었는데, 편집부에는 후나키 시로우船木枳郎·미야하라 무가쥬宮原無花樹·키타무라 신이치喜多村信一·요시미 마사오吉見正雄 등이 있었다.

월간으로 간행된『동화의 사회』는 연말까지 총 9호를 발간하고 폐간되었다. 이에 대하여 아시야 로손은 「1930년의 동화계」에서 당시 기성작가 진영과 공산주의자 진영이 대립하고 있었는데,『동화의 사회』는 별로 반향反響을 얻지 못한 채 결국 폐간되고 말았다고 설명한다. 그러나『동화의 사회』에 수록된 오가와 미메이의 작품들 중에는 뛰어난 작품들이 많았고, 미야하라 무가쥬의 「화물열차와 차장貨物列と車掌」역시 뛰어난 작품들 가운데 하나였다고 한다. 아시야 로손은 비록 짧은 시간 동안 존재했을 뿐이지만,『동화의 사회』는 존재의 의미가 선명하였다고 평가한다.[22]

『동화의 사회』에 수록된 오가와 미메이의 작품들로는 「배의 조각에 남은 이야기船の破片に残る話」·「노동절 이야기労働祭の話」·「종鐘」·「바람만 분다風だけが呼ぶ」 등이 있는데, 무정부주의 사상을 뚜렷하게 드러낸 산문시 형식의 작품들이었다. 이 시기의 오가와 미메이의 동화에서는 일련의 작풍作風과 사상성을 엿볼 수 있는데, 아동문학이라기보다는 예술성을

---

22 위의 책, pp.424~425.

갖춘 문예의 형태로 '동화'를 확립하고자 하는 의도가 드러난다.

이에 대응하는 평론활동에는 키타무라 신이치의 「신흥동화로서의 동화의 발전성과 가능성」·요시미 마사오의 「신흥동화평론新興童話評論」 등이 있는데, 동화를 교화의식으로부터 해방시키고 아동문학에서 탈각시켜 일반문학으로 발전시키자는 주장을 펼치고 있다. 후나키 시로우의 「동화시평童話時評」 등도 위와 같은 입장에 입각한 것이다. 이들은 마키모토 구스로로 대표되는 공산주의 진영의 동화 이론은 "신흥동화 이론이라기보다는 오히려 기성동화 지지론" 혹은 "기성동화 이용론"이라고 주장하였다.

> 마키모토 구스로槇本楠郎의 울트라超동화 이론이 신흥동화 이론처럼 동화계를 활보濶步하고 있다. 그렇지만 이 울트라동화 이론에서는 독자의 갈증을 달래줄 것이 나오지 않을 것이다. 왜냐하면 이 이론은 신흥동화 이론이라기보다는 오히려 기성동화 지지론으로 일관하고 있기 때문이다. 그는 기성동화를 지지하며 무사상적無思想的인 기성동화를 이용하고, 그 위에 마르크스주의 사상을 포함시키고자 고심苦心하는 기계공機械工에 불과하다. 진정 동화운동으로부터 생성된 동화 이론은 그런 것이 아니다. 그의 이론은 사실상 '기성동화 이용론'에 불과하다.[23]

오가와 미메이는 소설도 희곡도 막히고 있으며 동화의 시대가 왔다고 주장하였는데, 이는 동화를 문학으로서 생각하고 있던 사람들에게

---

23 船木枳郎, 「童話時評」(『童話の 社會』, 1930.9), 위의 책, p.373.

깊은 영향을 남겼다. 그들은 자신들이 추구하는 '예술파 동화'나 '동화파 문학'이 신낭만주의문학 중 하나의 양식으로 확립되기를 염원하였다. 사카이 아사히코酒井朝彦가 1928년 7월『동화문학童話文學』창간호에 발표한「동화가 묘사한 세계」는 바로 이러한 사례 중 하나이다.

　　문예의 여러 가지 형식 중에서도 동화는 가장 특이한 것인데, 따라서 이 높은 예술적 향기는 시나 희곡과 같은 것이다.

　　동화가 예술로 존재하기 위하여서는 몇 가지의 조건이 갖추어져야 한다. 먼저 그것은 전체적으로 하나의 산문시散文詩라고 해야 할 것이다. 그리고 그 시의 기조를 구성하는 것은 순진한 동심의 빛이다. 다음으로는 표현의 문제이다. 동화로서 내용이 살거나 죽는 것은 모두 표현의 승패勝敗에 달린 것이다.

　　따라서 이 창작의 내용은 흥미 있는 제재製材를 찾는 것과 순진하고 우아한 동심의 정신에 접촉하는 데 있기 때문에, 그로부터 동화의 형식으로 구상화하는 데 있어 기교를 빠뜨려서는 안 된다. 그것은 표현의 힘이자 생명이다.

　　표현의 문제와 더불어 동화를 신예술로서 생성하기 위하여서는, 소중한 그 작품들을 현실주의 정신 위에 건축해야 한다는 것이다. 모든 근대 예술이 이 정신을 중시하듯, 동화문학 역시 이 정신을 중시해야 한다. 이 정신을 경시하거나 무시한 채로 작성한 동화는 최소한 오늘날의 동화로서 좋다고 할 수 없다.

　　아동의 마음은 영원히 날지만, 현실을 떠날 수는 없다.

　　동화가 현실주의 정신을 중요시하는 바탕 위에, 그 내용에 있어서는 가장 시대와 접촉하는 것을 택하는 데 관심을 두는 것 또한 중요하다. 그러나 그 때문에 작가의 주관이 너무나도 경향적傾向的으로 되고 감상적感傷的으로 되며, 동화를 목적의식의 선전 도구로 여기는 것은 탐탁하지 않은 일이다. 작품은 어디까지나 높고 순수한 예술로서, 그 가운데 인생 그리고 사회에 기여하는 어떤 이상을 담고 있는 것이 좋다. 이러한 의미에서 볼 때 동화를 단순히 아동만 읽는 것이라고 보는 것은 한계가 분명하며, 광범위한 차원에서 인류 일반이 읽는 것이라고 해석하는 것이 타당하다.

나 역시 동화문학이 단지 아동의 전유물인 예술이라고 생각하지 않는다.[24]

다음으로 세기 히테오関英雄, せき ひでお는 『동화신조童話新潮』 1930년 4월호에 발표한 「동화 창작으로서의 예술파 동화童話的創作としての藝術派童話」에서 다음과 같이 지적하였다.

무정부주의 문학은 '프롤레타리아·낭만주의'를 제창하고 있고, '예술파 동화'와 같이 동화를 신낭만주의 신흥문학으로서 인식하고 있는 것이다. 양자는 그 사상적 차이가 있다고 하더라도, 거리상으로는 가까운 것이다. 자유예술가연맹의 창립이 이를 실질적으로 증명한다고 말할 수 있다. 신흥문학으로서의 운동이 특히 필요한 예술파에게 있어서 연맹의 활동은 이후에 절대적으로 필요한 것이다.[25]

치요다 아이쪼우의 경우에는 『동화신조』 1930년 4월호에 발표한 「동화시평童話時評」을 통하여 "나는 공산주의자들의 집단 『소년전기』와 『동화운동』에 대항하는 무정부주의파 운동단체 자유예술가연맹의 신

---

24 酒井朝彦, 「童話の描く世界」(『童話文學』, 1928.7), 위의 책, pp.344~346.
25 関英雄, 「童話的創作としての藝術派童話」(『童話新潮』, 1930.4), 위의 책, p.426.

예新銳한 여러 작가의 행동을 주목하기도 하였지만, 실제로는 약하고 낡은 예술지상주의적·전통적인 향기만 느꼈을 뿐"[26]이라고 지적하였다.

지금까지 살펴본 바와 같이 무정부주의 동화운동은 당시 프롤레타리아 아동문학의 본류로부터 이탈하여, 실질적으로는 도피적 예술지상주의의 입장에서 강한 반공의식까지 드러냈다. 그러나 무정부주의 동화운동이 적지 않은 예술적 매력으로 동화에 관심을 가진 청년들을 사로잡고 있었다는 점도 무시할 수 없다. 프롤레타리아 아동문학의 본류가 가진 예술적 매력이 부족하다는 것 역시 문제였기 때문이다.[27]

다가세 요시오高瀨嘉男는 「프롤레타리아 아동문학 이론―아나키즘과 코뮤니즘의 대립·비판プロレタリア兒童文學理論―アナルキズムとコンムニズムの対立批判」(1930)에서 무정부주의 진영의 입장을 지지하면서, 무정부주의 진영과 공산주의 진영의 특성에 관하여 전면적으로 논의하였다. 그는 무정부주의 진영은 예술적 관심이 더 높고 보다 문학적·인간적이며, 공산주의 진영은 문학적 형식을 빌려 정치·경제·사회운동이 상호 밀접한 견제 하에 결합되었으며 인간적인 것에 앞서 계급적이 것이 강조되는 특성을 가지고 있다고 주장하였다.[28]

상술한 바와 같이 일본의 '신흥동화' 논쟁은 마키모토 구스로를 중심으로 한 공산주의 진영과 오가와 미메이를 중심으로 한 무정부주의 진영에 의하여 주로 전개되었다. 한국과 중국에서 전개되었던 동화 논의들과의 차이점을 찾자면, 공산주의 진영과 무정부주의 진영이 서로 비

---

26 千代田愛三, 「童話時評」(『童話新潮』, 1930.4), 위의 책, p.426.
27 위의 책, p.426.
28 高瀨嘉男, 「プロレタリア兒童文學理論―アナルキズムとコンムニズムの対立批判」(『童話文學』, 1930.1), 위의 책, p.362.

판을 가하며 논의를 전개하였다는 것이다. 주목할 만한 점은 공산주의 진영과 무정부주의 진영 모두, 대체로 동화의 아동성을 강조하였다는 것이다. 공산주의 진영 일각에서는 동화의 공상성을 부정하는 논의가 제기되기도 하였으나, 아동의 심성을 고려하여 동화의 공상성을 부정해서는 안 된다는 입장이 압도적이었다. 마키모토 구스로와 이노쇼우 쪼우 등 공산주의 진영의 핵심 지도자들은 동화를 부정하는 견해에 맞서 투쟁하였다.

결과적으로 일본 프롤레타리아 아동문학은 아동이 처한 현실을 반영함에 있어서 현실주의의 교두보를 구축하지 못하였기 때문에, 동화도 아니고 아동소설도 아닌 일종의 절충 형식으로서 '생활동화'라는 장르가 출연하였다는 것에 주목할 필요가 있다.[29]

1933년 9월에 츠카하라 켄지로塚原健二郎는 「집단주의 동화의 제창集團主義童話の提唱」에서 집단주의 동화는 개인주의적 교육에서 나온 개인주의 동화와 명백히 대립적인 입장에 서며, 집단주의 교육에서 나온 것으로서 "아동의 집단적 생활(사회적)에 대한 자주적이고 창조적인 생활을 조장하는 각각의 생활활동을 통해서 새로운 내일의 사회를 향하여 나아가기 위한 동화"[30]라고 주장하였다. 생활주의와 집단주의를 강조한 생활동화는 1935년경부터 전후 10년에 이르기까지, 일본 아동문학에서 중요한 위치를 점하고 있었다. 초창기에 생활동화는 프롤레타리아 아동문학의 일환으로서 계급 의식을 내포하고 있는 작품을 가리키는 것이었지만, 프롤레타리아 아동문학이 붕괴됨에 따라 점차 아동의 생활을

---

29 남해선, 「한·중 '童話' 개념의 정착 및 변화 과정 연구」, 인하대 석사논문, 2012, 32면.
30 塚原健二郎, 「集團主義童話の提唱」(『都新聞』, 1933.9), 猪野省三 等編, 앞의 책, p.383.

현실적으로 그리는 작품을 일컫는 말로 지칭되었다. 1941년 이후 생활동화는 일본 파시즘日本法西斯主義 협력문학으로 타락하기도 하였다.[31]

2. 프롤레타리아 아동소설의 특징

1) 계급 대립 및 계급 의식의 묘사

1931년경 『신소년』과 『별나라』에는 계급 대립 및 계급 의식을 묘사한 작품들이 많이 수록되기 시작하였다. 이에 따라 두 잡지는 프롤레타리아 아동문학을 이끄는 주요 통로가 되었다. 이후 『신소년』과 『별나라』에는 수많은 프롤레타리아 아동소설이 발표되었다. 당시 『신소년』과 『별나라』에 발표된 아동소설 가운데 계급 대립 및 계급 의식을 묘사한 작품들로는 오경호의 「어린 피눈물」(1931)·박세영의 「길름뱅이와 소나무」(1931)·구직회의 「무쪽영감」(1931)·이동규의 「이쪽 저쪽」(1931)·김우철의 「상호의 꿈」(1932)과 「오월의 태양」(1933)·홍구의 「채석장」(1933)과 「콩나물과 이밥」(1932)·박일의 「도련님과 미米자」(1932) 등이 있다. 이러한 작품들은 대부분 지주와 소작농·자본가와 노동자, 혹은 그 자식들 사이의 계급 대립을 표현한 것이다.

---

31 남해선, 앞의 글, 48면.

〈그림 11〉 송영

항간의 오해와는 달리, 『어린이』는 결코 프롤레타리아 아동문학운동과 무관한 잡지가 아니었다. 『어린이』에도 『신소년』과 『별나라』 못지않게 다수의 프롤레타리아 아동소설이 발표되었다. 특히 한국 프롤레타리아 아동소설의 대표작 가운데 하나로 손꼽히는 송영의 「쫓겨 가신 선생님―어떤 소년의 수기」가 『어린이』 1928년 1월호에 수록되었다는 사실은 각별한 주목을 필요로 한다.

작품은 가난한 집에서 태어나, 공립학교에 가지 못하고 사립학교에 다니는 소년의 구술로 구성되어 있다. 작품에는 조건도 좋고 월급도 많이 주는 공립학교를 그만두고 가난한 사립학교로 건너온 '이상스런 선생님'이 등장한다. 그 선생님은 가난한 학생들에게 아낌없는 애정을 드러낸다.

"실상은 너희들의 얼굴은 희고 불그스름하여야 할 것이다. 그런데 왜 희고 붉지는 못하고 보기 싫은 병난 얼굴들을 하고 있느냐. 그것은 너희들의 집안이 가난한 까닭이다. 그러면은 왜 너희들의 집안이 가난한 줄 아느냐? 그것은 너희들의 부모가 아무리 애를 쓰시어도 소용이 없이만 되는 까닭이다. 너희들의 부모는 사시 장철 쓸데없는 땀만 흘리고 지내시는 소작 농민이다. 즉 헛애만 쓰시는 사람들이다. 그러면 너희들도 결국은 너희들의 부모님같이 '헛애만 쓰는 사람'이 되기 위하여 자라 가고 있는 것이다! 그러니 생각하여 보아라. 어떻게 했으면 좋겠냐?"[32]

이처럼 선생님은 가난한 소작농과 그 자식들의 편으로서, 학생들에게 그들이 가난할 수밖에 없는 이유를 알려준다. 선생님은 소작농의 자식들에게 계급 의식을 일깨워 주기 위하여 '농민강좌'를 조직하지만, 결국 '생각이 좋지 못하여 자격이 없다'는 이유로 학교에서 쫓겨 가게 된다. 「쫓겨 가신 선생님—어떤 소년의 수기」는 줄거리라든지 인물 묘사에서 특별한 재미를 느낄 수 있는 작품은 아니지만, 현실주의에 입각하여 당시 식민지 아동이 처한 현실을 잘 그려낸 작품이다.

『어린이』에 발표된 아동소설 중에서 송영의 「쫓겨 가신 선생님—어떤 소년의 수기」 이외에도 계급 대립 및 계급 의식을 묘사한 작품들로는 민봉호의 「순이의 설움」(1930.8)·김도인의 「진수와 그 형님」(1930.11)·전식의 「노랑나비」(1932.5) 등이 있다.

일본 프롤레타리아 아동소설에서 계급 대립 및 계급 의식을 묘사한 작품들은 『소년전기』와 『프롤레타리아예술』 등 프롤레타리아 아동문학 잡지에 발표되었다. 『프롤레타리아예술』에 발표된 주요 작품들로는 가찌 와다루鹿地亘의 「지옥地獄」(1928.1)과 이노쇼우 쪼우의 「돈돈야키ドンドンやき」(1928.2) 등이 있다. 또한 『전기』에 발표된 마키모토 구스로의 「문화촌을 습격한 아이文化村を襲った子供」와 『소년전기』에 발표된 도쿠나가 스나오德永直의 아동소설 「원하지 않은 반지欲しくない指輪」 등이 계급 대립 및 계급 의식을 묘사한 주요 작품들이다.

무정부주의 진영 프롤레타리아 아동소설 중에서 계급 대립 및 계급 의식을 묘사한 주요 작품으로는 『동화문학』에 발표된 오가와 미메이의

---

32 송영, 「쫓겨 가신 선생님—어떤 소년의 수기」, 겨레아동문학연구회 편, 『겨레아동문학선집』 1—엄마 마중, 보리출판사, 1999, 143면.

「술집의 원공酒屋のワン公」・미쯔 마사루水谷まさる의 「장갑手袋」・사가이 아사히고酒井朝彦의 「소년少年」 등이 있다.

도쿠나가 스나오가 『소년전기』에 발표한 「원하지 않은 반지」(1930)는 자본주의의 추악한 면모를 그리며, 공장에서 일하는 노동자들이 얼마나 착취당하고 있는지 보여준 작품이다. 회사는 제본製本공장에서 일하는 여공들에게 '기술장려법'을 제시하며, 먼저 2,000책 분량을 완성한 사람에게 금반지를 주겠다고 한다. 반지를 갖고 싶었던 여공들은 손에서 피가 나도록 죽을힘을 다했고, 결국 게이짱이 경기의 승자가 되었다. 이어서 회사 사장이 나오더니, 여공의 임금을 4전錢 5리厘에서 4전으로 삭감한다고 밝혔다.

> 게이짱은 반지를 받고 나서 생각했습니다. 회사에서 우리에게 반지를 주고, 우리의 임금을 삭감한다면 큰일이다.
> 게이짱은 결심을 굳히고 성큼성큼 사장의 방으로 나아갔다.
> "저는 임금 삭감에 반대합니다. 이따위 반지 같은 건 원하지 않습니다."
> 게이짱은 갑자기 반지를 사장의 얼굴에 던졌다.[33]

자본가는 어린 여공들의 물욕을 자극함으로써, 노동자들 사이의 경쟁을 부추겨 생산성을 향상시키려 한다. 게이짱은 죽을힘을 다하여 경쟁에서 승리하고 금반지를 얻었지만, 자신에게 금반지를 주는 대신 여공들의 임금을 삭감하겠다는 사장의 말에 분노한다. 결국 금반지를 받

---

33 猪野省三 等編, 앞의 책, p.159.

은 게이짱은 임금 삭감에 반대하는 뜻에서, 사장을 향하여 금반지를 내던진다. 위의 장면은 노동자와 자본가 사이의 계급 대립과 계급 모순을 잘 보여주고 있다. 또한 노동자들이 저항하는 모습도 묘사되어 있다.

1920년대 후반부터 프롤레타리아 아동문학운동이 활기를 띠게 되자, 동심주의 아동문학을 주도했던 『빨간 새』에도 소작농과 지주·노동자와 자본가의 대립을 그린 작품이 발표되기 시작하였다. 『빨간 새』역시 시대의 정세를 외면하지 않았던 것이다. 『빨간 새』1927년 12월호에 수록된 요시다 겐지로우吉田絃二郎의 「곰과 권총熊とピストル」은 소위 경향적인 작품이라고 할 수는 없지만, 사회 모순을 비판적으로 다룬 작품이다. 이 작품에서 대지주 꼰사구 찌이權作じい는 극악한 이미지로 그려져 있다.

『빨간 새』에 수록된 계급 대립 및 계급 의식을 나타내는 작품들 가운데, 특히 주목할 만한 작품은 키우치 타가네木內高音의 「과일 가게의 요키치水菓子屋の要吉」이다. 자본주의적 생산과 소비의 모순을 아동의 시각에서 실감나게 묘사한 작품이라는 점에서 주목을 요한다. 시골에서 온 어린이 요키치는 과일 가게에서 노동하게 되는데, 요키치의 눈에는 많은 것들이 이해할 수 없는 일로 보인다. 요키치가 일하는 가게에서는 과일들이 다 썩어서 버리게 될지언정, 손님에게 조금 더 주거나 싸게 파는 일이 없다. 요키치는 매일 썩은 과일을 버리러 간다.

밤이 되면 요키치에게는 더욱 더 싫은 일이 있었다.

요키치는 매일 밤, 팔다 남아 썩은 과일을 큰 바구니에 넣고 철도 저편에 있는 덤불에 버려야 했다. 통이 가득 차는 것을 싫어하는 여주인은 작은 나무를 발견하고, 밤에 몰래 거기에 가서 버리라고 했다.

요키치는 밤마다 썩은 과일을 버리는 데 질려 버렸다. 그래서 요키치는 과감하게 여주인을 찾아가서 말했다.

"이렇게 해서는 안 돼요. 어떻게든지 팔 수 있는 방법이 없는 걸까요? 싸게 해서라도……."

그러자 여주인은 요키치를 노려보았다.

"건방진 건 좋지 않아. 아무 것도 모르는 녀석아, 싸게 판다고 해서 장사가 잘 되는 게 아니야."

"하지만……. 버릴 바에야 공짜로 주는 게 그나마 좋을 것 같은데요."

요키치는 머뭇거리면서 말했다.

그 말 때문에 요키치는 주인의 미움을 받아 저녁식사 때 아무 것도 받을 수 없었다. 요키치는 물도 없이 굶주린 채, 쭈뼛쭈뼛 이불 속에 기어들어 갈 수밖에 없었다.[34]

아무리 생각해도 요키치는 장사를 위해서 먹을 수 있는 음식을 썩게 하는 이론을 알 수 없었다.

"어른이 되면 알게 되겠지."

요키치는 그렇게 말하며 자신을 위로할 수밖에 없었다.

"그리고 나중에 조건이 되면, 스스로 가게를 하나 낼 거야. 그러면 결코 음식을 썩게 만드는 일이 없게 하고, 썩게 될 것 같으면 사람들에게 먹어 달라고 할 거야."

---

34 위의 책, pp.104~105.

요키치는 그렇게 생각했다. 하지만 요키치가 어른이 된다고 해서, 그것이 가능한 일인지는 모르겠다.[35]

이 작품은 자본주의의 수요와 공급의 법칙이라는 것이 얼마나 허무한지 폭로하고 있다. 어린 요키치에게 있어 버릴지언정 싸게 팔 수 없다는 자본주의의 법칙은 도무지 이해할 수 없는 것이다. 이처럼 자본주의의 본질과 모순에 대하여 고민하는 작품이 『빨간 새』에 발표되었다는 것은 당시 일본 아동문학의 분위기를 보여주는 것이다.

1930년대 전후에 중국 프롤레타리아 아동문학운동은 우익 세력이 아동문학을 시대에 뒤떨어진 후퇴의 길로 이끌고 있다며 강력히 비판하였다. 계급 투쟁 및 민족진흥을 주요 과제로 설정하고 있던 중국 좌익 문단은 아동문학 역시 프롤레타리아 문학운동의 일부가 되어, '혁명범식革命范式'의 이상주의를 전달할 것을 주장하였다.[36] 이로써 계급 대립 및 계급 의식의 묘사가 중국 프롤레타리아 아동문학의 주요 과제로 부각되었다.

꿔모뤄가 『문화비판文化批判』에 발표한 「한 쪽의 손—신시대의 어린이들에게—只手—献给新时代的小朋友们」(1927)는 바로 상술한 바와 같은 시대적 요구를 반영한 작품이다. 아동노동자 '뻬이뤄(독일어—Pro : Proletariat의 약어)'는 '닐킹따(독일어—nirgends : 어디에도 없는 곳)'라는 섬의 철강공장에서 노동하던 도중에 오른쪽 손이 잘린다. 그러나 자본가는 무관심한 태도를 보이고, 심지어 '뻬이뤄'를 살리고자 하는 노동자들의 지도자 '커

---

35 위의 책, p.110.
36 王泉根, 「三十年代中国儿童文学现象的历史透视」, 『西南师范大学学报』第2期, 1997, p.82.

〈그림 12〉 궈모뤄(郭沫若)

베(독일어—KP : Kommunistische Partei의 약어)'에게 채찍질을 한다. '뻬이뤄'를 비롯한 노동자들은 분노하여 저항하지만, 실패하여 감옥에 갇히고 만다. 이후 '커베'는 온 섬의 노동자들이 결합하는 파업을 이끌고, 자본가의 통치를 무너뜨린다. 손이 잘린 아동노동자 '뻬이뤄'는 너무 크게 다친 탓에 세상을 떠나게 되는데, 노동자들은 '뻬이뤄'를 비롯하여 투쟁 과정에서 희생당한 노동자들을 위한 기념탑을 건립한다. 철로 제작한 기념탑은 한쪽 손을 높이 들고 투쟁의 의지를 불태우는 '주먹' 형상으로 제작된다. 「한 쪽의 손—신시대의 어린이들에게」는 주인공의 이름부터 프롤레타리아와 공산당의 약어로 지어져 있으며, 뚜렷한 경향성을 드러내고 있다. 계급 투쟁을 선명하게 형상화한 작품으로 평가할 수 있다.

마지막에 커베는 프로를 위하여 기념탑을 건립하자고 제안하였는데, 모두 찬성하였다. 모두 프로를 위하여 대리석 유상遺像을 만들었는데, 잘린 오른손을 왼손에 든 채 전투를 지휘하는 모습으로 형상화하는 데 찬성하였다. 그리고 프로와 노 프로 부부, 이번에 희생당한 노동자 동지들을 위하여 국장國葬을 하자고 제의하였는데, 역시 모두 찬성하였다.

이상 몇 건의 일이 결의된 후, 국가적으로 중요한 행사를 치르듯 준비를 시작하였다.

국장을 실시하는 날은 프로를 위하여 기념탑을 세우는 날이기도 하였다.

프로를 기념하는 탑은 섬의 공회당 안에 세우게 되었다. 몇 십만 명의 노동자와 인민이 기념탑 주변에 모였다. 그 탑은 50장丈이 넘는 높이로 건립되었으며, 온통 철로 제작하였다.

모두 고개를 들었다.

제막을 하고 보니, 탑 정상에 있는 빨간 철권鐵拳이 하늘을 향하고 있었다.

모두 저절로 오른손으로 주먹을 쥐고, 하늘을 향해 뻗었다.

다들 미리 상의도 없이, 같이 고함을 질렀다.

"철권 만세! 철권 만세! 철권 만세!"[37]

위에 인용한 결말 부분에서 노동자들이 '철권 만세'라는 구호를 외치는 장면은 장엄한 분위기를 연출하고 있다. 이처럼 강렬한 경향성과 선동성을 갖춘 표현 방식은 이후 프롤레타리아 아동소설에 깊은 영향을 주었다. 노동자들이 단결하여 권력을 장악한다는 작품의 설정은 실제로 발생했던 역사적 사실과 연관성을 찾을 수 있다. 상하이를 중심으로 한 도시에서 발생하였던 노동자 파업 등의 저항이 바로 그것이다. 작품의 도입부에는 '닐깅따'라는 섬을 설명하면서, "그 섬에는 이미 상하이와 같이 번화한 도시가 존재한다"[38]는 구절이 있다. 또한 "상하이 시내는 아파트와 상점 등으로 번화하였지만, 상하이 시외로 나가면 부자의 돼지우리보다 더 초라한 집을 만날 것이다"[39]라는 구절도 있다.

5·4운동 시기에 중국 아동문학은 '아동 본위론'에 입각하여, 아동 독자

---

37 郭沫若, 「一只手」, 『郭沫若全集』 第10卷(文学编), 人民文学出版社, 1985, p.34.
38 위의 글, p.3.
39 위의 글, p.3.

에게 즐거움을 줄 수 있는 작품을 창작하는 것을 주된 목적으로 여겼다.

그러나 1930년대에 이르러 중국 프롤레타리아 아동문학은 계급 대립 및 계급 의식을 묘사하는 경향적인 길을 걷게 되었다. 이어서 마오둔·런스柔石·후예핀胡也频·영슈렌应修人·홍링페이洪灵菲·펑컹冯铿·아잉阿英·샤팅沙汀·아이우艾芜·차오밍草明·다이핑완戴平万·위링于伶·왕루옌王鲁彦·왕퉁자오王统照·송쯔디宋之的·양소杨骚·푸펑蒲风·장무량蒋牧良·쉬췬舒群·예강叶刚 등의 좌련 맹원들은 프롤레타리아 아동문학운동에 결합하며, 다양한 경향적·전투적 작품을 창작하였다. 또한『소년대중』이외에도『창조월간创造月刊』·『태양월간太阳月刊』·『맹아월간萌芽月刊』·『척황자拓荒者』·『북두北斗』·『문학文学』·『소설가小说家』·『문학종보文学丛报』·『문화일보文化日报』·『문학계文学界』·『광명光明』·『중류中流』·『역문译文』 등의 좌익 문예지와 신문 등에 프롤레타리아 아동문학 작품과 평론이 수록되었다.

중국 프롤레타리아 아동소설 중에서 계급 대립 및 계급 의식을 묘사한 작품들로는 펑컹의 「꼬마 아치앙小阿强」·딩링丁玲의 「아이들에게给孩子们」·진띵金丁의 「아이들孩子们」·정농征农의 「아이의 생각孩子的想头」 등이 있다. 장톈이의 아동소설 「이사한 후搬家后」(1930)[40]·「꿀벌蜜蜂」(1932)[41]·「평범한 일 한 가지一件寻常事」[42]·「팁小账」(1933)[43]·「기우奇遇」[44]·

---

40 1930년 4월에 창작된 「이사한 후」는 1930년 5월 1일『맹아잡지萌芽雜誌』 제1권 제5기에 수록되었다. 현대문학 월간지『맹아잡지』는 루쉰과 풍쉬에風雪峰이 편집을 담당하였는데, 1930년 1월 1일에 창립하여 상하이上海 광화서국光华书局에서 발행하였다. 같은 해에 좌련이 성립한 후에 좌련의 기관지가 되었다.「이사한 후搬家后」라는 작품은 장톈이가 좌련에 가맹하기 전에 쓴 작품이지만, 좌련 기관지『맹아잡지』에 발표되었기 때문에 이 책의 검토 대상에 포함시키도록 하겠다.

41 「꿀벌」은 1932년 7월 1일 월간『현대现代』 제1권 제3기에 수록된 작품이다.

42 「평범한 일 한 가지」는 1933년 7월 1일 월간『문학文學』 제1권 제1기에 수록된 작품이다.

「교훈教訓」,[45]·「두 친구朋友倆」,[46](1934)·「단원團圓」(1935)[47] 등도 계급 대립 및 계급 의식을 묘사하고 있다. 또한 마오둔의 단편 아동소설「큰 코의 이야기大鼻子的故事」(1935), 「아들이 회의를 하러 갔다儿子开会去了」, 장편 아동소설『소년 인쇄공少年印刷工』(1936) 등도 계급 대립 및 계급 의식을 묘사한 주요 작품들이다.

〈그림 13〉 마오둔(茅盾)

마오둔의 단편 아동소설「큰 코의 이야기」,[48]의 주인공은 상하이를 떠돌아다니며 유랑하는 아동 '큰 코'이다. 1·28사변[49] 이후 '큰 코'는 고아가 되어 유랑견처럼 비참하게 살다가, 제국주의에 저항하는 행진대에 합류한다. 마오둔의 장편 아동소설『소년 인쇄공』에서는 조위안성이라는 아이의 가족이 1·28사변 이후 비극적인 삶을 살게 된다. 1·28사

---

43 「팁」은 1933년 9월 23·30일, 10월 7·14일 주간『생활生活』제8권 제38~41기에 수록된 작품이다.

44 「기우」는 1934년 4월 1일『문학계간文學季刊』제2기 제4호에 수록된 작품이다.

45 「교훈」은 1934년 10월 8일『국문주보國聞周報』제 11권 40기에 수록된 작품이다.

46 「두 친구」는 1934년 10월 20일에 출판된『양우종서良友縱書』의 제12종 단편소설집『이행移行』에 수록된 작품이다.

47 「단원」은 1935년 11월 1일 월간『현대』제4권 제1기에 수록된 작품이다.

48 이 작품은 1935년 5월 27일에 창작되었고, 1936년 7월 1일『문학』제7권 제1호에 발표되었다.

49 1932년 1월 28일에 상하이 국제 공동조계 주변에서 일어났던 중국과 일제의 군사적 충돌이다. 3월 1일, 중국군은 갑작스레 철수를 시작하였다. 중국의 패전 분위기 속에서 1932년 4월 29일 중·일 양국이 정전협정을 맺기 전, 일본인 거주민들은 훙커우공원虹口公园(현 상하이 루쉰공원)에서 열병식을 거행하였다. 이는 일본의 천장절 경축행사와 일본군 승전 파티를 겸한 행사였다. 이때 식민지 조선의 독립운동가인 윤봉길이 폭탄을 투척하여, 상하이 일본 영사와 해군 중장 등 다수의 군 인사가 죽거나 중상을 입었다. 윤봉길은 체포되어 사형되었다.

변을 겪으며 조위안성의 아버지가 경영하던 상점은 폭격으로 무너지고, 어머니는 죽었으며 동생은 사라졌다. 조위안성은 학교를 그만두고, 생존을 위하여 인쇄공장에서 노동하게 된다. 착취에 시달리는 조위안성은 돈밖에 모르는 자본가들의 비도덕적인 행위와 욕심을 목격한다. 결국 조위안성은 일을 그만두고, 새로운 길을 걷게 된다.

이밖에도 좌련 작가들뿐만 아니라 좌련과 밀접한 관계를 유지했던 작가들 역시 계급 대립 및 계급 의식을 묘사한 아동소설을 발표하였다. 그들은 당시 국민당 독재정권의 반反인민·반反혁명적 제압에 저항하며, 작품을 통하여 지주와 자본가의 부패하고 사치스러운 삶을 묘사하였다. 또한 작품에 계급 의식을 반영하였다. 계급 대립 및 계급 의식을 묘사하는 것은 당시의 시대적 요구였던 것이다.

2) 헌신과 인고·반항과 투쟁

프롤레타리아 아동문학은 주로 빈곤한 하층민의 삶에 시선을 고정시키고, 그 속에서 자란 빈곤한 아동 주인공의 삶과 심리를 그리고자 하였다. 그중에서도 특히 아동소설은 빈곤층 아동이 처한 현실을 묘사하는 데 초점을 맞추었다. 1920~1930년대 한·중·일 아동문학에서는 공상 세계에서 어린이다운 욕망을 표출하고 규범에서 벗어나려는 일탈의 '피노키오 경향'보다, 가족·국가·이념 등을 지키고자 하는 헌신과 인고의 '쿠오레 경향'의 아동상을 자주 접할 수 있다. 특히 프롤레타리아 아동문학에서 이러한 경향이 더욱 두드러진다. 당시의 아동은 온전한 아동으로 존재할 수 없었으며, '작은 어른' 혹은 '작은 노동력'으로서 가족의 생계를 위하여 분투하였다. 또한 현대국가 건설의 주역으로서, 어른들과 동일하게 무거운 짐을 지고 있었다.[50] 프롤레타리아 아동소설에 등장하는 아동상은 대개 헌신과 인고의 아동상, 그리고 반항과 투쟁의 아동상으로 정의할 수 있다.

빈곤한 아동의 삶에는 '눈물'이 가득할 수밖에 없다. 먼저 한국 프롤레타리아 아동소설의 사례를 살펴보도록 하겠다. 오경호가 『신소년』 제8권 제4호(1930.4)에 발표한 「어린 피눈물」은 빈곤한 가정의 모습을 그리고 있다. 주인공들의 어머니는 병으로 드러누워 있지만, 가난 때문에 약을 살 돈이 없다. 오빠는 머지않아 어머니가 죽을지도 모르겠다는 생각을 하고, 한겨울 밤에 의사를 찾아간다. 하지만 아무리 문을 두드려도, 의사는 돈이 없는 오빠에게 문을 열어주지 않는다. 심지어 오빠는 유치장에 갇히는 신세가 되고 만다. 오빠가 유치장에 갇힌 사이에, 어머니는 혼자 남은 딸 옆에서 그만 숨을 거두고 만다.

옵바는 어둑한 캄캄한 유치장에서 어머니가 죽엇나? 살엇나? 무서운 생각 무서운 환상을 그리며 작구작구 우럿습니다.

누외동생이 눈을 쓴 째는 붉은 햇빗이 동창에 비친 아츰이엿습니다. 옵바는 이제 밤에 나가서 아즉 안 드러온 것일가? 다른 데로 다러나 버리지나 안는 것 일가?

"어머니! 어머니!" 부르며 어머니의 목을 흔드러 볼 째 아무리 철이 업다

50 원종찬, 「계보에 비추어 본 이주홍의 아동문학의 특질—카프 시기의 성과를 중심으로」, 『문학교육학』 제38호, 한국문학교육학회, 2012, 337면.

기로서 도라가신 것이야 모를 리가 잇겠습니까?

어머니는 그만 이러케 도라가섯는데 옵바쏘차 어듸로 가버리섯나요 하고 목을 노와 우럿습니다. 어린 피눈물노 하얀 한옷을 적시우며 우럿습니다.[51]

이처럼 당시 현실은 빈곤한 어린이들로 하여금 '눈물', 아니 '피눈물'을 흘리게 만들었다. 「불상한 소녀少女」(1930.5)에서는 채 10살밖에 되지 않은 순이가 돈을 벌기 위하여 학교를 그만두고, 남의 아이를 돌보는 일을 하게 된다. 순이는 툭하면 아기 엄마에게 욕설을 듣고, 서러움의 눈물을 흘린다.

"엇던 아희는 잘 입고 잘 먹고 글을 배우려 학교에도 단이며 부모에게 어리광을 부리고 귀여움을 밧는데 그리고 마음대로 이리저리 쮜여단이며 노는데 나는 웨 죽술이나마 배를 채울 것이 변변치 못하고 석새베옷이나마 몸을 가릴 것이 업서서 써나가기게 몹시도 서른 부모를 써나고 날마다 갓치 놀든 동무를 더나 와로히 이곳에 와서 남의 아기를 보와주지 안으면 안 되는가……"[52]

「불상한 소녀」는 가난 때문에 학업을 이어 가지 못하고, 노동에 시달릴 수밖에 없는 아동의 현실을 잘 보여준 작품이다. 송근우의 「이천 냥 빚으로 대신 가는 언년이」(1926)는 굶어 죽지 않기 위하여 조국을 떠날 수밖에 없는 가정의 모습을 그린 작품이다. 류 서방에게는 2천 냥의 빚

---

51 오경호, 「어린 피눈물」, 경희대 한국아동문학연구센터 편, 『별나라를 차져간 소녀』 2, 국학자료원, 2012, 55~56면.
52 오경호, 「불상한 소녀」, 위의 책, 86~87면.

이 있는데, 그는 보리를 수확해서 갚으려고 한다. 그러나 수재를 입은 류 서방은 아무 것도 수확하지 못하고 만다. 류 서방의 빚은 이자까지 더하여져서 4천 냥에 이르게 된다. 결국 류 서방의 딸 언년이가 다른 집에 하녀로 팔려 가고 만다. 류 서방네 식구는 언년이를 팔아 받은 돈으로 빚을 갚고, 생존을 위하여 중국 둥베이東北로 떠난다. 이처럼 당시 많은 아동이 제대로 교육을 받기는커녕, 노동에 시달리거나 다른 집에 하인으로 팔려 갔다. 당시 대다수의 한국 프롤레타리아 아동소설은 눈물로 마무리된다. 이를 도식적이라 비판할 수도 있지만, 당시 상황을 생각하여 보면 차라리 자연스러운 결말이라고 볼 수도 있다.

중국 프롤레타리아 아동소설에 그려진 아동상도 한국의 경우와 크게 다르지 않았다. 중국 프롤레타리아 아동소설 가운데 헌신과 인고의 아동상이 드러난 작품에는 훙링페이의 「여자 아이女孩」(1929) · 차오밍의 「샤오링 동생小玲妹」(1933) · 샤팅의 「부두에서码头上」(1932) · 아이우의 「아빠爸爸」(1934) · 왕루옌의 「어린 시절의 비애童年的悲哀」(1933) · 다이핑완의 「샤오펑小丰」(1928) 등이 있다.

왕통자오의 「작은 홍등의 꿈小红灯笼的梦」[53]은 인고의 나날을 보내던 주인공의 슬픈 결말을 보여주는 작품이다. 2년생 학도 아뽀는 춘지에春节 전날, 상하이에 책상을 배달하러 가는 길에 사고를 당한다. 사고를 당하면서 배달하러 가던 유리 책상이 깨지고, 아뽀도 다치게 된다.

책상이 깨졌고, 인력거도 다른 사람이 빼앗아 갔을 것이다. 이제 다시는

---

53 왕통자오의 「작은 홍등의 꿈小红灯笼的梦」은 1936년 7월 1일, 『문학』 제7권 제1호에 발표된 작품이다.

원생源生 가게에 돌아갈 수 없다. 그는 이때 더 이상 무서울 것도 없었다. 바다에 부서진 바늘처럼, 그는 어디로 떠갈까? 입가·오른쪽 다리·발목에 입은 상처, 흙과 피 이외에는 가진 것이 하나도 없다. 평소에 동판銅板 반 개의 돈도 그의 주머니에 들어가는 일이 없었다. 가끔 물건을 전하여 받은 착한 사람이 그에게 20개의 동판이나 1각角의 돈을 더 주더라도, 가게에 돌아오자마자 사장이 늘 그의 온 몸을 검사하여 받은 돈을 빼앗았다. 사장은 그 돈으로 술을 마셨다.[54]

아뽀는 끝내 가게에 돌아가지 못하고, 강에 뛰어들고 만다. 이와 같이 당시 중국 아동 중 대다수는 매우 참혹한 환경에서 살고 있었다. 앞서 언급한 바 있는 마오둔의 「큰 코의 이야기」를 살펴보면, 어린 나이에도 불구하고 일찍 노동자가 되어 도시의 공장에서 일하는 아동의 모습이 나타나 있다.

그러나 우리가 충분히 믿을 만한 증거가 있다. '큰 상하이'의 300만 명 인구 중 주인공과 나이가 비슷한 대개 30~40만 명의 아이들이, 실크 공장·성냥 공장·전등 공장 등 각양각색의 공장에서 아침 6시부터 저녁 6시까지 기계에 피가 빨리고 있다. 정말이지 지나친 이야기가 아니라, 노동하는 아이들의 피가 따뜻한 이부자리를 가진 아이들과 그들의 아빠와 엄마들을 키운 것이다.
우리의 주인공도 전등 공장 혹은 다른 공장에서 일하는 양초 같이 생긴 아이들이 밖으로 천천히 걸어 나오는 것을 본 적이 있었다. 그때 우리의 주인

---

54 王统照, 「小红灯笼的梦」, 鲁迅 等, 『从百草园到三味书屋－现代儿童文学选(1902~1949)』, 湖北少年儿童出版社, 2007, p.52.

공의 배에서 꼬르륵 소리가 났고, 그는 일을 마치고 나오는 아이들조차 매우 부럽게 여겼다. 저 아이들은 공장에서 나오면 적어도 '집(초가집이라도)'이라는 곳에 들어갈 수 있겠지. 적어도 전병이라도 먹을 수 있겠지. 적어도 지붕이라는 곳 밑에서 다음날 새벽 5시까지 잘 수 있겠지.[55]

위의 예처럼 프롤레타리아 아동소설에는 아동노동자 이외에도 집을 잃고 떠도는 아이들 · 구걸하는 아이들 · 고아 등이 자주 등장한다. 이러한 특징은 비교적 일찍 현대화를 이룩한 일본의 프롤레타리아 아동소설에서도 확인할 수 있다. 오가와 미메이의 「술집의 원공」은 고아원에서 온 '원공'이라는 아이의 이야기를 소재로 한 작품이다. 그 아이는 12살밖에 안 된 나이에도 불구하고 술집에서 일하게 되었는데, 본명조차 알 수 없어서 '원공'이라고 불린다. '원공'은 눈빛에 불안한 그림자가 어려 있는 불쌍한 아이이다.

술집의 꼬마는 어느 고아원에서 온 것이었다. 그것만 보더라도 그에게는 기댈 곳이 없었다.

그 아이는 말을 하면서 듣는 사람의 얼굴을 가만히 보았다. 그 눈빛은 쉬운 것 같으면서도, 어디인지 모르게 불안한 그림자가 깃들어 있었다.

"혹시 내가 하는 말이 상대방을 거슬리게 해서 꾸중을 듣지는 않을까?" 생각했기 때문이다.

세상의 부모들이라면 그 모습을 바라보면서 "부모 없는 아이는 불쌍하다"

---

55 茅盾, 「大鼻子的故事」, 위의 책, p.8.

고 말할 것이다.

　그 아이는 12살인데, 연령에 비하여 키가 작았다. 그뿐만 아니라 걸을 때마다 두 짧은 다리가 안쪽으로 비뚤어지기 때문에, 불독이 걷는 모습을 연상하게 된다. 그래서 어느덧 누구든지 그 아이를 부를 때에는 그냥 '술집 원공'이라고 부르게 되었다. 이 불쌍한 소년의 본명조차 알 길이 없었다. 결국 그는 늘 별명인 '원공'으로 불리게 되었다.[56]

　앞서 언급한 바 있는 키우치 타가네의 「과일 가게의 요키치」에서 주인공 요키치는 과일 가게에서 일하는 것을 말할 수 없이 싫어하면서도, 과일 가게에서 뛰쳐나가지 못한다. 요키치의 아버지가 과일 가게 주인에게 빚을 졌기 때문이다.

　그러나 요키치는 과일 가게에서 뛰쳐나갈 수 없다. 요키치는 징병 검사를 받을 때까지 노동하기로 약정되어 있다. 요키치의 아버지가 과일 가게 주인에서 수백 엔의 돈을 빌렸기 때문이다.[57]

　아시아에서 가장 먼저 현대화를 이룩하였다고 자부하던 일본이지만, 가난한 집의 아이들은 빚에 발이 묶인 채 과중한 노동에 허덕여야만 하였다. 그 아이들은 식구들을 위하여 헌신하며, 인고의 시간을 견디어낼 수밖에 없었다.

56　猪野省三 等編, 『日本児童文學大系—プロレタリア童話から生活童話へ』, 三一書房, 1955, pp.95~96.
57　위의 책, p.110.

지금껏 살펴본 바와 같이 당시 한·중·일 아동은 착취와 억압이 만연한 환경에서 살아가고 있었다. 그러다 보니, 한·중·일 프롤레타리아 아동소설은 공통적으로 반항과 투쟁에 관한 의식이 싹트는 것을 보여주었다. 그런데 한·중·일 프롤레타리아 아동소설에 그려진 반항의식은 어른들과 같은 적극적 저항의 방식을 취하기보다는, 어린이다운 소극적 반항으로 나타났다.

우선 한국 프롤레타리아 아동소설의 사례를 살펴보자. 홍구의 「콩나물죽과 이밥」(『신소년』, 1932.12)은 학교 체육시간에 벌어진 일을 소재로 한 작품이다. 콩나물죽만 먹어서 힘이 약한 삼쇠는, 고기만 먹고 힘이 센 구장의 아들 형식이를 끝내 이기는 데 성공한다.

이주홍의 「돼지코 꾸멍」(『신소년』, 1930.8)에서는 어린 종규가 활을 들어 호박밭에서 난리를 친 주사 영감네 돼지를 쏜다. 그리고 이주홍의 「군밤」(『신소년』, 1934.2)에서는 종수가 꾀를 써서 심부름만 시키고 군것질거리를 한 번도 나누어 먹으려 하지 않는 주인집 아들의 군밤을 빼앗아 먹는다.

이주홍의 「청어쌕다귀」(『신소년』, 1930.4)와 「잉어와 윤첨지」(『신소년』, 1930.6)는 지주와 소작농의 계급 모순을 드러낸 작품이다. 「청어쌕다귀」와 「잉어와 윤첨지」는 매우 유사한 작품들인데, 우선 생존의 위기에 내몰린 빈궁한 소작농이 지주의 자비를 구하고자 하지만 결국 좌절하고 만다는 줄거리가 흡사하다. 또한 각 작품에서 지주의 자비를 구하기 위한 매개물로 '청어'와 '잉어'라는 물고기가 활용된다는 점도 일치한다. 다음으로 결말의 유사함을 들 수 있는데, 두 작품 모두 좌절한 등장인물들이 눈물을 흘리는 것으로 마무리된다. 「청어쌕다귀」에서는 아버지,

어머니, 순덕이가 한데 어울려 울고, 「잉어와 윤첨지」에서는 아버지의 눈물이 점석이의 얼굴에 떨어진다. 그런데 눈물을 흘리는 것에서만 그치지 않고, 지주에 대한 분노와 증오를 드러내며 작품을 끝맺는다.

아버지, 어머니, 순덕이 한데 어울여서 울엇다. 나란히 맛대인 볼은 불에 익은듯이 쓰거윗다.

"아버지! 아버지! 괜찮어요. 압호지 안어요. 네! 작구 째려주시요. 네! 아버지의 손이 다으니까 담박낫는 것갓해요. 네 아버지! 아버지! 내가 잘못햇서요. 네" 하고 순덕이도 무엇인지 모르게 흥분되여서 아버지 어머니를 힘잇게 안엇다.

고맙고 짜스고 거룩하고 사랑스러워서 사랑스러워서 못견딜 것 갓햇다.

그러나 그와 함긔 누구엔지 업시 그 어느 모퉁이에서는 주먹이 쥐여지고 이가 갈니고 살이 벌벌 썰님을 늣겼다.[58]

점석이의 언간 우에는 아버지의 눈물 세 알이 써러짓다.

확쓴확쓴 쓰거운 눈물에 점석이는 그 자리가 화침으로 쑤시는듯게 압헛다.

그러나 도리혀 아버지의 마음을 상케한가봐 그냥 눈을 감고 견뒷다.

그러나 모르는 사이에 주먹이 쌘도록지고 쌔르럭 썰엇다.[59]

위와 같은 결말은 작품이 그저 비참한 삶의 단면을 보여주는 것에 머무르지 않고, 지배 계급에 대한 분노와 증오를 드러내며 투쟁의 의지를 보여주어야 한다는 문제의식을 반영한 것이다. 좌절에만 머물지 않고

---

58 이주홍, 「청어쌕다귀」, 『신소년』, 1930.4, 30면.
59 이주홍, 「잉어와 윤첨지」, 『신소년』, 1930.6, 13면.

투쟁 의지를 가져야 한다는 문제의식은 의미가 있지만, 이러한 문제의식이 도식적 결말로 이어졌다는 것은 당시 카프 아동소설에서 공통적으로 지적할 수 있는 한계이다.

다음으로 중국 프롤레타리아 아동소설의 사례를 살펴보도록 하겠다. 먼저 장톈이의 「이사한 후」를 살펴보면, 주인공 따쿤大坤은 자신에게 무례하게 구는 도련님과 그의 가족에게 불만을 품고, 밤에 그 집을 찾아가 대문 앞에 똥을 눈다. 또한 따쿤은 그 가족들의 무례에 맞서 조롱과 욕설로 반격한다.

장톈이의 「팁」은 오리고기 식당에서 일하는 세 명의 가난한 아이들 샤오부쯔小福子·샤오허상小和尚·아쓰阿四의 이야기이다. 식당 주인 부부는 세 명의 아이들로 하여금 잠도 제대로 자지 못하게 하고 밥도 제대로 주지 않으면서, 툭하면 욕을 하고 때린다. 심지어 착한 손님이 그들에게 주는 팁마저 빼앗으려 마구 구타한다. 식당 주인 부부에게 화가 난 세 명의 아이들이 주인 부부가 먹는 밥에 침을 뱉기도 하며, 오리의 창자 속에 있는 누런 똥물을 물고기 요리에 묻혀 상을 올리기도 한다. 이러한 반항들은 결과적으로 큰 효과를 거두지 못하지만, 힘없는 아이들이 그나마 자신들이 할 수 있는 방법을 동원하여 반항의식을 표출하고 있다는 점에서 흥미롭다. 이러한 아이다운 반항은 작품에 흥미를 더해 주는 요소이자 어린이 독자들의 공감을 얻을 수 있는 장치이기도 하다.

장톈이의 「꿀벌」은 어린 아이의 편지를 통하여 빈곤한 소작농과 돈 많은 양봉養蜂 자본가 사이의 모순을 보여주는 작품이다. 양봉 자본가가 키우는 이태리 벌들이 소작농의 논으로 날아와 벼의 유액을 마시는 바람에 벼농사를 망칠 지경이 된다. 소작농들은 함께 현장縣長[60]을 찾아가는데, 현장과 양봉 자본가는 항의하러 온 소작농들을 때리고 감옥에 가둘 뿐만 아니라 총까지 발사하는 이야기이다. 그 와중에 어린 아이들은 어른들을 흉내내며, 아버지들을 보호하기 위해 한 무리를 형성하여 몰래 따라나선다. 양봉 자본가가 키우는 이태리 벌들 때문에 소작농들이 벼농사를 망칠 지경에 처한다는 설정은, 지주네 돼지 때문에 소작농이 호박농사를 망칠 지경에 처하는 이주홍의 「돼지코숭명」의 설정과 유사하여 특히 흥미롭다.

1927년 중국공산당中國共産黨의 마오쩌둥毛澤東(1893~1976)은 중국공농혁명군中國工農革命軍을 이끌고 후난성湖南省·장시성江西省 접경 지방에 있는 징강산井冈山에 상간변구공농정부湘赣边区工农政府를 성립하였다. 상간변구공농정부는 지주와 토호를 타도하고, 노동자와 농민에게 토지를 분배하였으며, 이후 장시성 뤼진瑞金을 중심으로 하는 중앙혁명근거지로 발전하였다. 1931~1934년까지 중국공농홍군中國工農紅軍은 영향력을 확대하여 중화소비에트공화국中華蘇維埃共和國을 성립한다.

중화소비에트공화국에서는 꼬마 볼셰비키의 이미지를 그린 아동소설도 나타나게 되었다. 이러한 작품들에서 주인공 아동은 대부분 영웅적 이미지로 등장하는데, 대표적인 작품으로 펑컹의 아동소설 「꼬마 아치앙」(1930)을 꼽을 수 있다. 이 작품은 『대중문예』 제4권 제56기의 합간 『소년대중』을 통하여 발표되었다. 작품은 꼬마 아치앙의 영웅적 행동을 찬양하며, 혁명 근거지에서 혁명 투쟁에 임하는 아동의 심리를 그렸다. 꼬마 아치앙과 부모님은 모두 지주의 착취와 압제 밑에서 신음하

---

60 현县의 행정관이다. 현은 중국에서 시市 아래에 속한 행정 관할 구역이다.

고 있었지만, 중화소비에트공화국 성립 이후 삶의 전환점을 맞이한다. 12살에 불과한 아치앙은 소년선봉대少年先鋒隊의 대장으로 성장한다.

어느 날, 홍군이 마을을 포위하고 지주와 그 주구들의 손아귀로부터 마을을 해방시키고자 한다. 하지만 홍군은 마을 안의 실정을 파악하지 못하여 곤란을 겪는데, 꼬마 아치앙이 깊은 밤에 위험을 무릅쓰고 홍군에게 중요한 정보를 알려준다. 결국 홍군은 마을을 습격하여 승리를 거두고, 소비에트 권력이 성립된다. 작품의 마지막 부분에서 작가는 다음과 같이 말한다.

신시대의 동생들이여! 너희들도 모두 이런 꼬마 볼셰비키, 꼬마 전사가 되고 싶으냐?
이제 아치앙은 꼬마 볼셰비키이다. 그는 용감한 깃발을 든 인물이다.[61]

중국 프롤레타리아 아동소설 가운데 소비에트 권력의 성립을 묘사한 작품이 존재한다는 것은, 한·일 프롤레타리아 아동소설에서 찾아보기 어려운 특징이다. 중국 프롤레타리아 아동소설 중에서 소비에트 영웅 소년을 그린 작품을 또 고르자면, 후예핀의「검은 뼈黑骨头」를 들 수 있다. 이 작품은 1927년 3월에 일어난 상하이의 제3차 노동자 무장武裝 투쟁을 배경으로 하고 있다. 14살의 아동노동자 아투阿土는 집회에 결합하여 투쟁하다가, 반동세력에게 붙잡혀 살해당한다. 동지들은 죽은 사람들이 쌓여 있는 틈바구니에서 아투의 시신을 끌고 나와서 본다. 아투

---

61 张香还,『中国儿童文学史』(现代部分), 浙江少年儿童出版社, 1988, p.253.

의 몸에는 세 개의 구멍이 나 있었다. 「검은 뼈」는 소년 주인공의 영웅적 이미지를 형상화함으로써, 강렬한 투쟁 의지를 보여주었다. 이와 비슷한 경향의 작품으로는 꿔모뤄의 「한 쪽 손」이 있다.

다음은 일본 프롤레타리아 아동소설의 사례를 살펴볼 차례이다. 마키모토 구스로의 「문화촌을 습격한 아이」(1928)는 앞서 일본 프롤레타리아 아동소설의 주요 작품 가운데 하나로 언급한 바 있다. 작품은 도로에서 전쟁놀이를 하던 사카모토 요시로坂本吉郎와 요시카와 마쯔오好川松男 등의 '프롤레타리아 아동'들이 자본가 계급이 거주하는 '문화촌'을 돌로 공격한다는 내용을 담고 있다. '문화촌'이라는 것은 1920년대 중반에 출현한 도시 외곽의 단독 주택지를 가리키는 것으로서, 여기에는 주로 귀족이나 지주들이 거주하고 있었다. 이 작품에서 '문화촌'은 자본가 계급을 상징하고 있으며, '문화촌'을 공격하는 것은 계급 투쟁을 형상화한 것이다.[62]

사카모토 요시로를 비롯한 아이들은 전쟁놀이를 하다가 요시카와 마쯔오를 비롯한 아이들을 만나게 되는데, 그들은 대화를 나누면서 자신들 역시 프롤레타리아임을 깨닫는다. 그들은 '문화촌'에 거주하는 자본가 계급을 습격하자고 약속한다.

"네 아빠는 뭐야?"

마쯔오는 일어나서 이마에 참어새꽃을 묶어 붙인 얼굴로 노려보았다.

"우리 아빠는 직공이야. 노동자야."

---

62 鳥越信, 『はじめて學ぶ 日本児童文學史』, ミネルウア書房, 2001, p.194.

"그래서 전쟁놀이를 모르는 거야."

마쯔오는 싱글벙글하며 말했다.

"칼로 벤다고 해서 다들 아무렇게나 드러누워 뒹굴면 안 돼."

"왜냐하면 프롤레타리아는 그 정도 부상으로 쓰러지면 안 돼. 죽을 때까지 몇 번이라도 일어나서 싸워야 한다고, 우리 아빠가 그랬어."

"프롤레타리아가 뭐야?"

마쯔오는 그런 것에 관하여 들은 적이 없었지만, 자신도 모르게 끌리게 되었다.

"프롤레타리아는 가난한 사람이라는 거야. 부르주아가 아닌 사람이야. 나도 너희들도, 모두가 프롤레타리아야."[63]

자신들이 프롤레타리아임을 확인한 아이들은 사카모토 요시로를 중심으로 하는 한 무리와 요시카와 마쯔오를 중심으로 하는 다른 한 무리로 나뉘어져서, 자본가 계급의 상징인 '문화촌'의 주택을 향하여 돌을 던지며 공격한다.

아이들은 '와아' 함성을 질렀다.

"물러가라!"

"와아!"

"폭탄이다!"

남자 아이들은 아예 돌을 주워 던졌다. 작은 돌들은 문이나 주택의 현관

---

63 猪野省三 等編, 앞의 책, p.118.

쪽으로 날아갔다.

개가 짖어대기 시작한 후에 하녀가 나왔다. 아이들은 아직 돌을 던지는 것을 그만 두지 못했다.

하녀가 물러서며 2층의 창문이 깨졌고, 분홍색 커튼 안에서 여자 · 남자 · 단발 소녀 · 새색시 같은 얼굴이 들여다보고 있었다.

"와아! 와아!"

아이들은 기뻐서 펄쩍 뛰었다.

이어서 거친 수염을 가진 남자가 맨발로 날듯이 뛰어나와, 현관에서 고함을 질렀다.

"어, 어, 어리석은 것들!"

아이들은 그 소리를 듣고 도망쳐 나왔다. 도망쳐 나오면서 만세를 외쳤다. 누가 '영차 영차!'라고 했다. 요시로는 '데모야! 데모야!'라고 외쳤다. 그러자 모두 함께 '영차 영차! 데모야! 데모야!'라고 외쳤다.[64]

작품은 다분히 도식적인 구성을 취하고 있는데, 각별히 흥미로운 대목은 아이들이 전쟁놀이를 하는 도중에 중국의 군벌 장줘린張作霖(1875 ~1928)의 이름을 언급한다는 점이다. 장줘린은 당시 중국 둥베이 삼성三省을 지배하고 있던 군벌로서, 1927년 베이징에서 대원수가 된다. 그는 둥베이를 지배하는 동안 일본군과의 화친을 거부하며 저항하였는데, 이에 일제는 그를 제거하고자 하였다. 그는 1928년 6월 24일, 기차를 타고 펑톈奉天[65]으로 이동하는 도중에 일본 관동군關東軍이 기차를 폭파

---

64 위의 책, pp.127~128.
65 펑톈奉天의 현재 지명은 선양시沈阳市이다.

시켜서 사망하였다. 이 사건은 중국에서 '황고둔 사건皇姑屯事件'으로 불렸다. 일제는 폭파 살인 사건의 진상을 숨기기 위하여, '만주모중대사건滿州某重大事件'으로 불렀다. 마키모토 구스로의 「문화촌을 습격한 아이」는 황고둔 사건이 발생한 해에 발표된 작품인데, 다음과 같이 장쭤린을 언급하고 있다.

> "왔다! 왔다!"
> "야, 왔네! 왔어!"
> "기차다! 기차다!"
> "다들 준비해! 이 기차에는 장쭤린張作霖이 타고 있어!"[66]

이처럼 「문화촌을 습격한 아이」는 '황고둔 사건'이 일제가 저지른 범행임을 지적하며, 에둘러 비판하고 있는 것이다. 일본이 파시즘으로 치닫는 상황에서, 작품에 이와 같은 반제국주의 의식을 담아내는 것은 결코 쉽지 않은 일이었음에 분명하다.

「문화촌을 습격한 아이」와 마찬가지로 프롤레타리아 아동이 저항에 나선다는 설정은 이노쇼우 쬬우의 「돈돈야키」에서도 찾아볼 수 있다. 주인공 켄지의 아버지는 사회주의운동을 하는 활동가인데, 마을 지주가 아버지를 잡아서 경찰에 넘겨주고 만다. 켄지는 주운 분필로 변소 벽에 큰 집을 그린 후 위에 지주라고 적고, 작은 집을 그린 후 위에 '우리들의 집'이라고 적었다. 지주와 같은 편인 교장은 켄지의 그림을 본 뒤에 켄

---

66 猪野省三 等編, 앞의 책, p.111.

지를 비난하였다. 그뿐만 아니라 사회주의자들을 모두 귀신이라고 부르며, 그들을 잡는 것은 국가의 의무라고 말하였다.

"지주가 아빠를 잡아서 경찰에 넘겨주었기 때문에, 분한 마음에 지주에게 주먹을 한 방 먹인 거예요."

"뭐라고? 네 아빠가 사회주의에 물들더니, 그 아들놈은 제 아빠한테 물든 건가? 사회주의는 마을을 시끄럽게 하는 귀신이야. 악마를 마을에서 쫓아내는 건 국가의 의무야!"

"거짓말!"

"뭐라고? 다시 한 번 말해봐라. 이 주의자의 상관은 뭐지?"

교장은 켄지의 코끝을 꼬집어 돌리면서 귀를 잡아당겼다. 켄지는 이를 악물고 매달리면서, 교장의 얼굴을 노려보았다.[67]

위에서 확인할 수 있듯이 교장은 지주와 같은 편으로서, 사회주의자들을 증오한다. 하지만 학교에도 카시와기柏木 선생님과 같은 사회주의자가 있고, 그는 켄지를 지지한다.

어느 날, 교장은 지주의 뜻에 따라 매년 해왔던 '돈돈야키'를 금지한다고 공지한다. '돈돈야키'란 소나무로 만든 장식물들을 모아두었다가 음력 정월 14일에 논밭 등지에서 불태우며, 음식도 구워 먹고 모두 함께 어울리는 전통 명절이다. 그런데 지주가 그것을 금지하자, 교장도 지주의 편에 서서 아이들에게 절대로 '돈돈야키'를 하지 않도록 명령한 것

---

67 위의 책, pp.79~80.

이었다. 투쟁 의지가 넘치는 켄지는 교장의 명령을 따르지 않고, 아이들과 '돈돈야키'를 하며 반항하였다. 켄지는 사회주의자인 카시와기 선생님으로부터 늘 지지를 받는다. 카시와기 선생님이 켄지에게 보낸 편지를 보면, 선명하게 드러나는 계급 의식을 확인할 수 있다.

> "네 편지는 나에게 그때의 일이 바로 손에 잡힐 듯이 떠오르게 하는구나.
> 비록 이곳 공장과 도시의 아이들은 돈돈야키를 하지 않지만, 분발하고 있단다.
> 이곳의 아이들과 일본 전체, 전 세계에서 분투하고 있는 아이들이 손을 잡고 전진하면, 검은 너구리도 악마도 다 잡을 수 있단다.
> 그중에서 이쪽 친구들을 알려주자.
> '동지!'라고 부르며 죽어도 떠나지 않을 거야.
> 아버지도 곧 돌아오실 거란다.
> 돌아오시면, 아버지와 같이 해내자꾸나.
> 그럼 안녕!"
> 켄지는 편지를 다 읽고 나서 '해내자……' 하고 말한 후, 주먹을 흔들며 아버지가 있는 토방으로 걸어갔다.[68]

그런데 교장은 지주와 같은 편에 서 있었기 때문에, 사회주의자인 카시와기 선생님을 학교에서 쫓아내고 만다. 이러한 설정은 송영의 「쫓겨가신 선생님―어떤 소년의 수기」과 비슷하여 특히 흥미롭다.

---

68 위의 책, pp.93~94.

이상에서 검토한 바와 같이 헌신과 인고, 또한 반항과 투쟁을 다룬한·중·일 프롤레타리아 아동소설들은 도식적이라는 지적을 받을 수있다. 그러나 당시 한·중·일 아동의 절대 다수가 처하여 있었던 상황을 생각할 때, 한·중·일 프롤레타리아 아동소설들은 시대적 요구에부응하기 위한 처절한 노력이었다고 평가할 수 있다. 그들의 노력과 투쟁 덕분에, 현실주의적 관점과 창작 방법이 한·중·일 아동문학에 탄탄하게 뿌리내릴 수 있게 되었다. 하지만 모든 작품들이 '현실주의'라는용어가 적합할 만큼의 완성도를 갖춘 것은 아니었다. 개별 작품의 완성도에 관한 더욱 깊이 있는 분석은 차후 과제로 남겨두어야 할 것이다.

3) 웃음을 견지하는 태도

한국 아동문학은 체질적으로 '웃음'보다 '눈물'에 뿌리박고 있기 때문에, '재미'와 '웃음'을 바탕으로 구축된 작품의 수가 매우 적다. 특히프롤레타리아 아동소설은 헌신과 인고·반항과 투쟁의 아동상을 그리는 데 집중하였기 때문에, '눈물'은 자주 나타나는 데 반하여 '웃음'은찾아보기 어렵다.[69] 상황이 이렇다 보니, 당시 프롤레타리아 아동소설가운데 '재미'와 '웃음'을 전달하고자 노력한 작가의 작품들에 각별한관심을 기울이지 않을 수 없다.

한국에서 프롤레타리아 아동소설 가운데 '재미'와 '웃음'을 전달하고

---

69 원종찬, 「계보에 비추어 본 이주홍의 아동문학의 특질—카프 시기의 성과를 중심으로」,
    『문학교육학』 제38호, 한국문학교육학회, 2012, 332~333면.

자 노력한 대표적인 작가는 단연 이주홍이
다. 그의 아동소설 「돼지코쑤멍」은 아이러
니한 상황이 자아내는 웃음이 두드러지는
작품이다. 종규 아버지는 주사 영감네 돼지
들이 계속해서 호박밭을 망쳐놓자, 항의하
러 주사 영감을 찾아간다. 그런데 주사 영감
은 "호 그래뎃나 그러치만 즘성의 한일을 엇
더케 하누! 일부로 사람이 식힌것도 아니
고……"[70]라며 무성의한 대답을 늘어놓을
뿐이다. 종규네 식구의 생존이 달린 문제임
에도 불구하고, 주사 영감은 태연자약泰然自

〈그림 14〉 이주홍

若하기만 하다. 결국 주사 영감네 돼지들이 또 다시 종규네 호박밭을 망
쳐 놓자, 종규는 돼지들을 향하여 활을 쏘았다.

　　쏠쏠-쏠 쏘 돼지가 우루룩하게 나온다. 종규는 다먹은 죽사발을 치우고
　　겻방에 두엇던 활을 가지고 나와서 돼지코를 보고 넵다 쏘앗다.
　　깩-깩- 돼지는 활촉을 코에다 쒸고서 자긔 집으로 다름질 처간다.[71]

　　종규가 다른 곳도 아니고 돼지의 코를 향해 활을 쏜다는 설정은 독자
로 하여금 웃음을 머금게 한다. 종규네 호박밭을 망쳐 놓던 돼지가 활촉
을 코에 꿰고 달아나는 장면은 통쾌한 웃음을 자아낸다. 하지만 곧 이어

70　이주홍, 「돼지코쑤멍」, 『신소년』, 1930.8, 21면.
71　위의 글.

웃을 수 없는 상황이 전개된다. 주사 영감이 따지러 찾아오기 때문이다. 결국 돼지들로부터 호박밭을 지켜낸 종규는 아버지에게 모질게 얻어맞는다. 종규는 주사 영감의 말처럼 "경우가 무슨 경우야? 경우가 무슨 경우야?" 하며 이 상황을 납득하지 못한다. 돼지가 활촉을 코에 꿰고 달아나는 것도, 남의 밭을 망쳐 놓던 돼지를 다치게 했다고 찾아와서 따지는 지주도, 겨우 돼지 때문에 두들겨 맞는 종규의 사정도 모두 우스운 일이다. 하지만 엄연한 계급 모순이 날카롭게 드러나기 때문에 마냥 웃을 수만은 없는 아이러니한 상황이 펼쳐진 것이다.

이주홍의 아동소설 「군밤」은 서민 아동이 꾀를 써서 얄미운 주인집 아들의 밤을 빼앗아 먹는다는 설정이 재미있는 작품이다.

"그래 어듸서 불이 낫듸 웅?" 하고 닥어뭇습니다.

종수는 헐떡거리는 소리로 "안야 그렇게 아니라 우리가 날마다 밤 사러 가는 저 건너 밤 사가 집이 잇지 안니? 에구 그놈의 집에 막우불이 이러-케 붙엇는데" 하면서 부젓가락으로 화로재를 빙빙 그리면서 헤늉을 내었읍니다. 그때에 재ㅅ속에 파무첫든 군밤은 막우 솟아낫습니다.

주인집 아들은 얼골이 빨개젓습니다.

"그래서 이런 놈의 밤이 그저 작구 튀여 나오는데" 하고는 종수는 그냥 밤을 주서서 쥐고는 헤늉을 냄니다.

"불난 집에 불둑질이라더니 그저 애들이 와서는 밤을 이러케 주서 먹겟죠?" 라고는 종수는 밤 한 개를 입에 넛습니다.

"욕심도 만타니까 그저 한 놈이 작구 이러케들 주서 먹겠죠" 하면서 헤늉을 낸답시우 하고 차례차례로 모조리 주서 먹었습니다.[72]

주인집 아들은 군밤을 나누어 주지 않으려고 불이 난 것 같다며 종수를 내보내는 꾀를 부리다가 반대로 종수의 꾀에 당하고 말았다. 종수가 꾀를 내어 주인집 아들의 군밤을 능청스럽게 주워 먹는 장면은 독자에게 웃음을 주기에 충분하다. 대다수의 프롤레타리아 아동소설들과 마찬가지로 구상되었다면, 주인 아들의 탐욕 때문에 종수가 멍들고 짓밟히는 비참한 이야기로 전개되었을 것이다. 그러나 이주홍은 어린이의 특성을 고려하여, 웃음과 함께 통쾌함을 전하여 주는 작품을 만들어냈다. 이렇듯 계급 대립을 그리면서도 웃음을 견지하는 것은 이주홍 아동소설에서 두드러지는 장점이라고 할 수 있다.

웃음을 견지하는 태도는 장톈이의 아동소설에서도 어렵지 않게 발견할 수 있다. 앞서 언급한 바 있는 「꿀벌」부터 다시 살펴보도록 하겠다. 이 작품에서 가장 중요한 장면 가운데 하나는, 이태리 벌들이 논으로 날아와 벼의 유액을 마시는 바람에 농사를 망칠 지경이 된 소작농들이 함께 현장을 찾아가 항의하는 대목이다.

> "꿀벌은 절대로 벼의 유액을 먹지 않네. 내가 지식인이라 자네들보다 잘 알지. 꿀벌은 벼의 유액은 먹지 않고 이슬만 빨아 먹네. 꿀벌은 그것밖에 안 먹지. 그러니 자네들은 놀랄 필요가 없다네. 꿀벌은 그저 논밭에 놀러온 걸세. 그들은 그저 이슬밖에 안 먹는다고."
> "그럼 꿀벌들은 이슬밖에 안 먹으니까 현장의 집 마당으로 옮기면 되겠네! 이 마당은 아주 크니 이슬도 많겠지."

---

72 이주홍, 「군밤」, 『신소년』, 1934.2, 43면.

현장은 얼굴이 빨개졌다.[73]

　현장은 항의하러 온 소작농들에게 어처구니없는 소리를 늘어놓으며 양봉 자본가를 감싸려 하지만, 소작농들의 지혜로운 대응에 망신을 당하고 만다. 허튼 소리를 늘어놓는 현장의 모습은 노동하는 인민을 거짓으로 속이고 제압하고자 하는 지배 계급의 모습을 잘 보여주는 것이다. 현장은 소작농들이 자신의 말을 반박하자, 어찌 할 바를 모르고 난감해 한다. 이러한 현장의 우스꽝스러운 모습은 독자들의 냉소를 자아내기에 충분하다.

　장톈이의 아동소설 「꿀벌」은 11살 아이의 편지 형식을 취한 작품으로서, 제1편지·제2편지·제3편지·제4편지·제5편지로 구성되어 있다. 주인공을 11살 아이로 설정한 만큼 아직 모르는 한자가 많을 것이라는 가정하에, 일부러 글씨를 잘못 쓰거나 잘못된 단어를 사용하기도 하였다. 이와 같은 의도적인 비문의 활용은 현재의 시각에서 보더라도 상당히 기발한 착상이다. 확실히 장톈이는 아동 독자의 취향을 고려하는 데 있어 탁월한 재능의 소유자였다. 이와 같은 설정 덕분에, 어린이에게 생소할 수 있는 다양한 단어들이 어린이다운 의식과 재해석을 거쳐 사용될 수 있었다.

　「꿀벌」의 주인공은 한참 글을 배우는 나이로 설정되어 있기 때문에, 새로운 글자에 관한 호기심이 많고 글자 놀이를 즐기는 모습을 선보인다. 주인공은 같은 반 친구가 글짓기에서 '갑상甲上'의 성적을 받자, 친구의 글에 '恰好(마침)'이라는 단어가 많이 사용되었기 때문에 좋은 성적을 받은 것이라고 제멋대로 추측한다. 그때부터 주인공은 문맥과 무관하게

73　張天翼, 『张天翼儿童文学全集』 一卷, 北京 : 中国少年儿童出版社, 2002, p.50.

'마침'이라는 단어를 어디에나 가져다 붙인다. 이렇듯 장톈이는 팽팽한 긴장이 흐르는 프롤레타리아 투쟁을 이야기하는 과정에서도, 어처구니없는 단어나 문장을 사용하면서 아동 독자들의 웃음을 유발한다. 또한 이러한 기법은 작품의 긴장을 누그러뜨리는 쉼표와도 같은 역할을 담당하기도 한다.

〈그림 15〉 장톈이(张天翼)

　동음이의어 역시 적절하게 사용되었다. '富(부자)'를 '副(버금가다)'로 바꾸어 사용함으로써, '大富翁(큰 부자)'가 '大副翁(크게 버금가는 자)'로 바뀌었다. 또한 '丝(비단)'를 '死(죽은)'로 쓰자, 부자들이 가진 '비단 물건'들이 모두 '죽은 물건'들이 되었다. 이런 식의 말장난을 통하여 느껴지는 황당한 재미는 장톈이의 아동소설에 나타난 특징이다. 이러한 기법은 「이사한 후」에서도 사용되었다. 따쿤은 '大少爷(큰 도련님)'을 '大烧鸭(큰 오리구이)'라든지 '大烧爷(불타는 큰 도련님)'이라고 부른다. 「이상한 곳」에서 주인 아줌마는 주인공에게 '洋房(양방)'이라는 곳을 가르쳐 준다. 주인공은 '羊房'이 양들이 사는 곳이라고 생각하며, 진짜 양이 없기 때문에 주인 아줌마가 양머리를 한 것이라고 생각한다. 이처럼 어린이다운 해석은 독자들의 웃음을 유발한다.

3. 프롤레타리아 동화의 특징

1) 민담의 수용

위에서 검토한 바 있듯이, 한국 프롤레타리아 아동문학에서는 환상성을 배척하는 분위기가 압도적이었다. 또한 한국 프롤레타리아 아동문학에서는 민담에 나타난 요소들은 공상적 관념으로 폄훼하였다. 그러다 보니 민담의 요소를 받아들인 작품이 발달하기 어려웠다. 간혹 그런 작품이 나오더라도 우화 성격의 의인동화나 장편掌篇동화가 대다수로서, 현실과 일대일의 대응관계를 이루는 교훈적 비유 방식으로 구성되어 있다.

먼저 송영의 「고래」(1930)를 보면, 태평양에서 사는 물고기의 왕 고래가 아무 일도 하지 않고 약한 물고기를 잡아먹는다. 또 고래는 작은 물고기들을 짓밟아 죽이기까지 한다. 이에 물고기들이 모여 해결책을 논의하고, 결국 모두 힘을 모아 고래를 죽인다. 계급 투쟁 알레고리가 매우 선명한 장편掌篇동화 작품이다.

다음으로 엄흥섭의 「고양이새끼」는 고양이에게 희생당하기만 하던 쥐들이 모여서 고양이새끼들을 물어 죽이고, 엄마 고양이를 내쫓아버린다는 이야기이다. 쥐 수백 마리가 모여 고양이 새끼들을 물어 죽이는 장면부터는 상당히 잔인하고 살벌한 분위기로 서술되어 있다.

알롱달롱한 한 마리의 고양이색기는 온 몸동이를 물니여 앵앵 울다가 울타리 밋헤 쓰러저 죽고 말엇습니다.

저녁 해가 넘어갈 쌔 어미 고양이는 피가 흐르는 색기고양이 겻혜 쪼크리
안저 압발로 쌍을 파며 악을 쓰며 울고만 잇습니다.[74]

제목과는 달리 「고양이새끼」의 실질적인 주인공은 쥐들이라고 할 수
있는데, 한국 프롤레타리아 동화에서는 쥐나 두더지를 주인공으로 설정
하는 경우가 종종 있다. 정철의 「두더지나라와쥐나라전쟁」(1931) 역시
그러한 사례이다. 「고양이새끼」와는 반대로 이 작품에서는 쥐들이 악역
을 맡았다. 두더지나라의 모든 두더지들은 누구든지 땀 흘려 노동하면서,
다 같이 잘 먹고 잘 입고 잘 살고 있었다. 그런데 혼자서만 잘 먹고 잘
입고 잘 살려고 하는 쥐들이 국경을 넘어오더니, 두더지나라의 식량을
빼앗아 먹었다. 이에 두더지나라에서는 쥐들을 내쫓는 전쟁을 시작한다.

다가티 잘먹고 다가티 잘 입고 다가티 잘살 자는 '두더지'나라와 혼자만
잘 먹고 혼자만 잘 입고 혼자 만잘 살랴고 서로서로 물고듯고 싸호는 '쥐나
라'와 전쟁이 시작되엿습니다.

이 '두더지'나라와 '쥐나라'의 전쟁은 지금으로부터 몟만 년 전에 이러낫
섯든 것입니다. 그런데 그 전쟁의 이유는 이럿습니다.

'두더지'나라는 네 것 내 것 업시 누구든지 일하면 잘 먹고 잘 살 수 잇습
니다. 이것을 안 쥐나라의 쥐가 차차 두더지나라의 구경을 너머 드러와서 일
도 아니하며 먹을 것을 욕심내고 쏘 남의 것을 쌔서 먹고 그리고 자긔들이
쓰고나믄□ 이런 것을 자긔 나라로 가지고 와서 부자 노릇을 하며 큰소리를

---

74 엄흥섭, 「고양이새끼」, 경희대 한국아동문학연구센터 편, 『별나라를 차져간 소녀』 2, 국
학자료원, 2012, 189면.

하엿습니다. 이런 일이 잇슨 후로는 두더지나라에서도 서로 먹을 것을 욕심 내고 남을 것을 쌔서 먹는 사람이 차차 느러가게 되엿습니다.

그래 할 수 업시 '두더지나라'로부터 쥐님들을 내 쪼치랴고 전쟁까지 하게 된 것입니다.[75]

결국 두더지나라는 모든 쥐를 지상으로 내쫓고, 지하에서 평화롭게 살게 되었다. 이 작품은 두더지는 지하에서 살고, 쥐는 지상에서 살게 된 것에 관한 유래담으로 볼 수도 있다.

다음으로 중국 프롤레타리아 동화 중에서도 민담적 특성을 반영한 작품들을 살펴보도록 하겠다. 중국 프롤레타리아 동화 중에는 민담적 특성을 반영한 작품들이 적지 않다. 장톈이의 장편동화 『다린과 쇼린大林和小林』은 작가가 늙은 철도노동자에게서 들은 이야기를 다시 어린이에게 민담처럼 들려주는 형식으로 구성되어 있는 작품이다. 작품에는 괴물·개 신사·여우 신사·악어 아가씨 등 민담에서나 볼 수 있을 법한 캐릭터가 많이 등장하는 것은 물론, 개연성에 크게 개의치 않는 서술 방식도 다분히 옛이야기의 방식을 따르고 있다. 또한 장톈이의 장편동화 『대머리 마왕 투투禿禿大王』에도 괴물·고양이·늑대 등 다양한 동물 캐릭터들이 등장한다.

바진巴金은 1934~1936년에 현실주의 정신을 담은 「장생탑長生塔」·「탑의 비밀塔的秘密」·「은신주隱身珠」·「말할 수 있는 나무能言樹」 등 네 편의 단편동화를 창작하였으며, 『장생탑』이라는 단편집에 이 동화들을

---

75 정철, 「두더지나라와쥐나라전쟁」, 위의 책, 269면.

수록하였다. 수록된 작품들은 현실 정치의 참혹함과 흑암黑暗을 풍자하거나 인민의 비참한 현실을 그린 것들이었다. 그 가운데 「장생탑」(1934)은 불로장생을 꿈꾸는 왕이 백성들로 하여금 장생탑을 건설하도록 하는 폭정을 소재로 한 작품이다. 불로장생을 꿈꾸며 백성을 괴롭히는 왕의 모습은 중국 민담에서 가져온 발상이며, 구성 역시 아버지가 아이들에게 들려주는 민담과 같은 방식을 취하고 있다.

> "옛날 옛적에 한 왕이 있었어."
> 아버지는 늘 이렇게 이야기를 시작한다.
> "왕……. 늘 왕 이야기를 하는데, 왕이 도대체 뭐예요?"
> 나는 참지 못하고 이렇게 물었다. 왜냐하면 나는 한 번도 그런 것을 보지 못하였기 때문이다.
> "왕은……. 머리에 왕관을 쓰고 매일 궁전에 앉아 있는 괴물이야!"
> 아버지는 한참 동안 생각하다가 이렇게 대답했다. 이어서 다시 이야기를 시작했다.[76]

왕이나 황제는 민담은 물론 동화에서도 자주 등장하는 캐릭터이다. 프롤레타리아 동화는 물론, 당시 동화를 살펴보면 대부분의 왕이나 황제가 악하거나 우스꽝스러운 모습으로 등장한다. 예성타오는 안데르센의 「황제의 새 옷Kejserens nye Klæder」(1837)을 모티프로 하여, 그 동화의 뒷이야기를 서술한 「황제의 새 옷皇帝的新衣」(1930)을 발표하였다.

---

76 魯迅等, 『百年百部中國兒童文學經典书系 '从百草园到三味书屋'－現代兒童文学选(1902~ 1949)』, 湖北少年儿童出版社, 2007, p.286.

예전에 안데르센이 「황제의 새 옷」이라는 이야기를 쓴 적이 있는데, 이 이야기를 읽은 사람들이 적지 않겠지요. (···중략···) 나중에 어떤 일이 벌어졌을까요? 안데르센은 그것에 관하여 말하지 않았어요. 사실 나중에 많은 일이 생겼지요.[77]

예성타오가 창작한 뒷이야기를 간략히 살펴보도록 하겠다. 사람들은 황제에게 옷을 입지 않고 있다고 지적한다. 그러나 황제는 사실을 인정하지 않고, 오히려 바른 말을 하는 사람들을 죽이는 법률을 만든다. 심지어 황제가 지나갈 때 웃는 사람도 죽이기로 한다. 모든 백성이 언론의 자유와 웃음의 자유를 박탈당한 것이다.

"황제께 청컨대 저희에게 언론의 자유를 주십시오. 저희에게 웃음의 자유를 주십시오. 황제를 험담하거나 비웃는 사람은 죄가 커서 죽더라도 억울할 것이 없지만, 저희는 절대로 그렇게 하지 않을 것입니다. 저희에게는 언론의 자유와 웃음의 자유만 주시면 됩니다. 황제께서 새로 만든 법률을 폐기하여 주십시오."[78]

황제는 코웃음을 쳤다. "자유가 너희들의 것이냐? 너희가 자유를 원한다면 내 인민이 될 수 없다. 내 인민이 되려면 내 법률을 지켜야 한다. 내 법률은 철로 만든 것이다! 폐기하라고? 그럴 리가 있겠느냐?" 그는 말을 마치고 몸을 돌려 들어가 버렸다.[79]

---

77 叶圣陶, 『百年百部中国儿童文学经典书系稻草人』, 湖北少年儿童出版社, 2006, pp.209~210.
78 위의 책, p.216.

사람들은 잔혹한 통치 하에서 더 이상 살 수 없었다. 결국 모두가 들고 일어나서 황제의 공허한 옷을 벗기고자 하였다. 대신들과 병사들까지 합세함으로써, 황제는 결국 쓰러지게 되었다.

예성타오는 1929년부터 1930년 사이에 9편의 작품들을 창작하였는데, 모두 『고대 영웅의 석상古代英雄的石像』이라는 책에 묶어 출간하였다. 그 이후에는 「조언수어鸟言兽语」·「기차 머리의 경험火车头的经历」 등의 동화와 「연습생練習生」·「한 통의 물一桶水」·「이웃邻居」·「어린이날儿童节」·「겨울 방학의 하루寒假的一天」 등 아동소설을 창작하였다. 이 시기에 예성타오는 동화 위주로 창작활동을 전개하였는데, 현실주의 정신을 보다 선명하게 작품에 드러내었다.

1930년대에 예성타오는 현실주의 정신을 토대로 하여, 현실 비판적인 동화들을 활발하게 발표하였다. 「고대 영웅의 석상古代英雄石像」(1929)의 주인공은 제목 그대로 고대 영웅의 석상인데, 광장 높이 세워진 석상은 많은 사람들의 주목을 받으며 거만해진다. 자만에 빠진 석상은 자신을 받쳐 주고 있는 돌들을 무시한다. 석상을 받쳐 주고 있던 돌들은 참다못해 석상을 외면한다. 결국 무너져 버린 석상은 수만 조각으로 쪼개져서 길이 된다. 아무리 높은 자리에 있다고 하더라도, 인민의 지지를 받지 못하면 결국 파멸에 이를 수밖에 없다는 교훈을 담은 작품이다.

마지막으로 일본 프롤레타리아 동화 중에서 민담적 특성을 반영한 작품들을 살펴보도록 할 것이다. 무정부주의 진영과 공산주의 진영의 분열 이후, 일본 문단의 기성작가들 가운데 무정부주의적 입장을 가진

---

79 위의 책, p.216.

오가와 미메이・에구치 키요시江口渙 등은 1927년 5월에 일본무산파문예연맹日本無産派文藝聯盟을 결성하였다. 오가와 미메이는 소설을 버리고 동화에 전념할 것을 선언하였다. 에구치 키요시도 「어느 날의 도깨비 섬ある日の鬼ヵ島」・「그 후의 개화 할아버지その後の花咲爺」와 같은 경향적 동화를 창작하였다.

'모모타로桃太郎'는 일본 민담의 대중적 영웅이다. '모모타로'라는 이름은 '복숭아'를 뜻하는 '모모'와 일본의 남자아이 이름인 '타로'가 합쳐져 만들어진 이름으로서, '복숭아 소년' 혹은 '복숭아 동자'로 번역할 수 있다. 모모타로에 관한 전형적인 이야기는 다음과 같다. 자식이 없는 늙은 여인이 떠다니는 거대한 복숭아를 집에 가지고 오는데, 복숭아에서 아이가 나온다. 몇 년이 흐른 뒤, 모모타로는 부모를 떠나 약탈을 일삼는 오니를 없애기 위하여 괴물이 살고 있는 오니가시마라는 섬으로 가게 된다. 여행길에 나선 모모타로는 도중에 말하는 개・원숭이・꿩을 만나는데, 그들은 모모타로의 임무를 도와줄 친구가 된다. 섬에 도착한 모모타로와 동물 친구들은 오니들의 요새를 공격하여, 괴물들의 대장인 우라와 그의 군대를 패배시키고 항복을 받아낸다. 모모타로는 자신의 새로운 친구들과 함께 집으로 돌아와서, 그의 가족들과 함께 오래도록 행복하게 살았다. 모모타로는 오늘날까지도 교과서와 책, 영화 등에서 영웅적인 이미지로 등장한다.

「어느 날의 도깨비 섬」은 모모타로의 영웅적 이미지를 전복시킨 작품이다. 비열한 모모타로는 어른 도깨비들이 산에 올라가 제사를 지내는 틈을 타서, 노인과 아이들만 남은 평화로운 도깨비 섬에 잠입한다. 이어서 모모타로는 도깨비들의 보물을 쟁탈하고 빼앗아 간다. 도깨비들은 모모타로의 악행을 폭로하며, 인간 세상에서는 성실하게 일하는 사람이 잘 살지 않고 오히려 교활한 사람이 더 잘 산다는 것에 의문을 제기한다. 또한 자신들이 인간 세상에서 살지 않고 있다는 것을 몹시 다행스럽게 여긴다.

그러자 나이 든 검은 미녀 도깨비가 모두를 달래며, 근처에서 말을 꺼냈습니다.
"글쎄, 기분 상할 필요 없어. 그것이 더러운 인간 세상의 관습이야."
"그런가? 성실하게 일하는 녀석은 조금도 덕을 보지 못하고, 교활하게 돌아다닌 녀석만 혼자서 단물을 빨아. 그것이 정말 인간 세상의 관습인가? 이렇게 모두 같이 성실하게 일하고, 사이좋게 도와주는 우리 도깨비 섬은 얼마나 좋은지 인간 세상과 비교도 할 수 없구나!"
"그렇다면 인간 세상은 정말이지 변변한 세상이라고 할 수 없네! 그렇게 생각하니, 도깨비 섬에서 이렇게 사는 것이 얼마나 즐거운 일인지 몰라."
또 다른 나이 든 검은 미녀 도깨비가 그야말로 감동한 듯이 떨리는 목소리로 이렇게 말하였다. 모두들 그제서야 무서워 보이던 얼굴을 펴고 껄껄 웃기 시작하였습니다.[80]

「어느 날의 도깨비 섬」에서는 일본 국민동화의 영웅적 인물인 모모타로를 악당으로 역용逆用하여, 도깨비 섬을 공격하고 그들의 재물을 빼앗는 악한으로 묘사하였다. 이와 같은 국민동화의 역용은 이후 프롤레

---

80 江口渙, 「ある日の鬼ヵ島」(『赤い鳥』, 1921.10~11), 猪野省三 等編, 앞의 책, p.43.

타리아 아동문학 및 프롤레타리아 아동교육에서 반복적으로 활용되었다. 사회주의적 입장에서 모모타로를 새롭게 해석하는 데 있어, 에구치 키요시의 「어느 날의 도깨비 섬」은 선구적인 작품인 것이다.

모모타로를 내세운 작품은 『소년전기』에 수록된 작품만 하더라도 사카나시 미츠오坂梨光雄의 「그 후의 모모타로その後の桃太郎」·미쓰나리 노부오光成信男의 「면목을 잃은 이야기面目玉をつぶした 話」·혼죠 리구오ほんじようりくお, 本庄陸男의 「악마를 정벌한 모모타로鬼征伐の桃太郎」 등이 있다. 이 작품들 가운데 혼죠 리구오의 「악마를 정벌한 모모타로」에서는 모모타로를 프롤레타리아의 영웅으로 묘사하였는데, 이는 오늘날 일본의 정전과 학교 연극에서 영웅적 이미지로 등장하는 모모타로와 계통이 같은 경우로 파악할 수 있다.

「악마를 정벌한 모모타로」에 등장하는 소작인들은 아무리 열심히 노동해도, 탐욕스러운 지주 때문에 가난에서 벗어나지 못한다. 그래서 그들은 소작미를 받으러 오는 지주를 도깨비라고 부른다. 그러자 모모타로가 소작농을 대표하여 지주의 광대한 저택에 들어가서, 재물들을 남김없이 가져온다. 소작농들은 모모타로가 가져온 재물들을 공동 보관하며, 안락한 삶을 누리게 된다.

"세상에서 지주와 돈을 쫓아내버리자!"

그러나 너희는 모모타로의 말을 터무니없는 것으로 여기고 있다. 그 까닭은 아직 지주와 자본가가 있기 때문이다. 지주나 자본가가 진실을 말한 것인가? 몹시 걱정스럽다. 그러나 그럴 수 있다. 너희는 농민이나 노동자의 자식이기 때문이다. 학교 선생이 거짓말을 가르치는 것은 악마의 명령을 따르는 것이다.

놀면서 뽐내고 있는 녀석은 빨리 없애버려야 한다. 모두 팔짱을 끼고…….[81]

「악마를 정벌한 모모타로」는 『소년전기』 5월호에 발표된 작품으로서, 「어느 날의 도깨비 섬」보다 선명하게 계급 의식을 드러냈다. 작품에서 '세상에서 지주와 돈을 내쫓아버리자'는 것은 농민과 노동자, 그리고 그들의 자식들이 명심해야 할 임무라고 설명한다. 하지만 학교에서 거짓말을 가르치고 있는 탓에, 많은 농민과 노동자의 자식들이 이 임무를 아직 깨닫지 못하고 있다고 한다. 작품은 '놀면서 뽐내고 있는 녀석'을 없애버리기 위하여서는, 농민과 노동자의 자식들이 모두 손을 잡고 협력하며 노력해야 한다고 강조한다. 이처럼 「악마를 정벌한 모모타로」는 작품 전반에 걸쳐서 강렬한 계급 의식이 드러난다.

위에서 살펴본 두 작품은 일본 국민동화의 영웅 모모타로를 내세워, 일본 국민동화를 재해석한 것이다. 모모타로 캐릭터의 재해석 가운데 어느 쪽이 더 의미 있는 것인지는 판단하기가 쉽지 않지만, 「어느 날의 도깨비 섬」의 작품성이 더 높다고 할 수 있다.

「어느 날의 도깨비 섬」에는 도깨비들의 운동회가 다음과 같이 묘사되어 있다.

그곳에 모인 선수들은 도깨비 섬의 여기저기에서 선출된 것입니다. 말하자면 도깨비 중의 도깨비라고도 할 수 있는 도깨비들이기 때문에, 벌어지는 경기도 물론 굉장할 수밖에 없습니다.

---

81 本庄陸男, 「鬼征伐の桃太郎」(『少年戦旗』, 1931.5), 위의 책, p.201.

경기에는 씨름·마라톤·높이뛰기·멀리 뛰기 등 인간 세상에서도 볼 수
있는 종목들은 물론, 구름 타기·비 내리기·벼락 떨어뜨리기·바람 일으
키기·산 던지기·바위 차기·철봉 휘두르기 등 인간 세상에서는 도저히
볼 수 없는 것들도 많이 있습니다. 그래서 그 기록 역시 굉장한 것일 수밖에
없습니다.

구름 타기는 1초 동안 3만 8천 마일로 탄 것이 기록이며, 벼락 떨어뜨리기
는 1분 동안 1,463번 떨어뜨린 것이 기록입니다. 또한 산 던지기는 하코네
산箱根山[82]만 한 산을 양손으로 떠받치고, 2만 8천 킬로미터를 던진 것이 기
록입니다. 바위 차기는 마루빌丸ビル[83]만 한 바위를 5만 미터 걸어찬 것이 가
장 높은 기록입니다.[84]

이처럼 도깨비들의 운동회에는 인간 세상에서 볼 수 없는 신기한 경
기들이 있다. 민담들 속에서도 도깨비는 많은 재주를 가지고 있었다. 이
렇듯 일본 프롤레타리아 동화는 민담으로부터 많은 영향을 받았다. 이
는 비단 프롤레타리아 동화만의 특징이 아니라, 당시 일본 동화의 전반
적인 특징이라고 할 수 있다. 즉 일본 동화의 전반적인 경향이 프롤레타
리아 동화에도 일정 부분 반영된 것이다.

프롤레타리아 동화를 비롯한 당시의 다양한 일본 동화들을 살펴보면,

---

82 하코네산箱根山, はこねやま은 가나가와현神奈川県, かながわけん 아시가라시모군足柄下郡, あし
    がらかみぐん 하코네정箱根町을 중심으로 가나가와현과 시즈오카현静岡県에 걸쳐 있는 화산
    으로, 높이는 1,438m이다. 후지 하코네 이즈 국립공원富士箱根伊豆国立公園으로 지정되어
    있다.
83 마루빌丸ビル, まるビル은 '丸ノ内ビルディング'의 줄임말로서, 도쿄도東京都 지요다구千代田
    区에 있는 철근 콘크리트 8층 건물이다.
84 本庄陸男, 「鬼征伐の桃太郎」(『少年戦旗』, 1931.5), 猪野省三 等編, 앞의 책, pp.29~30.

여우·산고양이·도깨비 등의 캐릭터가 자주 등장한다. 미야자와 겐지宮沢賢治(1896~1933)의 「도토리와 산고양이」(1924)·「주문이 많은 요리점」(1925)에는 산고양이가 등장하고, 니이미 낭끼찌新美南吉의 「여우 곤」(1932)에는 여우가 등장한다. 도깨비 역시 동화 작가들이 매우 선호하는 캐릭터로서, 다양한 작품에서 찾아볼 수 있다.

하마다 히로스께浜田廣介의 「울어 버린 빨간 도깨비」(1934)의 주인공인 빨간 도깨비는 다른 도깨비들과 달리 인간을 위하여 기꺼이 일하고, 그들 속에 들어가서 사이좋게 지내고 싶어 한다.

어디 있는 산인지는 모릅니다. 산 벼랑에 집이 한 채 서 있었습니다. 나무꾼이 살고 있는 것일까요? 아니오, 그렇지는 않습니다. 그러면 곰이라도 살고 있는 것일까요? 아니오, 그것도 아닙니다. 그곳에는 커다란 빨간 도깨비가 살고 있었습니다. 그림책에 나와 있는 도깨비와는 다른 지만 그래도 눈동자가 부리부리하고 머리에는, 아마도 뿔이지 싶은 뾰족한 것이 붙어 있었습니다.

무서운 놈이라고 누구나 생각하겠지요. 하지만 실은 그렇지가 않습니다. 착한 도깨비였습니다. 단 한 번 도 사람을 괴롭힌 적이 없었습니다. 정말이지 그 빨간 도깨비는 다른 도깨비들과는 달랐습니다.

'나는 도깨비로 태어나기 했지만 사람을 위해 기꺼이 일하고 싶어. 할 수만 있다면 인간들 속에 들어가 사이좋게 살고 싶다구.'[85]

그러나 사람들은 빨간 도깨비를 무서워하며 피한다. 빨간 도깨비의

---

85 浜田廣介, 「ないたあかおに」, 토리고에신 편, 서은혜 역, 『일본 근대동화 선집』2－울어버린 빨간 도깨비, 창작과비평사, 2001, 90~91면.

친구인 파란 도깨비는 친구의 소원을 이루어 주기 위하여 나선다. 파란 도깨비는 빨간 도깨비를 인간의 구세주로 만들어 주기 위하여, 일부러 사람들에게 시비를 걸고 빨간 도깨비에게 얻어맞는다. 그 후 파란 도깨비는 빨간 도깨비가 자신과 친하게 지내는 모습을 보이면, 사람들에게 의심을 받고 다시 마음 아파할까봐 편지를 남기고 떠난다. 빨간 도깨비는 친구의 편지를 읽으며 울고 만다.

> 빨간 도깨비에게
>
> 사람들과 언제까지나 사이좋게 살아주게. 나는 당분간 자네를 만나지 않겠네. 우리가 전처럼 지냈다가는 사람들이 자네를 의심하게 될 거네. 그렇게 되면 정말 마음 아프겠지? 그렇게 생각하고 나는 이제부터 여행을 떠나가기로 했다네.
>
> 안녕, 항상 건강에 주의하도록 하게.
>
> 언제까지나 그대의 친구인 파란 도깨비가
>
> 빨간 도깨비는 몇 번이나 그 글을 읽었습니다. 눈물을 흘리면서 읽었습니다.[86]

「울어 버린 빨간 도깨비」는 프롤레타리아 동화는 아니지만, 독자들은 작품을 읽고 도깨비들의 눈물겨운 우정을 보면서 참다운 우정이란 무엇인지 생각하게 된다. 또한 인간들 사이의 이기적인 인간관계를 떠올리며 부끄러움을 느끼게 된다.

---

86 浜田廣介, 「ないたあかおに」, 위의 책, 100~101면.

상술한 바와 같이 당시 일본 동화는 민담으로부터 크나큰 영향을 받았으며, 동물·도깨비 등 다양한 캐릭터의 활용을 통하여 독자들의 흥미를 자극할 수 있었다. 이러한 일본 동화의 특징은 프롤레타리아 동화에도 일정하게 반영되었다. 다만 당시 일본 프롤레타리아 동화들은 민담적 특성을 반영하거나 동물·도깨비 등 다양한 캐릭터를 등장시키면서도, 계급적 도식화의 틀에서 크게 벗어나려고 하지 않았다. 문제는 이러한 도식화가 작품의 재미를 크게 반감시켰다는 것이다. 그로 인하여 당시 일본 동화 가운데 상당수가 오늘날까지도 폭넓은 사랑을 받고 있는 데 반하여, 프롤레타리아 동화 중에서는 눈에 띄는 성취를 보여준 작품을 선정하기가 좀처럼 쉽지 않다.

2) 반제국주의·민족의식 표출

조선은 1910년에 일제에 병합되고, 중국은 1931년 9·18사변 이후 일제에 둥베이를 점령당하며 일제를 비롯한 열강의 반식민지로 전락한다. 이러한 현실을 반영하여 한국과 중국의 프롤레타리아 동화에서는 반제국주의·민족의식을 표출하는 작품들이 발표되었다. 특히 공상성을 지닌 동화의 경우에는 아동소설에 비하여 반제국주의·민족의식을 표출하는 것이 보다 수월하였다.

먼저 한국의 사례를 살펴보자. 마해송은 프롤레타리아 동화 작가로 규정할 수는 없지만, 일제 강점기 당시에는 마르크스주의에 적극 공감하는 동반자 작가였다.[87] 그의 「토끼와 원숭이」는 『어린이』 1931년 8

월호에 1회분이 처음 발표되었는데, 작가가 직접 연재를 중단하였다. 1933년 1월과 2월『어린이』에 연재를 재개하였으나, 3회 원고를 압수당하며 연재가 중단되었다. 해방 이후『자유신문』에 1946년 1월 1일 전편前篇, 1947년 1월 1일부터 8일까지 후편後篇이 발표되었다.『어린이』1931년 8월호에 발표된 부분은 '나라와 나라'·'탕과 왕'의 두 장으로 구분되어 있다. '나라와 나라' 부분에서는 토끼나라와 원숭이나라를 다음과 같이 소개하였다.

> 큰 개울, 개울 동편에는 원숭이나라가 잇고 개울 서편에는 톡기나라가 잇섯습니다.
> 개울 동편 원숭이는 몸 까맛코 얼굴과 궁뎅이가 쌝앗습니다. 개울 서편 톡기는 몸이 하얏코 크다란 두 귀가 머리 우에 쑤욱 쌧첫습니다.
> 개울 동편 원숭이는 영악하고 싸홈 싸호기를 조와하고 개울 서편 톡기는 마음이 아름답고 노래하고 춤추며 질겁게 살기를 조와햇습니다.[88]

토끼나라는 개울 서쪽에 있고 원숭이나라는 개울 동쪽에 있는데, 이는 지리상으로 한국과 일본의 위치를 가리키는 것이다. "마음이 아름답고 노래하고 춤추며 질겁게 살기를 조와"하는 토끼는 평화를 사랑하는 조선민족을 상징한다. 반면에 "개울 동편 원숭이는 영악하고 싸홈 싸호기를 조와"한다는 것은 일본에 대한 풍자이다.

---

87 원종찬, 「해방 전후의 민족현실과 마해송 동화─「토끼와 원숭이」를 중심으로」, 『한국 아동문학의 쟁점』, 창비, 2010 참조.
88 마해송, 「톡기와 원숭이」, 경희대 한국아동문학연구센터 편, 앞의 책, 335면.

어느 날 원숭이나라의 까까가 바람 때문에 토끼나라에 불시착하는데, 토끼들은 그를 구해주고 친절하게 대하여 주었다. 원숭이 까까는 은혜를 갚기 위해서, 토끼들에게 자신의 나라로 가자고 요청한다. 여기에서 주목할 만 한 점은 원숭이나라에 가게 되는 토끼 세 마리의 이름이 시시·사사·소소라는 것이다. 일본의 50음도를 살펴보면 사さ 행에 사さ·시し·스す·세せ·소そ가 있다.「톡기와 원숭이」창작 당시 마해송이 일본에 머무르고 있었다는 점을 고려할 때, 사사·시시·소소라는 이름은 일본의 50음도에서 차용한 것으로 추측할 수 있다.

'탕과 왕' 부분에서 원숭이나라에 도착한 토끼들은 '탕'이라는 무서운 무기를 보게 된다. '탕'이라는 무기의 이름은 총소리에서 따온 것이 분명한데, 즉 탕은 총을 상징하는 것이다. 토끼들은 탕으로 원숭이는 물론 토끼까지 죽일 수 있다는 이야기를 듣고, 겁에 질려 토끼나라로 돌아가기를 원한다.

길거리 거리에는 까만 나뭇가지를 질머진 원숭이들이 왓다갓다함으로 저것이 무엇냐고 쌋가에 물으닛까 그것은 탕이란 원숭이를 죽이는 것인데 그것은 누구든지 가지고 잇다 도랍니다. 싯는 쌋가 놀나서 그럼 톡기도 죽겟지요 하닛까 물론이지라고 대답합니다. 톡기는 탕이 무서워 못 견디었습니다. 어서 톡기나라로 돌아가고 십허젓습니다.[89]

일본은 총을 비롯한 신식(서구식) 무기를 일찍 도입하여 현대적인 무

---

89 위의 글, 338면.

장을 갖추고, 제국주의 단계로 나아갔다. '탕'이 상징하는 것은 다름 아닌 일제의 무력이다. '탕' 이외에도 토끼들이 한 번도 보지 못했던 것이 또 있는데, 바로 '왕'이 그것이다. 작품은 '왕'에 대하여 다음과 같이 묘사하고 있다.

> "나는 너이들도 알겟지만 천하의 왕이다. 오늘 너이들을 불은 것은 달음아니라 천하에 우리 원숭이 대국밧게 업고 내가 천하의 왕인즐 알엇더니 개울 서편에 이상한 즘승들이 나라를 세우고 잇다 하니 엇지 그대로 둘 수 잇스랴. 우리가 그 나라를 차지하고 우리가 그 나라를 다스리고 내가 그 왕이 되여야 하겟다. 만일에 내의 명령에 복종하지 안는 날은 그놈들을 모조리 죽여업시 할 것이니 캐캐 그래서 특별히 너이들을 불는 것이니 어이들은 그 톡기나라의 형편을 잘 이야기해서 하로밧비 그 나라를 처업시 하게 하라 캐캐캐."[90]

'왕'의 이야기를 통하여 원숭이나라의 침략주의·제국주의적 속성을 알 수 있다. 특히 원숭이나라의 왕이 "천하의 왕"을 자임하는 것은 일왕에 대한 풍자라고 볼 수 있다. 또한 원숭이나라의 왕은 만일 자신의 명령에 복종하지 않는다면 모조리 죽여 없앨 것이라고 위협하는데, 이는 일본 파시즘을 풍자한 것이다.

「톡기와 원숭이」에서 토끼는 선량하고 평화와 노래를 좋아하는 모습으로 등장한다. 한국을 토끼에 빗대는 것은 익숙한 알레고리인데, 그 근원은 '한반도의 토끼 형태론'이다. 한반도의 토끼 형태론은 고토 분지로

---

90 위의 글, 338면~339면.

小藤文次郎(1856~1935)가「조선산맥론朝鮮山脈論」(1903)에서 처음 언급한 이후, 야즈 쇼에이矢津昌永(1863~1922) 등 다른 일본인 학자들이 확대 재생산하였다.[91] 일제 강점기에 등장한 한반도의 토끼 형태론은 아직까지도 영향력을 행사하고 있다.

실제로 한반도의 토끼 형태론은 속설로 널리 전파되어, 일제 강점기뿐만 아니라 1950년에 발간한 잡지『소년』지에도「지도」라는 제목의 시가 지도 모양의 그림을 배경으로 "우리나라 지도는 토끼 모양이다"라고 시작하고 있다. 아직도 40~50세 이상 세대의 사람들 가운데에서는 한반도가 토끼를 닮았다고 인식하는 사람이 많은 실정이다.[92]

『토끼와 원숭이』가『어린이』에 처음 발표되던 시점과 비슷한 시기에 발표된 박인호의「탈을 쓴 호랑이」(별나라, 1931.9) 역시 한국을 토끼나라로 빗대는 알레고리를 활용하였다. 이 작품은 토끼나라를 금강산 가운데에서, 같이 일하고 같이 먹으며 평화롭게 사는 나라로 묘사하였다. 그런데 어느 가을 달이 밝은 밤에, 토끼들이 노래하고 춤을 추고 연극을 하는 도중에 "몸푸가 대단히 크고 얼골이 펙도 훌륭해 보이는 토끼 한 마리가 압헤 나타나서 큰 소래로 외처말"[93]한다.

'너 이 백성들아! 놀대지 말나. 나는 저월궁月宮에서 너이들을 다 살리려 나

91 목수현,「국토의 시각적 표상과 애국 계몽의 지리학—최남선의 논의를 중심으로」,『동아시아문화연구』57, 한양대 동아시아문화연구소, 2014, 19~21면.
92 위의 글, 24면.
93 박인호,「탈을 쓴 호랑이」, 경희대 한국아동문학연구센터 편, 앞의 책, 354면.

려온 너이들의 왕님이다 아까 그 소래는 하나님이 그것을 너이들에게 알니는 소리엿다. 그러니 지금부터 너이들은 나를 이 나라 왕님으로성겨야 한다!'[94]

토끼나라의 왕은 자신이 월궁에서 토끼들을 다스리기 위하여 내려온 것이라고 말한다. 토끼들은 그의 말에 속아서, 그를 토끼나라의 왕으로 섬기게 된다. 그러나 토끼나라에 왕이 생긴 다음부터, 날마다 밤이 지나면 어린 토끼가 한 마리씩 사라졌다. 그 사실을 알게 된 쇠돌이라는 이름의 토끼는 밤마다 경계를 늦추지 않았다. 어느 날 밤, 토끼나라의 왕이 오더니 자신의 아버지와 어머니를 물고 갔다. 쇠돌이가 왕궁으로 따라가 보니, 토끼나라의 왕은 사실 토끼의 탈을 쓴 호랑이이었다. 호랑이가 탈을 쓰고 자신의 진짜 모습을 숨긴 채, 토끼나라의 왕 노릇을 하며 몰래 토끼들을 잡아먹었던 것이다.

이렇듯 토끼나라의 왕이 보이는 모습은 여러 면에서 일제와 유사하다. 일제는 한국을 비롯한 동아시아 각국을 식민지로 삼으면서도, '대동아공영권'이라는 구호를 내세우며 자신들의 침략과 지배를 정당화하고자 하였다. 결국 쇠돌이라는 토끼가 어린이 토끼 결사대와 얼마 남지 않은 어른 토끼들을 이끌고, 왕궁의 돌과 기둥을 무너뜨려 호랑이를 죽인다. 호랑이를 물리친 토끼나라는 다시 평화로운 행복을 누리게 된다. 이 작품은 일제를 물리치고 해방을 쟁취하기를 바라는 염원의 알레고리인 것이다.

정철의 「두더지나라와쥐나라전쟁」에서는 다 같이 잘 먹고 잘 입고

---

94 위의 글, 354~355면.

잘 살자는 두더지나라와 혼자만 잘 먹고 잘 입고 잘 살려는 쥐나라가 대립한다. 이는 계급 대립으로 해석할 수도 있지만, 반제국주의·민족의식의 표출로 해석할 수도 있다. 부자나라인 쥐나라는 많은 무기를 만들어 놓은 뒤, 매일 술을 마시고 춤추고 노래하며 밤을 보낸다. 비록 무기는 낙후하였으나 용맹한 두더지들은 남녀노소 모두 전쟁에 출전하고, 결국 술에 취해 있던 쥐들은 총을 버리고 도망치거나 자살한다.

> 또 한편 구석에는 "하느님 아버지시여 우리들은 하느님 아버지에게 목숨을 맥기고 죽습니다" 하고 자살하는 병정들도 무척만습니다. 다시 싸워볼 용긔도 내지 못하고 목숨을 하느님 아버지에게 맥기고 주는 병정들은 그래도 죽기는 원통한지 또 다시 다러 날려고 하는 병정도 잇섯습니다. 그래 자살할려고 들엇든 칼층을 버리는 병정도 만헛습니다.[95]

쥐 병정들이 '하느님'에게 목숨을 맡기며 자살하는 모습은 다분히 일본의 '무사도武士道'를 연상시킨다. 일본군 역시 작전에 실패하거나 전진하지 못하게 되었을 경우, 자살하며 제 목숨을 일왕에게 바쳤다. 일본 파시즘은 온 국민을 '무사도'로 정신 무장시켜서, 일왕을 위하여 목숨을 바치게 만들고자 하였다. 쥐 병정들이 자살하는 설정은 '무사도'와 일본 파시즘에 대한 신랄한 풍자로 볼 수 있다.

두더지나라는 두 차례에 걸친 전쟁 끝에 쥐나라를 쫓아내는데, 이는 당시 식민지 조선 인민이 꿈꾸는 것과 다르지 않았다. 그러나 이러한 염원

95　정철, 「두더지나라와쥐나라전쟁」, 경희대 한국아동문학연구센터 편, 앞의 책, 271면.

〈그림 16〉 천보추이(陈伯吹)

을 현실주의적 창작 방법을 통하여 형상화하는 것은 불가능한 일이었다. 그나마 동화는 그 특유의 환상적인 특성 덕분에, 알레고리를 통하여 반제국주의·민족의식을 표출할 수 있었던 것이다.

다음으로 중국의 사례를 살펴보도록 하겠다. 1932년, 1·28사변을 일으킨 일제는 상하이 시내를 폭격하였다. 일제의 침략이 날로 격화되는 반면, 당시 국민당 정부는 '부저항 정책不抵抗政策'을 시행하였다. 이에 대다수 작가들은 침략을 강행한 일제는 물론이고, 부저항 정책을 시행하는 국민당 정부까지 강도 높게 비판하였다.

천보추이는 조위안런赵元任(1892~1982)이 번역한 『이상한 나라의 앨리스阿丽思漫游奇境记』를 읽고, 작품의 풍부한 상상력에 자극을 받아 중편동화 『앨리스 아가씨阿丽思小姐』를 창작하였다. 『앨리스 아가씨』는 1933년에 북신서국北新书局에서 단행본으로 출간되었다.[96]

앨리스는 이번에 다시는 언니와 같이 나오지 않겠다고 다짐했어요.

왜냐고요? 앨리스는 잘 알고 있으니까요. 언니가 옆에 있으면 또 잔소리를 할 거예요. "호숫가에 가지 마라", "길에서 뛰지 마라", "넘어지지 않게 조심해라", "저 산에 올라가지 마라"······. 이런 말들이 끊임없이 귓가에 맴돌

---

96 张香还, 『中国儿童文学史』(现代部分), 浙江少年儿童出版社, 1988, p.276.

아서 짜증이 날 거예요. 자연스럽게 노는 것도 구속받을 테고, 이러지도 못하고, 저러지도 못하고, 마음껏 놀 수 없을 테니, 엿새 동안 눈이 **빠지도록** 기다렸던 일요일을 망치게 될 거예요.[97]

『앨리스 아가씨』는 작품 초반에서 천진난만하고 활기찬 중국의 앨리스를 묘사하였다. 그 후 앨리스는 캥거루 부인의 초청을 받아 '곤충 음악회'에 참석하기 위하여, 곤충 세상으로 이동한다. 앨리스는 곤충 세상을 돌아다니며, 다양하고 재미있는 곤충 캐릭터들을 만난다. 전등회사 사장인 대머리 반딧불 박사님·노래를 부르는 바보 개구리 박사님·늘 코를 골며 졸고 있는 잠꾸러기 재판관·사마귀 경찰 등이 바로 그들이다. 그러나 곤충 세상은 마냥 평화롭고 아름다운 세상이 아니다. 오히려 몹시 잔혹한 인간 세상의 축소판이다.

"아가씨, 길은 모두의 것이지만 등급이 나뉘어져 있어요!"
"뭐라고요? 등급이 나뉘어져 있다고요?"
"당연히 등급을 나누어야지요. 1등·2등·3등 등. 돈이나 권력이 있는 사람은 1등이나 2등 길을 걷고, 돈도 권력도 없는 사람은 3등 길을 걸어요. 달팽이가 뭐라고요! 어떻게 1등이나 2등 길을 걸을 수 있겠어요?"
"아! 그렇구나! 나는 차를 탈 때에만 1등·2등·3등을 나누는 줄 알았는데, 길을 걸을 때에도 등급이 나뉘어져 있구나!"
"그럼요, 아가씨!"

---

97 陈伯吹, 「阿丽思小姐」, 『百年百部中国儿童文学经典书系——一只想飞的猫』, 湖北少年儿童出版社, 2006, p.1.

"그럼 앞으로의 세상은 더 재미있어지겠네요! 모든 것들이 1등·2등·3등으로 나뉘어져야 하니까요. 하하"

"아가씨, 그건 왜지요?"

"하하! 양화물 가게에서 1원 1각·2원 4각·3원 6각 등을 표시하는 것처럼, 1등·2등·3등을 이마에 표시하는 거예요. 1등에 속하는 사람은 1등 길을 걷고, 1등 차를 타고, 1등 밥을 먹고, 1등 집에서 살고, 1등 옷을 입어요. 그리고 1등 햇빛과 1등 달빛을 쬐고, 1등 산과 1등 강에 가서 놀고······. 모든 것들을 1등·2등·3등으로 나누어야 하겠네요. 제일 좋은 아이디어는 따로 1등 지구를 만들고, 그들에게 그곳에서 살라고 하는 것이겠네요! 하하하하!"

"말은 참 재미있지만 1등 지구에 1등 사람들만 살게 하면, 그들은 배가 고파서 죽거나 얼어 죽게 될 거예요! 아가씨!"[98]

열심히 노동하는 꿀벌 노동자·거미 아줌마·개미 등은 참혹한 삶을 살고 있는 반면, 쌀 상인 좀·경찰·전등회사 사장 반딧불 박사님·잠꾸러기 재판관·시인 매미·구렁이 황제 등은 아무 일도 하지 않으며 사치스러운 생활을 누리는 것이다. 곤충 세상은 등급이 엄격하게 구분되어 있다. 차를 탈 때나 길을 걸을 때에도, 1·2·3등의 길이 구분되어 있는 실정이다. 중국의 앨리스는 가난한 곤충들을 안타깝게 생각하며, 그들이 겪는 불평등한 현실에 분노를 표시한다.

천보추이는 1931년 9월 18일에 일제가 중국의 둥베이3성東北三省을 침략한 9·18사변[99] 소식을 듣게 된 후부터 『앨리스 아가씨』를 처음 계

---

98 위의 책, pp.52~53.
99 9·18사변은 일제 관동군이 1931년 9월 18일에 류탸오후 사건柳条湖事件을 조작하여,

획하였던 것처럼 쓸 수가 없게 되었다고 한다. 이에 작가는 작품에 계급 의식을 반영하는 것보다 반제국주의·민족의식을 표출하는 데 중점을 두었다. 그리하여 작품 후반부의 작풍은 전반부와 확연히 달라지는데, 작품 초반에 천진난만하고 활발한 이미지로 묘사되었던 앨리스는 작품 후반에 이르러 용감한 반제국주의 전사 이미지로 변모한다.

작품은 '갑을병정甲乙丙丁'이라는 절부터 일제가 중국 둥베이(동북 지방)를 침략하는 것을 묘사하였다. 앨리스는 어느 길로 가면 좋을지 점을 치고자 하는데, 등에는 점을 치면서 동북방이 불리하다고 말한다. 앨리스가 꼭 동북방으로 가야 한다고 말하자, 등에는 그곳까지 가기 위하여서는 우선 '진정鎭靜'해야 하며 다음으로 '저항하지 않아야 한다'고 말한다. 일제의 침략에 대한 국민당 정부의 부저항 정책을 풍자하고 비판하였던 것이다.

등에는 큰 소리를 듣고 깜짝 놀랐어요.

"무슨 점을 볼 거예요?"

"어느 방향으로 가야 하는지 점을 봐줄래요?"

그러자 등에가 말하기 시작하였다.

"갑을병정……. 서남방이 유리하고 동북방이 불리하네!"

앨리스는 믿을 수 없었지요. 그래서 물었어요.

"왜 동북방이 불리한가요?"

중국의 둥베이3성을 침략한 것을 일컫는다. 일제는 둥베이3성을 중국 침략전쟁을 위한 병참 기지로 만들고, 식민지화하고자 하였다. 牡丹江师范学院政治系党史组编,『学习党内两条路线斗争史名词注释』, 牡丹江师范学院, 1975, p.53.

"왜냐하면 동북방……. 왜냐하면 동북방……. 동북방……. 동북방……."

앨리스는 기다리다가 재촉하듯 다시 물었어요.

"동북방은 왜요?"

"동북방, 동북방에는 큰 재난이 있어요."

"아이고! 동북방은 못 가겠네!"

캥거루 할머니는 조급해졌어요.

"그래요. 가면 안 돼요."

등에가 말했어요.

"나는 꼭 갈 거예요!"

앨리스가 말했어요.

"꼭 간다면 아마도 맞게 될 거예요!"

내가 맞는다고요? 그럼 나는 어떻게 해야 돼요?

앨리스는 갑자기 위와 같이 질문했어요.

"첫째는 진정!"

등에가 말했어요.

"진정한 다음에는 어떻게 해요?"

"둘째는 저항하지 않아야 해요!"

등에가 다시 말했어요.

"저항하지 않으면 맞을 수밖에 없지요! 당연히 불리하겠네요!"[100]

또한 앨리스는 캥거루로부터 바퀴벌레 도련님과 나비 아가씨에 대한

---

100 陈伯吹, 앞의 책, pp.67~68.

이야기를 듣는다. 그들은 춤에만 집중하느라, 털벌레들이 바퀴벌레 도련님의 고향을 공격해도 저항하지 않았다. 바퀴벌레 도련님은 일제에 대한 부저항 정책으로 일관하였던 중화민국中華民國(1912~1949) 정부와 중국국민당, 특히 중국국민당의 지도자였던 장제스를 풍자한 것이다. 그리고 나비 아가씨는 장제스의 아내 쑹메이링宋美齡을 풍자한 것으로 추정할 수 있다. 흥미로운 것은 털벌레들의 공격 시간이 9월 18일 밤 10시라는 점인데, 이는 9·18사변이 발생한 시간과 일치한다.

캥거루가 길에서 앨리스에게 황당하고 슬픈 이야기를 들려주었어요.
"앨리스 아가씨, 아직 모르고 있을 텐데 내가 알려줄게요! 어느 해 가을에 바퀴벌레 도련님이 나비 아가씨를 초청해서, 자신의 고향으로 춤을 추러 갔어요. 둘은 3박 3일 동안 계속 춤을 추었는데, 좀처럼 그치지 않았어요. 송충이들은 그 소식을 듣고 천 마리, 만 마리의 병사들을 모집해서 9월 18일 밤 10시에 바퀴벌레 도련님의 고향을 공격했어요. 그런데 바퀴벌레 도련님은 한창 신나게 춤을 추고 있었기 때문에, 송충이들이 공격해 와도 신경 쓰지 않았어요. 그는 '그들이 무엇을 원하든지, 주어 버리면 되지'라고 말했어요. 그리고 그는 자신의 병사들에게도 진정하고 저항하지 않으면서 대문에서 2문으로, 2문에서 3문으로, 3문에서 4문으로 후퇴하라고 명령했어요. 그때 그들은 7박 7일 동안 춤을 추었어요. 나중에 송충이들이 홀 옆의 사랑방까지 오자, 그들은 모든 것을 버리고 도망쳤어요. 보세요, 우리는 오늘 그 둘을 보았는데, 둘은 아직도 달콤하게 춤을 추고 있네요![101]

_____

101 위의 책, pp.75~76.

이무기 임금이 보낸 병사들은 곤충 음악회장까지 침략하였다. 그러자 앨리스는 강권에 저항하고 제국주의를 타도하겠다는 결심을 한 후, 전사가 되어 병사들과 함께 싸운다. 결국 앨리스는 병사들과 함께 투쟁하여 침략자들을 여러 번 격퇴시킨다.

그런데 겁을 먹은 귀족 예술가들을 비롯한 일부가 평화를 사랑한다는 명목을 내세워, '평화정전협정平和停戰協定'이라는 불평등하고 굴욕적인 협정을 맺는다. 평화정전협정은 곤충들(인민)의 의지와 배치되는 것이었을 뿐만 아니라, 앨리스 몰래 이루어진 것이었다. 이는 당시 중국 정세에 대한 알레고리이다.

1932년 1·28사변 이후, 장제스蔣介石를 비롯한 국민당 정부에서는 '양외필선안내攘外必先安內', 즉 '밖을 막으려면 안을 먼저 안정시켜야 한다'는 정책으로 일관하였다. 이 정책에 따라 중화민국 정부는 일제에 맞서 어떠한 저항도 하지 않고, 중국공산당과 중국공농홍군을 공격하는 데에만 힘을 쏟았다.[102] 결국 중화민국 정부에서는 대표를 파견하여 일제와 정전협정에 나섰고, 5월 5일에 '송호정전협정淞滬停戰協定'을 체결하였다. 이 정전협정 결과에 따라서 상하이는 명목상 비무장지대가 되었으나, 일제는 상하이 주변의 많은 지역에 군대를 주둔시키게 되었다. 불평등조약인 송호정전협정 결과에 분노한 중국 인민은 중화민국 정부와 중국국민당을 매국노라고 비판하였으며, 중국공산당과 중국공농홍군의 중화민족전면항일전쟁中華民族全面抗日戰爭(1931.9.18~1945.8.15)을 지지하게 되었다.[103] 『앨리스 아가씨』의 '평화정전협정'은 '송호정전협정'을 풍자한

---

102 秦孝仪, 『中华民国重要史料初编·对日抗战时期绪编』(一), 中央文物供应社, 1981, p.281.
103 李新主编, 中国社会科学院近代史研究所中华民国史研究室编, 『中华民国史』第8卷 上册, 中

것이다.

앨리스는 불평등한 정전협정 소식을 듣고 나서 무척 분노하여, 정전협정문을 찢어버리고 직접 전쟁터에 다시 나서며 다음과 같은 글을 적었다.

만악萬惡한 제국주의에 저항하자!
침략에 맞서는 약소민족弱小民族의 저항, 만세 만만세![104]

이렇듯 작품의 초반에 천진난만하고 활기찬 모습으로 묘사되었던 앨리스는 작품 후반에 이르러 용감한 반제국주의 전사로 변모한다. 꿈과 환상의 세계에서 모험을 즐겼던 서방 동화의 앨리스와는 달리, 중국의 앨리스는 중국 인민의 마음을 대변하며 제국주의에 맞서는 투쟁 의지를 천명하고 있는 것이다.

마지막으로 일본의 상황을 간단히 언급하도록 하겠다. 일본에서도 쇼와 초기에는 반전·반제국주의를 표방하는 아동소설 작품들이 발표되었으나, 프롤레타리아 동화에 있어서는 반전·반제국주의를 표방하는 작품이 활발하게 창작되지 못하였다. 반전 주제를 다루고 있는 동화로는 오가와 미메이의 「들장미野ばら」가 있다.

「들장미」는 '큰 나라'의 국경선을 지키는 노인 사병과 '작은 나라'의 국경선을 지키는 청년 사병의 이야기를 소재로 하고 있다. 두 사람은 각자 맡은 국경선을 지키며 친하게 지내 왔다. 그러던 어느 날, '큰 나라'

华书局, 2011, pp.46~47.
104 위의 책, p.132.

와 '작은 나라' 사이에 전쟁이 일어나고 만다. 가까운 친구였던 두 사람의 관계는 어쩔 수 없이 적대관계로 바뀌고 만다.

이 작품은 전쟁의 비인간성을 풍자하고 있다는 점에서 주목을 요한다. 반전·반제국주의 사상을 바탕으로 평화를 지향하고 있는 이 작품은, 당연히 발표 당시에는 일본 당국으로부터 환영받을 수 없었다. 그러나 일본의 패전 이후 새로 간행된 국정 교과서에서는, 비로소 이 작품이 수록되기에 이른다. 일본 프롤레타리아 동화 가운데 반전·반제국주의를 표방한 작품이 드물다는 것은 분명히 아쉬운 일이지만, 반전을 표방한 프롤레타리아 동화 가운데 교과서 수록 작품이 나왔다는 것은 상당한 성과가 아닐 수 없다.

3) 이주홍과 장톈이의 '아동 본위'의 동화

원종찬은 "카프 계열의 아동문학에도 이류만 있는 것이 아니"라면서 "카프문학운동 시기를 대표하는 일급 작가는 『신소년』의 편집을 맡았던 이주홍"[105]이라고 평가한다. 이재복 역시 "카프동화 작가들의 작품을 개관해 볼 때, 우리는 어렵지 않게 아주 재치가 뛰어나고 기지와 해학이 넘치는 한 작가를 발견해낼 수가 있다. 바로『신소년』의 편집책임을 맡았던 이주홍"[106]이라고 평가한다. 이렇듯 한국 프롤레타리아 아동

---

105 원종찬, 「한국 아동문학이 창조한 주인공」, 『아동문학과 비평정신』, 창작과비평사, 2001, 108면.
106 이재복, 「해방을 꿈꾸는 수염 난 아이」, 『우리 동화 바로 읽기』, 소년한길, 1995, 155면.

문학을 대표하는 인물로 손색없는 이주홍과 비견할 만한 인물이 있으니, 바로 중국 프롤레타리아 아동문학을 대표하는 인물인 장톈이[107]이다. 앞서 살펴본 바 있듯이, 이주홍과 장톈이는 프롤레타리아 아동소설에서도 어떠한 방식으로든지 아동 독자들에게 웃음을 주기 위하여 노력하였다. 이러한 그들의 유희정신은 동화에서 보다 분명하게 확인할 수 있다.

이주홍과 장톈이는 자신들의 동화에서 이야기꾼으로 나타나는 경우가 많다. 먼저 이주홍의 동화 「개구리와 둑겁이」를 보면, 작가가 이야기꾼으로 등장하여 청개구리와 두꺼비의 유래를 말해주는 유래담 서술 형식으로 되어 있다. 이 동화는 힘센 개구리·감독 개구리·약한 개구리의 계급 대립을 그리고 있는데, 이는 현실의 지주·마름·소작농으로 대응시킬 수 있다. 이러한 설정만 보면 작품이 뻔한 알레고리에 갇혀, 도식적인 작품으로 전락하기 십상이다.

그러나 이 작품은 능청스런 이야기꾼이 만담을 들려주는 듯한 입담

---

107 장톈이는 1906년 9월 26일 장쑤성江蘇省 난징南京시 출생. 장톈이의 본명은 장이우안정张元定이고 호는 일지一之이다. 그의 필명으로는 장톈이张天翼·장이우안찡张元净·티예츠한铁池翰 등이 있는데, 가장 자주 쓰는 필명이 바로 장톈이였다. 산문 「혹의 떨림黑的颤动」을 발표하였을 때, 처음으로 장톈이라는 필명을 사용하였다. 톈이天翼는『장자·쇼요유(庄子·逍遥游)』의 곤붕鲲鹏에 관한 묘사에서 나온 것이다. 원문은 다음과 같다. "有鸟焉, 其名为鹏, 背若泰山, 翼若垂天之云, 转扶摇羊角而上者九万里." 1929년 1월부터 루쉰과 편지로 연락하였고, 루쉰과 욱달부가 편집을 맡은『분류奔流』지에 단편소설 「삼일 반의 꿈三天半的梦」을 발표하여 문단에서 '신인新人'으로 불리게 되었다. 1931년 9월 상하이에서 좌련에 가입하였다. 1932년 좌련 기관지 북두北斗에 장편동화『다린과 쇼린大林和小林』을 발표하고, 1933년 3월 장편동화『대머리 마왕 투투秃秃大王』를 발표하였다. 1934년 4월『문학』에 단편소설 「포씨 부자包氏父子」를 발표하였다. 장톈이는 왼손으로는 일반문학을 쓰고 오른손으로는 아동문학을 쓴 대가大家라고 불린다. 다른 주요 작품에는 장편동화『황금오리제국金鸭帝国』(1940),『뤄웬잉의 이야기罗文英的故事』(1954),『보물 호로의 비밀宝葫芦的秘密』(1958) 등이 있다.

을 과시하면서, 흥미로운 작품으로 자리매김할 수 있게 되었다. 작품에서는 '습니까'·'겠지요'·'습니다' 등의 경어체를 사용함으로써, 독자 '여러분'과 대화하면서 이야기를 들려주는 듯한 효과를 거두고 있다. 이를 통하여 이야기꾼과 아동 독자들 사이의 거리는 더욱 가까워진다.

여러분들은 요사이에 밤에 들판으로 산보하시는 일은 업습닛가. 아니 방안에서라도 들창을 여러걸고 첫 여름의 시원한 바람을 쏘이노라면 들판에서 싯거럽게 복닥으리는 개구리의 우는 소레가 들니겟지요. 여러분들은 그 소리를 들을 째에 엇더한 생각이 낫넛가. 물론 다 각기 처지에 짜러서 길겁게도 슬프게도 들닐 것입니다. 그러나 이것을 들어보십시오. 이것은 아조 옛날 이약이랍니다.[108]

그러나 여러분 쫒겨난 '큰개구리'의 신세는 엇더케 되엿겟습닛가 아니아니 이것 보십시오. 그들은 할 수 업시 육지로 쫒겨나고 난 뒤로는 말할 수 업는 고생을 하엿습니다.[109]

여러분들이 보시는 청개구리가 그것입니다. 둑겁이가 심술을 부러서 비를 내리게 할 듯하면 그것을 다 조사한 청개구리는 무선뎐신을 방송하듯이 놉다란 나뭇가지에 올녀가서 '객객객' 여러 형뎨들에게 비을 것을 미리부터 알려줍니다.[110]

---

108 이주홍, 「개구리와 둑겁이」, 『신소년』, 1933.2, 36면.
109 위의 글, 41면.
110 위의 글, 42면.

다음으로 장톈이의 장편동화『다린과 쇼린』을 살펴보도록 하겠다. 19장으로 구성된 『다린과 쇼린』은 형제인 다린과 쇼린이 서로 다른 계급이 되어 살다가, 다른 결말을 맞이하는 내용을 담고 있다. 다린과 쇼린은 부모를 여의고 요괴를 만나는 바람에 서로 이별하게 된다. 동생 쇼린은 신사 개 피피皮皮에 의하여 자본가 쓰쓰꺼四四格에게 팔려 가서, 아동노동자가 된다. 쇼린은 다른 아동노동자들과 마찬가지로 매일 학대를 당했는데, 결국 단결하여 쓰

〈그림 17〉『다린과 쇼린』

쓰꺼를 죽이고 나중에는 기차 기사가 되었다. 형 다린은 사기꾼 여우 뽀뽀包包의 도움으로 부자인 빠하叭哈의 양아들 찌찌唧唧가 되는데, 하인 200명의 보살핌 아래 매일 일하지 않고 먹기만 하여 아주 뚱뚱한 사람이 된다. 장미 공주와 결혼할 찌찌는 기차를 타고 해변에 가다가 쇼린을 만나게 된다. 하지만 두 사람은 서로를 알아볼 수 없었다. 쇼린은 이재민들에게 구급품을 보내주어야 하기 때문에 찌찌를 위하여 기차를 몰지 않겠다고 파업을 벌인다. 찌찌는 괴물을 불러와서 기차를 밀게 하였는데, 괴물은 기차를 바다에 밀어버렸다. 황금밖에 없는 황금섬에 도착한 찌찌는 황금을 안고 아사餓死한다.

장톈이의 『다린과 쇼린』은 이주홍의 「개구리와 둑겁이」와 마찬가지로 작가가 이야기꾼으로 등장하여, 아동 독자들에게 이야기를 들려주는

형식을 취하고 있다. 여기에서 이야기꾼은 자신이 늙은 철도 노동자로부터 들은 이야기를, 다시 아동 독자들에게 들려주는 것으로 설정되어 있다. 아동 독자들의 이해를 돕기 위하여 형제의 삶을 오가는 복잡한 서술 형식을 취하지 않고, 먼저 쇼린의 이야기부터 들려준 후에 다린의 이야기를 들려주는 방식을 선택하였다.

> 쇼린은 매일 다린을 만나는 꿈을 꿉니다. 그러나 깨어 보면 바로 없어졌지요.
> "형, 어디에 있어?"
> 정말이지, 다린은 도대체 어느 곳에 있을까요?
> 이 이야기를 듣는 사람들은 모두 알고 싶을 거예요.
> 다린이 어디에 있느냐고요? 지금 다린은 자신의 집에 있지요. 다린은 지금 자신의 집에서 식사를 하고 있어요. 다린의 식사는 참 복잡합니다. 다린의 옆에는 200명의 사람이 서 있답니다······.
> 여기까지 말하면, 당신은 반드시 이렇게 물어 올 거예요.
> "왜 처음부터 이야기하지 않아요? 다린은 왜 그곳에 가게 된 거예요? 다린은 어떻게 자신의 집이 생긴 거죠? 그날 괴물이 다린과 쇼린을 잡아먹으려고 할 때 다린과 쇼린이 갈라져서 도망쳤는데, 우리는 그때부터 계속 다린을 못 봤어요. 그때부터 이야기를 다시 시작하세요."
> 그래요. 그럼 그때부터 이야기를 시작합시다.[111]

이어서 장톈이의 장편동화 『대머리 마왕 투투』를 살펴보도록 하자.

---

111 张天翼, 『张天翼儿童文学全集』二券, 北京 : 中国少年儿童出版社, 2002. p.316.

작품은 16장으로 구성되어 있는데, 사람들이 힘을 모아 사람을 잡아먹는 대머리 마왕 투투를 타도하는 내용이다. 투투궁에서 사는 대머리 마왕 투투는 화가 나면 바로 이가 길어지는 괴물이다. 투투의 아침 식단에는 인육人肉완자와 인혈탕人血湯 등이 포함되어 있다. 매일 사람을 잡아먹으며 나라를 잔혹하게 통치하는 투투는 이미 만 명의 아내가 있음에도 불구하고 강제로 동걸冬哥儿의 누나를 아내를 삼고자 한다. 투투는 동그엘의 아버지와 어머니를 잡아 감옥에 가둔다. 동걸의 누나가 결혼을 거부하자 투투는 그녀와 그녀의 부모를 잡아먹으려 한다. 동걸은 친구인 샤오밍小明와 고양이 라오미老米 그리고 12마리의 어린 고양이들과 함께 누나와 부모를 구출하러 나선다. 결국 그들은 인민들과 함께 투투궁에 몰려가서 감옥에 갇힌 누나와 부모를 비롯하여 다른 사람들을 구출하였다. 화가 난 투투는 이가 계속 길어졌는데, 그 바람에 몸이 하늘 높이 올라갔다. 투투가 나중에 어디에 떨어졌는지는 아무도 모른다.

『대머리 마왕 투투』역시 『다린과 쇼린』과 마찬가지로, 작가가 독자들에게 이야기를 들려주는 형식으로 구성되어 있다.

이 세상에서 가장 큰 궁전이 뭘까요?

바로 투투궁입니다.

투투궁은 어디에 있을까요? 일요일이 되면, 찾아가서 놀아도 될까요?

그러나 여러분 모두는 투투궁이 어디에 있는지 모릅니다. 선생님도 모릅니다. 엄마와 아빠, 누나, 오빠도 전부 모릅니다. 왜냐하면 투투궁은 이미 없어졌기 때문이죠. 투투궁은 옛날에 있었던 궁전입니다. 투투궁은 투투 대왕의 궁전이랍니다.[112]

지금까지 살펴본 바와 같이, 이주홍과 장톈이는 이야기꾼으로서 놀라운 재능을 선보인다. 재기발랄한 그들의 입담은 마치 민담을 방불케 한다. 그러다 보니 그들의 동화는 민담처럼 느껴지기도 한다. 그들의 동화들이 민담을 떠올리게 하는 중요한 요소 가운데 하나는, 바로 재미있는 동물·인물 캐릭터가 등장한다는 것이다.

먼저 이주홍의 동화 「호랑이 이약이」에서 호랑이는 토끼나 사슴들이 보이지 않자, 다음과 같은 꾀를 낸다.

> 호랑이는 거미줄을 돌돌 왼몸에 감어 가지고 죽은 듯이 번든이 바위우에 누어잇지 안켓습닛가. 안인게 안이라 조금스랴닛까 산꼭대기에서 토끼들이 빼금빼금 넘어다 보고는
> "저 놈이 죽엇지?"
> "응? 그 놈이 엇재 죽엇담?"
> "애— 그것 쇠원히 햇다. 포수가 죽엿나봐."
> "인젠 우리도 마음노코 살겟다" 하면서 수군거렷습니다.[113]

위풍당당한 호랑이가 겨우 토끼 같은 작은 짐승을 잡아먹으려고 거미줄을 온몸에 감고 죽은 척 연기를 하는 것은 우스운 일이 아닐 수 없다.

또한 「개구리와 둑겁이」에서는 큰 개구리(두겁이)들의 억압을 견디다 못한 작은 개구리들이 회의를 열어 큰 개구리들을 없애기로 결의한다. 곧이어 대규모의 투쟁이 벌어질 것으로 예상한 독자들은 일단 겨울잠부

---

112 张天翼, 『张天翼儿童文学全集』 四券, 北京 : 中国少年儿童出版社, 2002. pp.8~9.
113 『신소년』, 1933.2, 38~39면.

터 자는 작은 개구리들의 모습을 보며 웃음을 짓게 된다. 아무리 계급투쟁이 중요하다고는 하지만, 우선 겨울잠부터 자지 않을 수 없는 개구리의 특징을 잘 살려 표현함으로써 웃음을 유발한 것이다.

그리하야 담방에 '큰 개구리'들을 업새버리기로 작정하엿습니다. 그러나 그째는 마츰 여름이가고 첫가을이 와서 선듯성듯한 바람에 아츰으로는 보얀 서리가 나리기 시작한 째임으로 남은 개구리들도 하나씩 둘씩 흙 속으로 드러가고 '큰개구리'들도 고방을 잠거노코는 어느 사이엔지 흙 속으로 드러가고 업슬 째엿습니다.

날이 차차 치우지기 시작함으로 그들도 모다 흙 속으로 그럿갓습니다. 치운 겨울 긴긴밤에 여름 동안 서름바든 이약이로 몃 밤을 새웟는지 몰낫습니다.[114]

이어서 자연환경에 따른 동물들의 다양한 반응이 재미있게 서술된다.

"이놈 큰 개구리야! 쏘 좀 와서 보아라! 이놈 이놈, 큰 개구리야!" 하고 밤마다 웨치고 잇습니다. 그것이 우리 귀에 들리는 '개골개골' 하는 소리입니다.

그 소리를 들을 째마다 논들로는 드러가지 못하는 큰 개구리는 간이 콩만이나 해집니다. 그럼으로 사람들은 '논둑만 보면 웃둑허니 겁만 내는 놈이라'고 둑겁이라는 별명을 부첫다 합니다.

그러나 둑겁이도 한 가지 재주가 잇섯습니다. 그 것은 돌 덤불 속 갓혼데서 나와서 하늘을 작구 바라보면 비가 오게 되는 것입니다. 그럼으로 '개골

---

114 『신소년』, 1930.5, 39~40면.

개골' 하고 자긔를 부르고 잇는 약한 개구리들의 소리가 구찬키도 하고 무섭기도 하여서 쌧째로 자기의 재조를 부려서 비를 오게 하여서 그들이 입을벌니지 못하게 합니다.

(…중략…)

"이놈 큰 개구리야 이놈아 이놈아" 하고 지금도 악을 쓰고 잇습니다.

"이놈 오기만 오면 잡어먹을 테다" 하고 점잔케 위협을 하노라도 "웅액-웅액" 하는 소리도 들니고 또 그중에도 성미가 급한 놈은 "코액 코액" 하고 피를 토하는 듯이도 들여옵니다.[115]

이처럼 계급 투쟁을 설파하기 위한 도식 속에 동물들을 끼워 넣는 것을 넘어, 각 동물들의 고유한 특징을 잘 포착하여 재미있게 그려냈다는 것이야말로 다른 카프 아동문학과 대비되는 이주홍 동화의 탁월한 점이다.

다음으로 장텐이의 동화에도 아동 독자들의 흥미를 자극하는 다양한 캐릭터들이 등장한다. 『다린과 쇼린』을 살펴보면 다린과 쇼린을 잡아먹으려고 한 거대한 괴물·콧구멍이 커서 말할 때마다 메아리가 생기는 쓰쓰꺼·쇼린을 쓰쓰꺼에게 팔아넘기는 개 신사 피피·다린을 빠하의 양아들을 만들어주며 천사를 흉내 내는 여우 신사 뽀뽀·바닥까지 늘어진 긴 수염을 자꾸 밟아 울기를 좋아하는 국왕·자신이 세상에서 제일 예쁘다고 생각하는 장미 공주·키가 크며 남의 물건을 잘 훔치는 빨간 코 왕자·빨간 코 왕자를 쫓아다니는 악어 아가씨 등 재미있고 개성이 강한 캐릭터들이 등장한다.

---

115 위의 책, 41~42면.

다린에서 찌찌가 된 후, 찌찌는 상상을 초월할 만큼 뚱뚱해진다. 작가는 이러한 찌찌의 모습을 우스꽝스럽게 묘사하였다.

찌찌는 빠하 옆에 앉아 있어요. 2백 명의 하인이 찌찌가 식사할 때 시중을 들지요. 무엇을 먹으려 하든지 찌찌는 직접 움직일 필요가 없어요. 1호 하인이 음식을 찌찌의 입에 넣고, 2호 하인은 찌찌의 윗턱을 받치고, 3호 하인은 찌찌의 아래턱을 받치고 "하나 둘 셋"을 말하며 찌찌의 윗턱과 아래턱을 벌려 음식을 잘게 씹을 수 있게 한답니다. 식사 도중에 찌찌는 아무런 힘을 쓰지 않아도 되는 것이지요. 2호 하인과 3호 하인이 손을 놓으면 4호 하인이 다가와 찌찌의 입을 벌리고, 5호 하인은 유리 거울로 찌찌의 입을 비추며 머리를 끄덕이면서 "모두 다 씹혔어요"라고 말하고, 다음에는 6호 하인이 찌찌의 윗턱을 잡고 7호 하인은 찌찌의 아래턱을 잡아 찌찌가 입을 크게 벌리게 한다. 8호 하인은 작은 방망이 하나를 찌찌의 입에 넣어 씹힌 음식이 식도로 내려가게 한다. 그래서 찌찌는 삼키는 것도 스스로 할 필요가 없었다.[116]

또한 『대머리 마왕 투투』의 대머리 마왕 투투 캐릭터에 관한 묘사 역시 흥미롭다.

대머리 마왕 투투는 겨우 3척尺밖에 안 된다. 투투의 눈은 빨갛다. 때마침 여름이어서 천 마리, 만 마리의 파리가 그의 몸에 쌓여 있다. 대머리 투투는 세수도 하지 않고 목욕도 하지 않아서, 엄청나게 더럽다. 파리는 가장 더러

---

116 张天翼, 『张天翼儿童文学全集』四卷, 北京 : 中国少年儿童出版社, 2002, p.344.

운 사람과 친구가 되고 싶어 한다. 또한 대머리 투투의 얼굴에 푸른 털이 자라고 있다. 대머리 투투는 얼굴을 씻지 않기 때문에 곰팡이가 생긴 것이다. 대머리 투투의 얼굴에는 서너 개의 버섯 균도 생겼다. (…중략…)

파리 한 마리가 대머리 마왕 투투의 머리 위로 날아갔다. 그의 머리 위는 빛이 나면서도 매끈매끈해서 파리는 앉지 못했다. 파리는 미끄러워서 쑥 미끄러졌다. 그래서 대머리 투투의 머리 위만큼은 파리가 한 마리도 없다.[117]

장톈이의 장편동화들은 장편의 장점을 십분 발휘하여 폭넓은 화폭으로 다양한 계급의 인물들을 총체적으로 묘사했다. 자본가 및 지배 계급에 대한 분노와 증오를 드러내면서도 흥미진진한 사건들과 개성이 넘치는 캐릭터들을 만들어냄으로써, 동화로서의 재미와 완성도에 있어서도 탁월한 성취를 거두었다.

다음으로 이주홍의 동화 「천당天堂」과 장톈이의 『대머리 대왕 투투』에는 모두 종교를 풍자하며 노동을 칭송하는 대목이 있다. 이주홍은 「천당」에서 쥐 부부의 눈과 입을 통하여 종교에 의탁했던 인간들의 각성을 보여준다. 목사집 고방 속에 사는 쥐 부부는 사람들이 천당 가기를 원하여 밤마다 기도와 찬송을 드리는 것을 보고, 자신들도 천당에 가게 해달라고 열심히 기도한다.

그날부터 두내의는 열심히 밋기를 시작하얏다. 그래서 쌀을 한낫믈어와도 먹을째에는 꼿꼿 긔도를 올렷다.

---

117 위의 책, pp.10~11.

"에이 성가시게 밥먹을쌔마다 무슨괴도가 그러케도 만타우?" 암쥐가 말하면 "하느님이 울들에게 먹을 것을 주섯스닛가" 하고 숫쥐는 천연스럽게 대답한다.

"하느님이 준게면 우리힘으로 눈치눈치로 가저온게라우?"

"에―ㅅ 하느님이 우리에게 손발을 만더러주섯그던!"

"에구 하느님두 무슨 재주로 우리 가튼 도적 손발까지를 만드러 내섯슬까 <u>호호호</u>"

암쥐는 입을 가리우고 우섯다.[118]

그러다 며칠 동안 보이지 않아서 천당에 간 줄 알았던 종길이라는 소년 신자가 전에 깔고 쓰던 '자부동'을 찾으러 교회에 오자, 쥐 부부는 그를 좇아 천당에 가려고 따라나선다.

앗기 종길이가 드러간 사랑방 압까지 그들은 왓따. 날근 간판에는 '×××
×조합 ×××지부'라고 쓰여 잇섯지만 글 모르는 그들은 그것이 단지 천당
이라고 쓴 줄만 짐작하였다. (…중략…)

"신년 공부가 모두 파삭이라우 저게 좀 보우 저게―천당이라우" 하고 우
는 소리를 하엿다. (…중략…)

그곳에는 교당에서와 가튼 넓은마루와 아름다운 그림과 번쩍거리는 풍금
은 없엇다. 더구나 벼ㅅ섬조차 보이지 안엇다. 그러한 조흔 곳을 미다하고
이런 궁측한곳을 천당이라고 와서 그나마 저러케도 상쾌하게 생긔잇게 만

---

118 『신소년』, 1933.5, 12~13면.

족하게 잇는 것을 보면 아모튼 사람 놈들의 속이란 희한한 물건이라고 생각하였다. (…중략…)

긔도만 드리면 천당 보낼 줄 알고 그들은 그 뒤로는 당초에 긔도를 드리지 안엇다. 그러나 교당에서 찬송가 소리가 울여 나을 째 마다 쥐들은 또 사람 놈들은 그 사랑방이 그리워서 그러는 줄로만 생각하엿다.[119]

종길이를 비롯한 소년들은 더 이상 종교에 희망을 걸지 않고, 자신들의 힘으로 행복을 쟁취하기 위하여 노동조합 활동에 참여한다. 이주홍은 쥐들의 시선을 통하여 인간들의 종교생활을 풍자하며, 행복은 신에게 기도한다고 해서 주어지는 것이 아니라 스스로의 노동과 투쟁을 통하여 쟁취해야 하는 것이라고 말하는 것이다.

장톈이의 『대머리 마왕 투투』에서는 누나와 부모를 구하고자 하는 주인공 둥그엘과 친구 샤오밍이 어찌할 바를 몰라 애태울 때 신선이 나타난다. 신선은 방법을 알려주는 대가로 100원을 요구하는데, 돈이 없는 샤오밍과 둥그엘은 대신 나무에서 과일을 따다 주겠다고 한다. 둘은 상처를 입으면서까지 나무에 올라 이튿날까지 과일을 따다 주었는데, 자신이 신선이라던 사내는 먹다 남은 과일을 큰 봉지에 남겨두고 도망쳐버렸다. 그 신선은 사기꾼이었던 것이다.

"나는 신선이 아니야. 세상에 신선은 없어. 나는 사기꾼이야. 과일을 받아먹기 위하여 너희를 속인 거지. 이미 많은 사람들이 나에게 당했지. 많은 사람들이

---

119 위의 책, 13~15면.

내가 신선이라고 믿었거든. 호호호, 너희들도 속았구나! 그럼 또 만나자."[120]

동그엘과 샤오밍은 보살이 있는 낭낭묘娘娘廟로 가는데, 동그엘은 낭낭묘의 중에게 자신의 부모와 누나를 구할 수 있는 방법을 묻는다.

늙은 중은 웃으면서 "그래, 그래. 또 사람이 찾아와서 나와 장사하려고 하네!" 하고 말했다. 이어서 "너희들이 120원을 내면 낭낭께서 도와주실 거야" 하며 샤오밍과 동그엘에게 말했다.

"왜 돈을 달라는 거죠?"

"보살께서 너희를 도와 일을 해결해주실 테니 돈을 바쳐야지! 너희는 이런 시도 모르느냐? '보살께서는 모두 성현聖賢이시며, 모두 돈을 사랑하신다'라는 시! 보살께서도 사람과 똑같으시다. 너희들, 어서 돈을 다오. 그래야 낭낭께 부탁을 드리지! 돈이 없다면 빨리 꺼지거라!"

늙은 중은 종이를 한 장 꺼내며 말했다. "이건 보살께서 일하시는 가격표야. 지금 할인 중이지. 그러니 부모와 누나를 구하려면 120원만 내면 돼."[121]

보살이 일을 해결해주는 가격표의 내용을 확인해 보면 아래와 같다. 가격표의 내용은 웃음을 자아낸다. 아이들다운 소박한 소망들이 가득하기 때문이다. 하지만 그 소박한 소망을 이루는 데 모두 값을 매겨 놓았다는 점은 마냥 웃을 일만은 아니다. 특히 마지막에 보살이 정말 자신의 요구를 들어주기를 원한다면 추가로 어마어마한 돈을 내야 한다는

---

120 張天翼, 『張天翼儿童文学全集』四卷, 北京 : 中国少年儿童出版社, p.45.
121 위의 책, pp.47~48.

보살께 일을 부탁하는 가격표   파격할인!!! 파격할인!!!

큰 일이든 작은 일이든 모두 낭낭께 부탁할 수 있다.
낭낭께서는 반드시 도와주실 것이다.
낭낭께서는 빠르고 안전하게 일을 해결하신다.
깔깔깔, 땅땅땅.
총지배인─늙은 종(사인 도장)

엄마·아빠와 누나를 구하기   120원[122]
매일 사탕 먹기   5모
싸움에서 반드시 이기기   8분
선생님께 벌을 받지 않기   10원
마구 먹어도 배 아프지 않기   30모
물건을 훔칠 때 엄마에게 들키지 않기   1,000분
소매로 콧물을 닦을 때 더럽지 않기   350원
매일을 일요일로 만들기   동판(銅版) 하나

낭낭께서 정말로 내 요구를 들어주기
                100,000,000,000,000,000원

조항이 실소를 머금게 한다.

이주홍과 장톈이는 공히 종교를 풍자의 대상으로 삼았는데, 이는 당시 공산주의자들이 "종교는 인민의 아편"이라는 마르크스의 비판을 여과 없이 수용했기 때문이다. 특히 서방으로부터 유입된 종교들은 제국주의의 주구 노릇을 했기 때문에, 당시 공산주의자들은 종교에 대해서 상당한 반감과 비판의식을 가지고 있었다. 이주홍과 장톈이의 작품에는 이러한 경향이 국경을 넘어 반영되었던 것이다.

이주홍의 작품을 보면 '이소견대以小見大', 즉 작은 것을 통하여 큰 것

---

[122] 현재 중국 인민폐로 환산하면 1원元=10모毛=100분分이다.

을 보여주는 방식을 취하고 있다. 그의 작품들은 한정된 시간과 제한된 장소를 배경으로 한다. 한정된 시간과 제한된 공간에서 발생한 사건을 관찰하고 기록하다 보니, 등장인물이 다양하지 못하다는 점을 지적할 수 있다. 아동소설뿐만 아니라 동화에서도 그러한 경향이 눈에 띈다. 「청어쌕다귀」의 공간적 배경은 순덕이네 집·「잉어와 윤첨지」의 공간적 배경은 점석이네 집과 윤첨지의 집·「군밤」의 공간적 배경은 종수가 심부름하는 주인집·「우체통」의 공간적 배경은 숙희네 집·「돼지코쑤멍」의 공간적 배경은 종규네 집과 호박밭, 그리고 주사 영감네 집이다. 동화 「개구리와 둑겁이」의 공간적 배경은 개구리들이 사는 논둑이다. 모두 한정한 장소에서 세밀한 관찰을 통하여 사건을 기록한 것이다.

장톈이의 아동소설 중에도 제한된 장소에서 사건이 전개되는 작품들이 있다. 「팁」의 공간적 배경은 오리고기 식당·「두 친구」의 공간적 배경은 샤오팡쯔와 아씨가 사는 부잣집이다. 반면 「꿀벌」의 공간적 배경은 논밭·학교·항의하러 가는 길·현장의 집 등으로 다양하다.

이주홍과 장톈이의 차별점이 두드러지는 작품은 역시 장톈이의 장편동화들이다. 장편동화에서 작가는 시간과 장소에 구애받지 않고 넓은 화폭으로 작품을 구성할 수 있다. 이를 통하여 작품은 더욱 깊고 넓어질 수 있다. 장톈이의 장편동화에 등장하는 인물은 지배 계급에 속하는 왕·왕자·공주·대신·자본가, 중간 계급에 속하는 경찰·기자, 피지배 계급에 속하는 농민·노동자와 그들의 아이들로 매우 다양한 양상을 보인다. 지배 계급부터 피지배 계급까지 모든 계급을 망라하여 등장시킴으로써, 사회의 모습을 총체적으로 그려낼 수 있는 것이다. 그뿐만 아니라 요괴를 비롯하여 여우·개·늑대·악어 등 다양한 동물들이 사람

행세를 하며 지배 계급 혹은 지배 계급에 협조하는 역할로 빈번하게 등장한다. 이러한 요괴 및 다양한 동물들의 등장은 어린 독자들에게 흥미를 더해주는 요소가 된다.

이주홍의 작품들이 한정된 시간과 제한된 장소를 배경으로 하는 주된 원인은 카프 시기에 발표한 그의 작품들이 모두 단편이기 때문이다. 단편의 화폭은 장편에 비해 좁을 수밖에 없다. 반면 장톈이는 『다린과 쇼린』 그리고 『대머리 마왕 투투』라는 장편동화를 창작했다. 비슷한 시기에 유사한 지향을 바탕으로 창작활동을 벌였지만, 작품의 길이에 따라 그 양상은 매우 다르게 나타난 것이다.

이러한 현상이 나타나게 된 까닭은 다음과 같이 지적할 수 있다. 먼저 식민지와 반식민지의 차이를 고려해야 한다. 당시 중국은 반식민지 사회였던 반면, 조선은 식민지 상태에 처해 있었기 때문에 작가의 자유롭고 원활한 창작이 쉽지 않았다. 꾸준히 작품을 연재할 지면을 확보하기 어려웠을 뿐만 아니라, 아동문학 창작에 관한 일제의 개입도 날로 심해지는 형국이었다. 그와 같은 현실 속에서 긴 호흡으로 장편 창작에 임한다는 것은 매우 어려운 일이었을 것이다.

다음으로 앞서 언급한 바 있듯이, 문단의 시대적 상황을 염두에 두어야 한다. 좌련 시기에는 동화에 관한 일부 회의적인 견해도 존재했지만, 오히려 동화가 더욱 확고한 장르로 자리매김하는 계기로 작용하였다. 거장들이 논의에 적극적으로 개입하여 아동문학에 있어 동화의 중요성을 강조함으로써, 동화의 중요성에 관한 인식은 보다 확고해질 수 있었다. 반면 카프 시기에는 이전의 시기와는 다르게 동화라는 장르 자체에 관한 회의적인 시각이 지배적인 담론으로 급부상하였다. 그리하여 아동문학 창작에 있어 공상성을 부정하고 동화를 없애자는 의견이 주류가 되었다. 이에 따라 동화 창작은 급격히 줄어들고, 아동소설이 주로 창작되기에 이르렀다.

마지막으로 작가 개인의 역량 차이를 지적하지 않을 수 없다. 좌련 시기에 장톈이는 이미 문단에서 적지 않은 경력을 쌓은 작가였으며, 그 문학성을 널리 인정받는 주요 작가였다. 작가로서 오랜 훈련을 거친 장톈이는 긴 호흡으로 인상적인 장편을 창작해낼 수 있었다. 반면 카프 시기에 이주홍이 문단에서 중심적인 위치에 있었다고 보기는 어렵다. 카프 시기에는 아동문학 작가로 활동하는 것을 일반문학 작가로서 본격적으로 나서기 전에 경험을 쌓는 과정으로 인식하는 경향이 있었다. 당시 이주홍은 아동문학 분야에서는 나름 주목받는 작가였지만, 카프에서 중요한 위치를 차지하고 있는 문인은 아니었다. 이주홍의 문학인생을 돌이켜 볼 때 아동문학 창작은 초기의 활동에 속하며, 작가로서 경력을 쌓아가는 과정이었다고 보아야 한다. 따라서 아직 작가로서의 훈련이 부족했던 이주홍이 장편을 창작한다는 것은 실로 어려운 일이었을 것이다.

위에서 언급한 차이들을 고려하며 장톈이의 장편동화들이 중국 아동문학사에 길이 남을 고전이 되었다는 점을 상기할 때, 카프 아동문학에서는 문학사에 남을 만한 장편이 나오지 못해 아쉬움이 크다.

앞에서 언급한 바 있듯이 이주홍의 작품들에는 다른 카프 아동문학 작품들에서 찾아보기 어려운 풍자와 해학이 담겨 있다. 그러나 일정한 유머를 내재하고 있다는 점을 제외하면, 작품에 흥미를 더해줄 수 있는 요소들이 풍부하게 발견되지 않는다. 특히 환상성을 마음껏 펼쳐 보일 수 있는 장르인 동화에 있어서도 아동소설과 크게 다르지 않은 모습을 보여주어 아쉬움이 남는다. 동화 「고동이」는 분량도 매우 짧고 내용도 무척 단순한 장편掌篇이다. 이 작품은 계급 투쟁을 알레고리로 풀어냈을 뿐, 그 외에는 별다른 특징을 찾을 수 없다. 동화 「호랑이 이야기」 역시 「고동이」와 마찬가지로 계급 투쟁을 알레고리로 풀어낸 작품이다. 그래도 「고동이」보다는 훨씬 재미있게 읽을 수 있는 작품이다. 호랑이가 날뛰는 모습은 상당히 흥미롭게 묘사되어 있다. 특히 호랑이가 꾀를 내어 죽은 척하는 장면은 무척 흥미롭다. 이주홍의 동화 중에서 놀이정신[123]을 가장 잘 발휘한 작품은 「개구리와 둑겁이」이다. 그럼에도 불구하고 줄거리와 세부 묘사의 단순함을 지적할 수 있겠다.

이주홍은 1931년 2월 13일부터 21일까지 『조선일보』에 발표한 「아동문학운동 일년간兒童文學運動 一年間」에서 작가들이 아동소설 창작에 주력하여 동화가 적게 창작되었음을 지적하며, 비현실적인 이야기가 필요할 때가 많다고 주장하였다. 하지만 그가 놀이정신의 필요성을 강조하고자 했던 것은 아니다. 오히려 그는 나이 어린 독자들에게 계급 의식을 전달하기 위한 수단으로써 비현실적인 이야기의 필요성을 강조했을 뿐이다.

이주홍의 이러한 주장은 다른 주장 속에 잠깐 끼어들은 것으로 본격적으로 계급주의 아동문학가들에게 동화의 중요성을 알리고 창작을 이끌어내는 데까지는 힘을 발휘하지 못했다. 이주홍이 동화의 비현실성을 인정한 것은

---

[123] 이 책에서 사용하는 '놀이정신'이라는 단어는 그것을 "'일하는 아이들'(리얼리즘)과 '유희정신'(반리얼리즘)을 동시에 극복"하기 위한 개념으로 내세운 원종찬의 용법을 따른다. 원종찬, 「'일하는 아이들'과 '유희정신'을 넘어서」, 『동화와 어린이』, 창비, 2004.

아동문학에서 동화의 공상 요소를 중요하게 생각했다기보다는 계급 의식을 아이들에게 더욱 효과적으로 전달하기 위해 현실성 짙은 소년소설과 함께 동화의 필요성도 주장한 것이기 때문이다.[124]

이주홍은 놀이정신의 중요성을 인지하고 있었다. 그리하여 다른 카프 아동문학 작가들과는 달리 풍자와 해학을 담아냈으며, 동물의 특징을 잘 관찰하여 아이들에게 즐거움을 선사할 수 있는 동화를 쓰기도 했다. 그러나 그가 생각한 놀이정신은 그 자체로 중요한 것이 아니라, 어디까지나 계급 의식을 위하여 존재하는 것이었다. 이렇듯 이주홍의 놀이정신은 계급 의식에 발이 묶여 있었다. 그래서 그의 작품은 풍자를 넘어 광활하고 자유로운 환상성의 구현으로까지 나아가지는 못했던 것이다.

반면 장톈이는 아동의 놀이정신을 강조하는 예술관을 토대로 과장·변형·풍자·괴이 등의 표현 수법을 활용하여 사회 전체의 본질을 드러내고, 아동 독자들로 하여금 웃으면서 사회 현실을 깨닫게 했다. 그는 작품을 통하여 아동 독자들에게 단순히 설교를 늘어놓기보다는 재미를 느끼게 하는 것이 무엇보다도 중요하다고 여겼다. 장톈이가 동화 창작에 있어서 가장 자주 사용한 기법은 과장이다. 조위안춘赵元春의 지적에 따르면 "그는 보잘 것 없는 인물의 비열한 행위에 대하여 그토록 정중하게, 소를 죽이는 힘으로 닭을 죽인다".[125] 장톈이는 과장을 통하여 현실의 추악함과 황당함을 더욱 잘 드러낼 수 있었으며, 또한 매우 효과적으로 사회를 풍자할 수 있었다.

---

124 심명숙, 「한국 근대아동문학론 연구」, 인하대 석사논문, 2002, 57면.
125 许萌, 「在幻想与现实之间」, 兰州大学硕士论文, 2006, p.17.

그런데 장톈이의 장편동화는 화폭은 방대하지만 묘사는 구체적이다. 예를 들어 괴물에 대하여 말할 때 그냥 '괴물이 크다' 같은 식으로 말하지 않고, 구체적으로 괴물의 크기를 묘사하는 것이다.

> 다린과 쇼린은 모두 도망쳤다. 오로지 마대麻袋만 땅에 남아 있었다. 괴물은 너무 배가 고파서 마대를 주워 먹어버렸다. 그렇지만 마대가 너무 작아서 이에 끼고 말았다. 그는 큰 소나무 한 그루를 뽑아 이쑤시개로 썼다. 간신히 마대를 빼냈다.
>
> 그는 잠이나 자야지 생각했다.
>
> 달이 벌써 떴다. 달은 눈썹 같은 모양을 하고 있었다.
>
> 괴물은 손을 들어 기지개를 켰는데, 손이 달 끝의 뾰족한 모서리에 닿아서 상처가 났다.
>
> 그는 침을 뱉으며 말했다. "퉤! 오늘은 정말 운이 없네."[126]

괴물이 어찌나 큰지 기지개를 켜다가 손이 달에 닿았다는 것이다. 이러한 묘사는 과장을 좋아하는 아동 독자들의 취향을 고려한 것이다. 과장은 『다린과 쇼린』에서 반복적으로 나타난다. 예를 들어 찌찌가 다니는 황족 소학교에는 오직 13명의 학생밖에 없지만, 12,000개의 교실이 있고 6,000명의 선생님이 있다. 수학을 가르치는 선생님만 무려 134명이 있다. 소학교 운동회에는 찌찌·거북이·달팽이 사이에 '5미터 달리기' 경기가 벌어지고, 찌찌가 3위를 차지한다. 달리기 경기의 결과는 다

---

126 张天翼, 『张天翼儿童文学全集』 二券, 北京 : 中国少年儿童出版社, 2002, p.271.

음과 같다.

5미터 달리기
제1등 — 거북이 제2등 — 달팽이 제3등 — 찌찌 달리기는 모두 5시간 30분 소요하고 세계기록 돌파[127]

위와 같은 결과는 황당하고 어처구니가 없어서 웃음을 자아낸다. 장 텐이의 장편동화에 나타난 캐릭터의 묘사는 매우 구체적인데, 캐릭터의 묘사가 각 캐릭터의 뚜렷한 개성을 극대화하는 방식으로 이루어지고 있음을 확인할 수 있다. 이를 통하여 장텐이는 선량한 인물로부터 악당 혹은 괴물에 이르기까지 잊을 수 없는 캐릭터들을 만들어냈다.

다음으로 아동 독자들의 취향을 고려한 놀이·말놀이의 활용을 들 수 있다. 『다린과 쇼린』에서 쇼린은 친구들과 함께 몰래 만든 금강석金剛石을 팔려고 하다가 경찰에게 잡혀 고문을 당한다. 고문이라는 소재는 얼핏 동화에 어울리지 않는 소재처럼 여겨질 수 있다. 하지만 쇼린이 당하는 고문은 '발 간지럼 태우기'이다. '발 간지럼 태우기'는 어린이들이 서로 놀이를 하다가 벌칙으로 활용하는 것으로서 일종의 놀이라고 볼 수 있다. 따라서 '발 간지럼 태우기'로 고문을 당한다는 설정은 아이들의 흥미를 이끌어내기에 충분하다. 또한 어린 독자들이 상상할 때 무려 한 시간 동안이나 발을 간질이는 것은 더없이 잔혹한 일로 여겨질 것이다.

---

[127] 위의 책, p.364.

이렇듯 장톈이의 동화들은 경쾌하고 활발할 뿐만 아니라, 놀이정신으로 가득 차 있다. 하지만 장톈이의 동화는 당시 중국의 현실에서 벗어나지 않았다. 장톈이의 동화는 탄탄한 현실의 토대로부터 출발하여 환상의 하늘을 나는 것으로 볼 수 있다. 그의 놀이정신은 어디까지나 현실주의의 정신에 충실한 것이었다. 그의 놀이정신은 현실주의의 정신과 대립하지 않고 스스럼없이 뒤섞인다. 그리하여 그의 작품은 현실주의의 정신을 충실히 구현하면서도 문학성과 재미 역시 포기하지 않을 수 있었다. 그의 놀이정신은 날개를 달고 광활한 환상의 세계로 자유롭게 날아오른다.

/ 제4장 /

프롤레타리아 동요·동시

프롤레타리아 동요·동시의 경우에는 프롤레타리아 아동소설·동화에 비하여 현재까지 사랑받는 작품을 찾아보기가 매우 어렵다. 운동성을 강조하는 프롤레타리아 아동문학에서는 특히 파급력이 큰 동요에 주목하여 다수의 프롤레타리아 동요가 창작되었으며, 당시 프롤레타리아 아동 사이에서는 적지 않은 파급력을 갖기도 하였다. 중국의 경우에는 중화소비에트공화국에서 '홍색아동가요'가 등장하기도 하였다. 한국과 일본에서는 프롤레타리아 동요집이 발간되기도 하였는데, 이 장에서는 한국의 『불별』과 일본의 『작은 동지』를 중심으로 각각의 특징을 살펴보도록 할 것이다.

1. 동요·동시의 논의 전개

1) 한국—치열한 논쟁과 미흡한 결론

한국에서 '동요'라는 개념이 처음 등장한 시기는 1920년대인데, 당시는 일제 강점기였기 때문에 조선어로 된 동요는 그 자체로 일제의 교육정책에 저항하는 운동적 성격을 지니고 있었다. 이와 같은 한국 동요의 운동적 성격을 극대화한 것은 역시 프롤레타리아 동요였다. 1920년대 후반부터 소년운동의 방향전환론이 제기되기 시작하면서 아동문학 역시 새로운 시대의 요구에 부응해야 한다는 주장이 목소리를 높이게 되었다. 이윽고 1930년대 벽두에는 카프 계열 작가들의 주도로 동요·동시에 관한 열띤 논쟁이 전개되기도 하였다.[1] 1930년대를 전후하여 시작된 동요와 동시에 관한 비평은 논쟁의 형식을 띠며 활발하게 전개되었다. 이 논쟁에 참여한 문인은 주로 신고송과 송완순을 주축으로, 양우정·윤복진·이병기·김성용 등이 있었다.

먼저 신고송은 「동심으로부터~기성 동요의 착오점—동요 시인에게 주는 몇 말」과 「새해의 동요 운동~동심순화와 작가 유도」라는 두 편의 비평을 통하여, 기존 동요들이 감상주의적 성격을 벗어나지 못하였을 뿐만 아니라, 개념에 실감이 없고 내용도 없다는 문제점을 제시하면서 감상주의 동요를 비판하였다.

---

[1] 원종찬, 「일제 강점기의 동요·동시론 연구—한국적 특성에 관한 고찰」, 『한국아동문학연구』 제20호, 한국아동문학학회, 2011 참고.

동요는 동심의 노래이기에 그릇된 동심으로 불르는 째는 그릇된 동요의 출현을 볼 것이다. 순사가 장검을 차고 대로를 지난다. 이것을 본 어린이가 소리 업시 쒸다러 가서 그 칼을 쏩어 보고 십흘 것이며 쓸에 졸고 잇는 고양이의 긴 수염을 하나쯤 쏩아보고 십혼 것이 진정한 동심의 유로流露가 아니고 무엇이냐. 아동은 절대로 석양에 전원을 만보漫步하야 임수林樹 사이로 연연히 흘러오는 사원寺院의 모종성暮鐘聲에 귀를 기우리는 자연을 송탄하는 자연시인배自然詩人輩가 아니며 야반夜半에 잠을 안자고 기력의 소리와 원견遠犬 소리에 고독을 노래하는 센치멘탈이스트가 아님을 말하고 십다. 어린이는 정적물체가 아니고 적어도 약동하는 동적존재이다. 그들이 석양에 종소리를 듯고 잇슬 것인가 아니면 해볏에 쏘이는 고초쌩아를 잡고 쩰 것인가는 단언 할 여지조차 업다.[2]

이어서 그는 "시는 어구의 나열이 아니고 정서의 약동일 것이다. 동요도 미사여구의 나열이 아니고 어린이다운 충동과 감정의 감동이 잇서야 될 것이다"[3]라고 주장하며, 자유로운 율격의 동시를 제창하였다.

조선에 처음 동요운동이 니러날 쌔 동요라는 것은 격조格調와 구절이 마저야 된다는 것을 선전하얏든 짜닭으로 지금은 극소수의 자유시 체의 동요-동시를 내여노코는 어느 신문지 어느 잡지 어느 누구가 짓든지 동요라고 일홈 한 것은 모두가 칠오七五, 팔오八五, 사사四四, 우又는 사이四二등의 격조에

---

2 신고송, 「동심에서부터~기성동요의 착오점-동요시인에게 주는 몇 말 (一)」, 『조선일보』, 1929.10.20.
3 신고송, 「동심에서부터~기성동요의 착오점-동요시인에게 주는 몇 말 (六)」, 『조선일보』, 1929.10.27.

제4장_ 프롤레타리아 동요·동시 191

맞초어서 노래하얏스며 이것이 정형률이 되고 말엇다. 묘한 수법과 기교로 동요를 맞초아 노래한 것은 시상의 내용도 충분히 감수할 수 잇스며 거긔에 쌀으는 음악적 기분도 맛볼 수 잇는 것이다.[4]

또한 그는 「새해의 동요운동－동심 순화와 작가 유도」에서 동요와 동시의 정의를 내리며, 둘의 차이는 그 형식이 정형률인지 자유율인지에 따라 결정된다고 설명하였다. 그는 동요는 정형률이고 동시는 자유율이라고 밝히며, 동요와 동시가 다르다고 주장하였다. 당시에 신고송과 같은 주장을 하며 동요와 동시가 다르다고 본 사람은 양우정밖에 없었다. 이병기·윤복진·송완순은 동요와 동시가 같다고 주장하였다.[5]

이병기는 「동요동시의 분리는 착오－고송孤松의 동요운동을 읽고」에서 "정형율, 자유율의 사용은 작가 여하에서 표현을 달리하는 것이지 결코 정형율이라고 동요이고 자유율이라고 동시인 것이 아니"라고 주장하였다. 그러나 그는 신고송처럼 동시를 제창하는 것을 반대한 것이었을 뿐, 신고송의 논지와 같은 맥락에서 동요의 자유율을 제창하였다.

필자는 동요가 동시임으로 별 다른 이름으로 동시라 할 필요 없이 표현 방식인 '율律'을 작가 □미여하로 하되 특히 자유율로서 재창하고 싶다. 왜 자유율을 제창하느냐 하면 신군의 논한바와 같이 아동들이 노래하기에 □□하며 또 하나는 초보 작가 특히 아동 작가에게 정형률의 표현이 어려운 까닭이다.[6]

---

4 신고송, 「동심에서부터~기성동요의 착오점－동요시인에게 주는 몇 말 (七)」, 『조선일보』, 1929.10.28.
5 심명숙, 「한국 근대아동문학론 연구」, 인하대 석사논문, 2002
6 이병기, 「동요동시의 분리는 착오－고송孤松의 동요운동을 읽고」, 『조선일보』, 1930.1.23~24.

이어서 그는 동요를 다음과 같이 규정하였다.

①아동의 심성을 순진하게 표현할 것
②노래할 수 있어야 할 것
③허식을 버릴 것
④아동이 노래할 수 있도록 쉽게 표현할 것[7]

이병기에 이어 윤복진도 동요와 동시의 분리를 반대하며, 동요는 '아동의 시'이자 '아동이 부르는 시'이고 '아동 자신의 심령에서 넘쳐나는 노래'라고 주장하였다. 또한 송완순도 동요와 동시의 분리를 반대하며, 보다 큰 아이들을 대상으로 하는 소년시를 주장하였다. 이어서 송완순은 동요에도 정형률과 자유율이 모두 필요하지만, 더욱 필요한 것은 자유율이라고 말하였다.[8]

1930년대 초에 조선에서 있었던 동요와 동시의 내용 및 형식에 관한 논쟁은 여러 논자들이 참여했으나 뚜렷한 결론이 없었고, 제대로 정리조차 되지 않은 상태로 끝나고 말았다. 이후 한국에서는 지금까지도 동요와 동시가 뚜렷하게 나뉘어져 있지 않다. 비록 결론을 도출해내지는 못하였으나, 1930년대 초의 동요와 동시에 관한 논쟁은 당시 아동문학가들이 동요나 동시의 내용 및 형식에 관하여 고민하는 계기가 되었다고 평가할 수 있다. 그러나 결과적으로 논쟁이 진행될수록 동심의 계급성만 강조하다가 끝나버리는 한계를 보이고 말았다.[9]

---

7 위의 글.
8 심명숙, 앞의 글, 44면.

2) 중국 – '아가'·'신시가'·'홍색아동가요'

5·4신문화운동 및 백화문의 사용과 함께 중국에서는 새로운 형식과
내용으로 구성된 신시新詩가 등장하였고, 이는 중국 아동시가의 발전에도
큰 영향을 끼쳤다. 이 시기에는 '아가兒歌'라는 용어가 흔히 사용되었다.
이는 고대에는 '동요童謠'·'동자요童子謠'·'유자요孺子謠'·'소아어小兒
語' 등으로 불렸으며, 민가民歌 등 모든 민간 구전문학의 중요한 일부였다.
역사적으로 고찰할 때 '아가'와 '아동시'에는 분명한 경계선이 없으며,
중국에서는 '아동시가'라는 매우 포괄적인 용어가 많이 통용되고 있다.[10]
먼저 1920~1930년대의 아동시가에 관한 주요 논의와 이론 연구를
살펴보면 다음과 같다. 이 시기의 논의와 이론 연구에 활발하게 참여한
사람을 꼽자면, 단연 저우쭤런을 들 수 있다. 저우쭤런이 이미 1914년
에 발표한 「아가의 연구兒歌之研究」라는 글은 중국 아동시가에 관한 최초
의 계통적 연구라고 할 수 있다. 그는 먼저 "아가는 아동이 노래하는 사
이며, 고대에는 동요兒歌者, 兒童歌讴之詞, 古言童謠"라고 밝혔다. 이어서 동
요의 역사적 지위 및 분류를 서술하며, 동요에 관한 일반적 편견에서 벗
어날 것을 강조하였다. 즉 동요는 '아동적'·'예술적'이어야 한다는 바
탕 위에서, 아동교육으로서 중요한 기능을 담당한다고 여겼다.[11]
또한 그는 「예문잡화艺文杂话」·「「동요대관」을 읽으며读「童谣大观」·

---

9   위의 글, 45면.
10 중국에서 아동시가에 관한 연구는 활발하게 진행되고 있지 않은 실정이다. 최근에 들어
    서야 '아가'와 '아동시'에 관하여 따로 정의를 내리고 연구하려는 경향이 나타나고 있지
    만, 아직 관련 분야의 연구가 매우 적은 편이며 체계적이지도 않다. '아동시'의 기원에
    관하여서도 구체적인 설명이나 해석이 부재하는 실정이다.
11 李利芳, 『中国发生期儿童文学理论本土化进程研究』, 中国社会科学出版社, 2007, p.268.

「「각 성의 동요집」을 읽으며读『各省童谣集』」·「뤼쿤의 「연소아어」吕坤的「演小儿语」」·「사오싱 아가의 간략 서술绍兴儿歌述略序」 등 동요에 관한 글들을 발표하였는데, 이 글들은 중국 동요(아동시가) 연구에 있어서 매우 중요한 업적이라고 할 수 있다. 그는 「「동요대관」을 읽으며」에서 당시 동요 연구의 흐름을 민속학적 파·교육적 파·문예적 파 세 파벌로 분류하였다. 또한 「뤼쿤의 「연소아어」」에서 중국에는 아동을 위하여 창작한 작품이 워낙 적고 예술적 가치도 거의 보이지 않는다며 지적하였다. 이어서 뤼쿤의 「연소아어」는 '몽이양정蒙以養正'의 의도를 가지고 있지만, 동요 가사를 활용하여 '취미'와 '교훈'을 같이 다루는 것에 관하여서는 높은 평가를 내렸다. 「「각 성의 동요집」을 읽으며」에서는 자료적 가치를 긍정적으로 평가하면서, 아동이 읽는 것으로 하려면 밑에 달린 교훈적인 주석을 전부 없애야 한다고 주장하였다.

이 시기의 또 다른 주목할 만한 글은 풍궈화冯国华의 「아가의 연구兒歌的研究」(1923)와 추둥지오褚東郊의 「중국아가의 연구中國兒歌的研究」(1926)이다. 풍궈화는 「아가의 연구」에서 실증적 방법으로 아동의 심리적 특성을 분석하며, 내용과 형식에 있어서 아가의 심미적 특징을 밝혔다. 그는 아동문학에 있어 동요의 중요한 지위와 아가의 교육적 가치를 서술하였고, 아동의 상상력·호기심·관심·기억·언어 등의 측면에서 고찰하며 아가의 내용을 규정하였다. 그는 아가를 평가함에 있어서 아동성 및 아동화兒童化 등에 관한 객관적 기준을 적용해야 한다고 주장하였다. 추둥지오는 「중국아가의 연구」에서 실증적 자료를 바탕으로 하여, 수많은 동요에 관한 체계적인 분석을 진행하였다. 우선 동요의 지역성과 국민성에 관하여 서술하였으며, 동요를 내용상으로 ① 우는 것을 막고 아이의 수면에 도움이 되는 것, ②유희 시 사용되는 것, ③발음 연습용, ④지식적인 것, ⑤교훈적 의의를 가진 것, ⑥우스꽝스러운 것, ⑦기타 등으로 나누었다. 다음 형식상으로 ①운어韻語, ②체재體裁, ③구법句法 등으로 구분하였다. 이러한 분류 방법은 당시에 매우 체계적인 분류 방법이었을 뿐 아니라, 현재까지도 많은 영향을 끼치며 중요한 학술적 가치를 가진 것이다.[12]

이 시기에 시가에 관한 논술은 아동문학 개론서 및 아동문학 연구서에서 체계적으로 다루게 되었다. 먼저 위서우용魏壽鏞과 저우호우위周侯於의 중국 최초의 『아동문학 개론兒童文學槪論』(1923)에서는 아동이 운어적韻語的 시가를 선호하는 것이 천성이며, 동요는 아동문학에서 중요한 지위를 차지한다고 밝혔다. 또한 난이도와 아동의 이해력에 따라 아가兒歌·민가民歌·동요童謠·언어諺語·구시舊詩·신시新詩·사곡詞曲·기타 등으로 분류하였다.

주딩위안朱鼎元은 『아동문학 개론』(1924)에서 동요의 음절적 특성이 아동의 본능에 부합하며, 아동의 감정과 상상을 일으킬 수 있다고 설명하였다. 또한 각 연령 단계에 따라 동요의 문학적 기능을 서술하였다. 다음으로 장성위張聖瑜는 『아동문학 연구兒童文學硏究』(1928)에서 동요의 특징과 내용에 관하여 서술한 바 있다. 그는 아동이 스스로 가요를 창작할 수 없고, 창작할 동기가 있다고 하더라도 어른과 의논해야 한다고 주장하였다. 또한 동요의 내용에 있어서, 자연 물상·인사人事에 관한 동요가 많으며 인간의 감정·가정의 평범한 일 등에 관한 작품도 적지 않

---

12 위의 책, p.285.

다고 지적하였다.

이와 같이 이미 1920년대에 동요 이론에 관한 연구가 시작되었으나, 이는 동요 연구에 있어서 초기 단계였기 때문에 깊이 있는 연구를 기대할 수는 없었다. 그러나 그들은 동요 연구 초기에 동요의 '아동성'을 둘러싼 다양한 고민을 선보였고, 이는 후세의 동요·동시 연구에 토대를 제공하였다.

1930년대에 접어들면서부터 아동시가에 관한 언급과 연구는 꾸준히 증가하였다. 천보추이는 아동시가에 관하여 '유년 아동에게 친근하며 적합하다. 그들은 천성이 노래하는 것과 낭송하는 것을 좋아하고, 천뢰天籟에서 나온 시가들은 그들이 가장 필요로 하며 좋아하는 정신적 식량'이라고 밝힌 바 있다.[13]

쉬팡徐芳은 「아가의 창법兒歌的唱法」(1936)에서 아가에 관한 실증적 연구를 바탕으로, 아가를 엄마가 아이를 달래기 위하여 부르는 모가母歌와 아이들이 스스로 부르는 아가兒歌로 구분하였다. 또한 모가와 아가의 가창법을 열거하기도 하였다.

수즈한苏子涵은 「아가 속의 교훈과 희망兒歌中的教训与希望」(1936)에서 아가의 기원은 무척 오래되었으며, 역사에 기록된 동요 역시 아가의 일종으로 보았다. 또한 아가를 ① 성인이 정치를 풍자한 것, ② 아동이 스스로 만든 것, ③ 엄마 혹은 가정부가 아동을 위하여 만든 것 등 세 가지의 종류로 구분하였다. 그는 주로 아가의 교훈적 기능을 긍정적으로 보았다. 즉 아가의 교훈적인 요소가 한편으로는 아동의 호기심을 일으킬 수 있고,

---

13 张香还, 『中国儿童文学史』(现代部分), 浙江少年儿童出版社, 1988, p.274.

다른 한편으로는 아동에게 긍정적 영향을 줄 수 있으며 교육적 원리에도 부합한다고 밝혔다.[14]

1930년대에 출간된 아동문학 연구서들에서도 아동시가를 지속적인 연구대상으로 다루었다. 왕런루는 『아동독물 연구儿童读物的研究』(1933)에서 뤼삐디吕伯攸의 아동시에 관하여 논하였다. 그는 뤼삐디의 동시가 아동적 환경에서 창작되었으며, 동시 전체의 음조가 매우 조화롭고 아동의 문법과 심리에 부합한다고 평가하였다. 이에 따라서 뤼삐디의 아동시는 아동 독자들로부터 사랑받는 작품들이 될 수 있었다고 평가하였다.

천보추이・첸쯔청陈济成은 『아동문학 연구儿童文学研究』(1934)의 '시가 연구'라는 절에서 아동시가에 관하여 논의하였다. 그들은 아동시가가 간단하면서도 감각적・열정적・상상적인 특징을 가지며, 무엇보다도 아동 본위론에 입각해야 한다고 주장하였다. 또한 아동시가의 가치를 ① 아동의 조화로운 감정 유지, ② 아동의 상상력 발달, ③ 아동의 사상 전개, ④ 아동의 언어 기능 훈련, ⑤ 아동의 쉬운 기억을 도움, ⑥ 아동의 유희를 도움 등으로 설명하였다.

거청쉰葛承训은 『신아동문학新儿童文学』(1934)에서 아동의 삶・가정생활・사회생활・동식물・식품 등 모든 것들을 가요로 창작할 수 있다고 주장하였다. 또한 형식상 풍자・조소・사실 묘사 등의 방법이 있다고 밝혔다.[15]

지금까지 살펴본 바와 같이, 1930년대 중국에서 아동시가에 관한 연구는 1920년대의 아동시가 연구를 계승하면서 보다 체계적인 성과를

---

14 李利芳, 앞의 책, pp.275~276.
15 위의 책, pp.278~279.

이룩한 것으로 평가할 수 있다.

1932년 9월에는 무무톈穆木天·센바오·양소·푸펑·바이슈白曙·왕야핑王亞平·후메이胡楣·웬류溫流·스링石灵·지앤보濺波 등의 제창하에, 좌련의 지도를 받는 시가詩歌 단체가 성립되었다. 이들은 1933년 2월에 『신시가新時歌』를 정식 발행하였다.

프롤레타리아 시가를 표방한 『신시가』에서는 '이미 지나간 역사의 잔해를 애도하지 않으며, 현실을 파악하고 신세기의 의식을 가창해야 한다'고 주장하였다. 여기에서 일컫는 '신세기의 의식'이라 함은 다름 아닌 '계급 의식'을 가리키는 것이었다. 그들은 당시 시단詩壇 가운데 상징주의·낭만주의 등의 수법에 빠져 현실을 외면한 '신월파新月派'와 '현대파現代派'의 '풍화설월'을 비판하며, 시의 현실주의 정신과 대중화 노선을 주장하였다. 또한 그들은 『신시가』에 발표한 「신시가에 대해 주는 몇 가지의 의견关于写作新诗歌的一点意见」(1932.2)을 통하여, 군벌·자연재해·화재·무거운 부세 등 인민이 겪는 고통을 비롯하여 당면한 혁명 투쟁 및 정치 현황 등을 소재로 할 것을 주장하였다.[16] 또한 그들은 계급 투쟁의 주력인 노동자·농민에 주목하고자 하였는데, 프롤레타리아 시가를 주창한 이들의 논의는 자연스레 프롤레타리아 아동시가에 관한 요구로 이어졌다.

중화소비에트공화국은 마르크스-레닌주의를 토대로 하는 신문화를 추진하였다. 1933년에 발표된 「사전운동에 있어서 문화교육 공작의 의무」에서는 중화소비에트 문화 건설사업을 통하여 인민의 정치 수준을

---

16 盛翠菊, 「中国诗歌会对现实主义传统的继承与发展」, 『徐州教育学院学报』 第20卷 第4期, 2005, p.103.

높이고, 해방전쟁에 결합할 수 있도록 독려해야 한다고 규정하였다. 홍군은 적과 싸우는 역할만 담당할 뿐, 문예가 군중선전群衆宣傳·군중조직群衆組織·군중무장群衆武裝·군중협조群衆協助 등의 역할을 담당해야 함을 강조하였다. 이로써 문예운동의 중요성이 부각되었으며, 중화소비에트 아동을 위한 '홍색아동가요紅色兒童歌謠'가 성행하였다.

증징빙曾鏡冰은 1932년에 발표한 「장씨성 각 현의 아동국 서기 연석회의 총결江西各县儿童局书记联席会的总结」에서 유희와 노래의 지위를 강조하며, 이는 아동을 교육하는 수단 중 가장 활발한 방법이라고 지적하였다. 첸페이셴陈丕显은 「우리 아동단의 양식 돌격에 적극적으로 참여하자我们儿童团踊跃参加收集粮食突击」에서 유희·강연·가요 등의 중요성을 강조하였다. 또한 그는 「맹렬히 독서 운동을 진행하자猛烈进行读书运动」에서 유희·노래·운동 등을 통하여 아동의 학교생활을 더 즐겁게 만들 수 있다고 지적하였다.

1931년 중화소비에트 공청단 중앙은 뤼진에서 주간 『청년실화青年實話』를 발행하면서, 제20기부터 '항상 준비되어 있어요時刻準備着'라는 어린이란을 개설하였다. 같은 해에는 『아동실화兒童實話』도 출간되었다. 1933년 10월 5일부터는 중화소비에트 중앙 아동국兒童局에서 『항상 준비되어 있어요』가 반월간으로 간행되기 시작하였다. 『항상 준비되어 있어요』에는 '각지의 삐오니르와 교원들의 투고를 환영하는데, 편마다 300~500자를 넘지 않게 하여 달라'는 요구 사항이 적혀 있었다.[17]

이와 같은 토대를 바탕으로 하여, 주로 반제·반국민당의 내용을 담

---

17 張香还, 앞의 책, pp.323~324.

은 '홍색아동가요'가 성행할 수 있었다. 홍색아동가요는 역사적·시대적 의미는 뚜렷하지만, '사회성'이 지나치게 강조됨에 따라서 '아동 본위'의 아동문학과는 거리가 있었다.

3) 일본—새로운 시대의 동요·시운동의 제창

일본에서 프롤레타리아 아동문학운동이 본격화되기 이전에, 예술동요·시운동에 기반을 둔 동요 시인들은 '어린이의 마음'·'천진성'·'자연' 등을 강조하였다. 마키모토 구스로는 비非프롤레타리아 동요 시인들의 관념을 철저히 논박하였다. 그는 『프롤레타리아 동요 강화』 및 『프롤레타리아 아동문학의 제문제』와 같은 이론서를 통하여, 동요에 관한 정의는 물론 동요론·동요의 활용·창작 방법·창작 예문 등에 이르기까지 자세히 서술하였다. 특히 그는 "아동은 기성 예술동요 시인들이 규정하듯이 '초계급적' 존재가 아니라, 어느 쪽이든지 계급에 속하는 '어린 계급'이다. 또한 계급 대립이 시시각각으로 첨예화·과열화됨에 따라 이렇듯 기만적인 '예술'이라고 하는 말에 속임을 당할 수는 없다"[18]고 지적하였다. 그가 주된 비판 대상으로 삼은 것은 '어린이의 마음子供の心'이라든지 '아동의 천진성'이라는 관념이었다.

'상아탑'에 갇혀 있는 소위 예술가라고 칭하는 '초계급론자'(당신들은 노

---

18 槇本楠郎, 『プロレタリア童謡講話』, 紅玉堂書店, 1930, p.2.

예 교육에 중독되었을 뿐만 아니라 그것으로부터 깨닫지 않고, 또한 빈핍貧乏도 모르고 자란 계급이다!)들에게 철저히 반대한다. 당신들은 '계급'·'사회주의'라는 말과 함께 '선전'·'선동'이라는 말을 무한히 경멸하고 싫어한다. 따라서 당신들은 유의식적·무의식적으로 당신들의 소위 '천사'·'신의 아들'이나 '어른의 아버지'(그것들은 당신들의 취향에 적응하는 관념상의 부르주아 혹은 쁘띠 부르주아의 어린이이다)를 당신들의 인생관·세계관으로 수송하는 것이다.[19]

사이죠오 야소西條八十, さいじょう やそ(1892~1970)에 따르면 시인이 동요를 창작하는 것은 일반적인 시 창작의 경우와는 다르다. 동요를 창작할 때에는 노래 부를 어린이가 알기 쉽게 표현해야 한다는 '부의식副意識'이 머릿속에서 움직이는데, 이 '부의식'에 따라 시인은 감정의 표현에 있어 제약을 받는다. 이와 같은 이유 때문에 사이죠오 야소는 동요는 순수한 시가 아니라고 주장하였다.

그러나 마키모토 구스로는 사이죠오 야소와의 관점과 달리, 프롤레타리아 동요는 광의적으로 프롤레타리아 시에 속하는 것이라고 주장하였다. 또한 그는 프롤레타리아 동요가 연령적으로는 유년과 소년을 대상으로 하고, 성별적으로는 중성적中性的·양성적兩性的이며, 문화 수준에 있어서는 낮은 계층을 대상으로 하는 '시'라고 주장하였다. 따라서 프롤레타리아 동요는 사명에 따른 결과를 얻기 위하여, 그 대상에 관한 질적·형태적·기술적 분화를 필요로 한다고 밝혔다. 그는 사이죠오 야

---

19 위의 책, pp.47~48.

소가 경멸했던 '부의식'을 강조하면서, '선전宣傳'과 '선동煽動'을 생명이자 표어로 하는 계급주의문학은 직접적인 시라고 주장하며 다음과 같이 설명하였다.

프롤레타리아 동요는 광의廣義적으로 프롤레타리아 시에 속하는 것이다. 따라서 프롤레타리아 시는 그 사명에 따른 결과를 얻기 위하여, 광범위하면서도 적극적으로 대상에 관한 질적質的・형태적形態的・기술적技術的 분화를 필요로 한다. 즉 대상의 계급・계층・군群의 차이, 그리고 지역적・문화적・생활의 차이, 또한 연령・성性 및 관심사와 취미 등의 차이, 이러한 것들을 가급적可及的 고찰하는 것에 따라, 우리의 프롤레타리아 시는 다양한 종류로 분류될 수 있다. 따라서 프롤레타리아 동요 역시 이 가운데 하나에 속하며, 그것을 연령적으로 말하자면 대체로 유년기 또한 소년소녀기를 대상으로 하고, 성별적으로 말하자면 중성적中性的 또한 양성적兩性的이며, 문화 수준에 있어서는 극히 낮은 계층을 대상으로서 하는 '시'이다.[20]

다음으로 마키모토 구스로는 동요 창작에 있어 가장 중요한 것은 이데올로기의 문제이며, 마르크스주의 이데올로기야말로 가장 현실적인 이데올로기라고 설명하였다. 그는 인생 및 사회의 어느 단면도 이데올로기에 의해서가 아니라면 구체적・전체적으로 이해될 수 없다고 지적하며, 이데올로기는 개개의 사실을 살리는 '혼'이자 인생을 보는 '눈'이라고 단언하였다.[21] 계급주의 동요 창작과 그것의 효과적인 활용을 위

---

20 위의 책, p.57.
21 위의 책, pp.91~92.

해서는 초계급주의 타파 및 대상 선택과 환경이 중요한데, 그는 무엇보다도 이를 뒷받침해줄 수 있는 이데올로기의 중요성을 지속적으로 강조하였던 것이다.[22]

그는 프롤레타리아 동요의 활용에 있어서 ① 읽는 것, ② 듣는 것, ③ 노래하는 것, ④ 동작으로 움직이는 것으로 분류하고, 이와 같은 바탕에서 다시 '조직 아동組織兒童과 미조직 아동未組織 兒童'의 경우·'평상시와 비상시의 경우' 두 가지로 구분하였다. 상세한 내용은 다음과 같다.

※ 조직 아동과 미조직 아동의 경우

A. 조직 아동의 경우

1. 진입이 용이하며 의식 수준이 높기 때문에, 보다 구체적·현실적인 작품을 택한다.(일반 지주·자본가·권리자에 대한 반항을 노래하는 것 대신, 지주 A·자본가 X·권리자 W 등 보다 뚜렷한 대상을 택한다. 그것을 읽는 것인지, 듣는 것인지, 노래하는 것인지, 또한 움직이는 것인지를 특색이 명확한 작품)
2. 정치적·단체적 훈련을 위한 단체적 형식을 택한다.(각 단체의 단체가, 종종 삐오니르의 투쟁가·합창·구호 제창 등에 의한 단체적 유희, 기타)
3. 내부 지도부의 특수한 경험에 의하여 이용 가치가 생기는 것을 택한다.(동원훈련 투쟁의 필요부터 혹은 단순히 익살스러운 노래)[23]

---

22 윤주은, 「槇本楠郎와 이주홍의 프롤레타리아 아동문학 비교」, 부산외대 박사논문, 2007, 46면.
23 槇本楠郎, 『プロレタリア童謡講話』, 紅玉堂書店, 1930, p.76.

B. 미조직 아동의 경우

1. 진입이 용이하지 않고 의식 수준이 낮은 이들을 위하여, 부연적·계몽적 작품을 읽고 교재로 택한다.(테마를 일반적 관념으로부터 비유적·상징적 표현으로 이동시키는 작품을 적극 이용하지 않도록 한다. 따라서 표현상의 기술적 분화도 보이지 않는다.)

2. 개인적 자각을 계발하기 위한 개인적 형식을 첫 번째로 택한다.(자유롭게 작곡하여 단독으로 노래하는 형식, 박수 치기 노래, 자장가 등)

3. 외부 지도에 의한 개성적·독창적인 작품을 택한다.[24]

※ 평상시와 비상시의 경우

1. 쟁의 등의 경우, 아동의 합창을 통하여 적을 분노하게 하는 것.(비상시의 경우에 적용)

2. 아동의 일상생활을 위한 유희노래, 또한 기타(평상시의 경우에 적용)

3. 곡보曲譜에 따라 회합 장소에서 공연할 목적을 가진 작품(평상시와 비상시의 경우에 적용)[25]

다른 한편, 『빨간 새』에 투고하며 성장한 일군의 동요 시인들은 기타하라 하쿠슈를 중심으로 '유수사乳樹社'를 창립한다. 유수사는 1930년 5월, 동인지 『찌찌오키チチノキ-乳樹』를 창간하며, '문학동요文學童謠' 운동을 추진하였다. 기타하라 하쿠슈는 「『빨간 새 동요집』 서문『赤の鳥童謠集』序」에서 『찌찌오키』에 합류한 신인 동요 작가들의 이름을 열거하며,

---

24 위의 책, p.77.
25 위의 책, p.80.

'그들은 아침을 불러오고 바람을 불러오며 빛을 불러온다'[26]고 말하였다. 이어서 그들로부터 시작될 일본의 제2세대 동요·시 창작이 기대된다고 하였다.

다쯔미 세이가たつみ せいか, 巽聖歌・요타 준이치よだ じゅんいち, 与田準一・후찌이 주로우ふじい じゅろう, 藤井樹郎 등이 결합한 『찌찌오키』의 문제의식은 창간호에 발표된 요타 준이치의 「새로운 정조로」에 잘 드러나 있다. 그는 아동 심리주의자를 참칭하는 '사이비 예술교육가', 영리 목적 및 저널리즘에 합류한 통속동요 작가와 통속잡지들을 비판하였다. 또한 새로운 시대의 정조를 개척하며 '동심수희童心隨喜'의 심성에서 탈각하기 위하여서는, 근대 과학의 명석한 정조로 강인한 동심을 건설하는 데 초점을 맞추어야 한다고 주장하였다.[27]

하지만 과거의 협소狹少한 권내圈內에서, 제자리에 멈추어서는 안 된다. 전창동요伝唱童謠의 연장부연延長敷衍에서 난 소위 동요라는 감정에 멈추어서는 안 된다. 맹목적盲目的인 동심수희童心隨喜의 눈물에 혹해서도 안 된다.

그곳으로부터 더 나아가 새로운 시대의 정조를 개척해야 한다. 그 편지주의偏知主義의 반동反動에 의존한 감미로운 정조에서 근대의 명징明澄한 정조로.[28]

또한 다쯔미 세이가는 『찌찌오키』에 발표한 「1930년 개산서一九三0年槪算書」에서 이데올로기로부터도 예술이 생길 수 있다고 주장하였다. 이

26 北原白秋, 「『赤の鳥童謠集』序」(1930.11), 猪野省三 等編, 『日本児童文學大系ープロレタリア童話から生活童話へ』, 三一書房, 1955, p.378.
27 与田準一, 「新らしい情操へ」(『チチノキ』創刊號, 1930.3), 위의 책, p.370.
28 위의 글.

어서 작품을 검토할 때에는 프롤레타리아 이데올로기를 작품에 담았는
지 담지 않았는지 하는 것이 문제가 아니라, 작품이 예술적인지 아닌지
하는 것이 중요하다고 밝혔다. 프롤레타리아 동요를 검토함에 있어서
관건은 작품의 예술성이라는 점을 분명히 한 것이다.

　나는 마키모토 구스로의 동요를 가리켜 예술성이 없다고 하면서, 이데올
로기로부터 예술은 발생할 수 없다고 하는 주장에 동의하지 않는다. 톨스토
이에게는 톨스토이의 이념이 있고, 루나차르스키에게는 루나차르스키의 이
념이 있다. 그런데 그들의 작품에는 수발秀拔한 것이 적지 않다. 이데올로기
로부터는 예술이 발생하지 않는 것이 아니라, 이데올로기가 예술적으로 표
현되었을 경우에 예술이 될 가능성이 있는 것이다. 프롤레타리아 이데올로
기를 작품에 담았는지 담지 않았는지 하는 문제를 그들의 임무에 배치해야
하는가. 그것은 예술의 한 분야로서 많은 문제를 가지고 있다. 중요한 것은
그들의 작품이 예술인지 아닌지 하는 것의 검토일 뿐이다.[29]

　일본에서는 『빨간 새』와 동시에 진행된 대규모의 예술동요 운동을 통하여,
동요가 매우 중요한 지위를 점하고 있었다. 프롤레타리아 동요가 형성되면서
초계급 동요론에 대한 비판이 제기되었고, 그에 따라 동요의 아동성에 관한
고민이 깊어지는 양상을 나타내 보였다. 특히 이데올로기의 의미를 간과하지
않으면서도, 무엇보다도 중요한 것은 예술성임을 강조했던 다쯔미 세이가의
주장은 오늘날까지도 상당한 설득력을 지닌 것이라고 할 수 있다.

29　巽聖歌, 「一九三0年槪算書」, 猪野省三 等編, 앞의 책, p.201.

2. 프롤레타리아 동요집 『불별』과 『작은 동지』

　　이론적 우위를 점한 카프 계열 작가들은 아동 문단을 주도하게 되었는데, 정기적으로 간행되며 아동 독자들의 호응을 얻었던 『어린이』(1923~1934)·『신소년』(1923~1934)·『별나라』(1926~1935) 등의 잡지에 작품을 발표하는 것 이외에도 매체 투쟁의 일환으로서 프롤레타리아 동요집의 출간을 기획하기에 이르렀다. 그 결과로 1931년 3월 중앙인서관中央印書館에서 『푸로레타리아 동요집 불별』이 출간되었다. 따라서 『불별』은 한국 프롤레타리아 동요운동의 양상을 검토하는 데 있어 빼놓을 수 없는 작품집이라고 할 수 있다.

　　『불별』은 일제 강점기에 출간된 유일한 프롤레타리아 동요집이다. 일제

〈그림 18〉 『작은 동지』

강점기에 프롤레타리아 동요는 『어린이』·『신소년』·『별나라』 등의 잡지에 발표되었는데, 이 잡지들은 아동 전문잡지로서 동요 이외에도 다양한 장르의 아동문학 작품들을 수록하고 있었다. 이에 반하여 『불별』은 카프 계열 작가들에 의하여 처음부터 프롤레타리아 동요집으로 기획된 작품집이다. 따라서 『불별』은 당시 프롤레타리아 동요운동의 성격을 다른 그 무엇보다도 잘 보여줄 수 있는 작품집인 것이다. 이러한 연유에서 『불별』을 제외하고 한국 프롤레타리아 동요운동을 연구한다는 것은 불충분한 일이 아

닐 수 없다.

이 절에서는 기존의 연구 성과를 바탕으로 『불별』에 수록된 프롤레타리아 동요의 특징을 살펴보도록 하겠다. 특히 『불별』과 1931년 7월 자유사自由社에서 간행된 일본의 『작은 동지小さい同志』를 비교연구함으로써, 한 · 일 프롤레타리아 동요의 공통점과 차이점을 검토하고자 한다. 한국 프롤레타리아 동요는 일국적 시각을 넘어서 새롭게 조명될 필요가 있기 때문이다.

1) 『불별』과 『작은 동지』의 체계

『불별』은 한국 최초의 프롤레타리아 동요집이자, 일제 강점기에 출간된 유일한 프롤레타리아 동요집으로 확인되고 있다. 『불별』의 구성은 다음과 같다.

〈표 2〉 프롤레타리아 동요집 『불별』의 구성

작가	제목	악보	삽화
김병호	가을바람		이주홍
	퇴학(退學)	이일권(李一權)	
	모숨기		
	바다의 아버지		
	더운 날		
양우정	따로 있다		이갑기(李甲基)
	망아지	이구월	
	대목장압날밤		
	비밀상자		
	씨름		
	새총		

작가	제목	악보	삽화
이구월	게떼		이갑기
	새 쫓는 노래	동인	
	소작료		
	어듸보자		
	조심하서요		
	중놈		
	자동차소리		
이주홍	벌꿀		이갑기
	편싸홈노리	이주홍	
	모긔		
	장아치 아저씨		
	방귀		
	박쥐·고양이		
박세영	길		강호(姜湖)
	대장간	맹오영(孟午永)	
	손님의 말		
	단풍		
	할아버지 헌 시계		
손풍산	낫		이주홍
	거머리	이일권	
	물총		
	불칼		
	물맴이		
신고송	우는 꼴 보기 실허	강호	
	미럭과 장승		이구월
	껍질 먹는 신세		
	기다림		
	도야지		
엄흥섭	어머니		정하보(鄭河普)
	인쇄긔게	이일권	
	야학노래		
	제사		

위의 표를 통하여 확인할 수 있듯이 『불별』에는 김병호가 5편·양우정이 6편·이구월이 7편·이주홍이 6편·박세영이 5편·손풍산이 5편·신고송이 5편·엄흥섭이 4편, 이렇게 8인의 작가들이 모두 43편의 프롤레타리아 동요를 수록하였다. 또한 8인의 작가들이 거의 비슷한 수의 작품을 수록하였음을 알 수 있다.

〈표 3〉 프롤레타리아 동요집 『작은 동지』의 구성

작가	제목	악보
오가 가쯔다(岡一太)	미운 짐승(憎いこん畜生)	露木次男
	가을이 왔다(秋が来た)	
	적과 백(赤と白)	
	아침과 밤(アサトバン)	
	친한 친구(同じ仲間)	
	새해 인사(ネンガシキ)	
	나비 유충과 개미(芋虫と蟻)	
	연립가옥(長屋)	
	삐라를 찍어(ビラ刷り)	
	지주(地主)	
요네무라 켄(米村 健)	저녁노을(夕焼)	
	비(雨)	
마키 고스케(牧 耕助)	베 짜는 메뚜기(機織バッタ)	
	분부쿠 솥(文福茶釜)	
	모기 붕붕(蚊ブンブン)	
가와사키 따이찌(川崎大治)	다리의 낙서(橋のらくがき)	
	잉어 헝겊 깃발(鯉のぼり)	
	우리의 팔(おいらの腕)	
	기차 포포(汽車ポッポ)	露木次男
	노동절 만세(メーデー萬歲)	
	전진행렬(進む行列)	
	아이우에오 노래(あいうえをの唄)	

작가	제목	악보
마쯔야마 후미오(松山文雄)	상이병사(廃兵)	
	나는 울지 않아(おら泣かぬ)	
오다 가오(織田 顔)	일학년(一年生)	
	아비의 얼굴(ちゃんの顔)	
	football(フットボール)	
	빠삐뿌뻬뽀 노래(パピプペポの歌)	
	성적표(通信簿)	
	농민 인형(百姓人形)	
다게다 아오야게(武田亜公)	싸움(喧嘩)	
	감자 캐기(芋掘り)	
	노동절(メーデー)	
	개미(蟻)	
	지주 촌장(地主の村長)	
	데모 이야기(デモの話)	
이토 킨이치(伊東欣一)	군함(グンカン)	
	문어(タコ)	
	우리는 싫다(おら厭だ)	
마키모토 구스로(槇本楠郞)	시골 학교(村の学校)	
	돌 지장보살(石地蔵)	
	수세미(へちま)	
	작은 동지(小さい同志)	守田正義
	군인(兵隊さん)	
	온마 곳코(おんまゴッコ)	
	톱니바퀴 춤(歯車をどり)	
	원숭이와 게(猿と蟹)	
	본부의 계단에서(本部の段々で)	

『불별』이 출간된 지 4개월 후에 일본에서 출간된 『작은 동지』는 일본을 대표하는 프롤레타리아 동요집으로, 『작은 동지』의 구성은 위의 〈표 3〉와 같다.

〈표 3〉을 통하여 확인할 수 있듯이 『작은 동지』에는 오가 가쯔다가 10편・요네무라 켄이 2편・마키고수 케가 3편・가와사키 따이찌가 7편・마쯔야마 후미오가 2편・오다 가오가 6편・다게다 아오야게가 6편・이토 킨이치가 3편・마키모토 구스로가 9편, 이렇게 9인의 작가들이 모두 48편의 프롤레타리아 동요를 수록하였다. 또한 오가 가쯔다(10편)・마키모토 구스로(9편)・가와사키 따이찌(7편)・오다 가오와 다게다 아오야게가(각 6편) 순으로 비교적 많은 수의 작품을 수록하였음을 확인할 수 있다.

구성 면에서 『불별』과 『작은 동지』를 비교해 보면, 삽화와 악보의 수록 상황에서 약간의 차이가 나타난다. 우선 『작은 동지』에는 삽화가 수록되어 있지 않다. 그리고 악보는 서문 앞에 수록된 가와사키 따이찌의 〈기차 포포〉・마키모토 구스로의 〈작은 동지〉・오가 가쯔다의 〈미운 짐승〉, 이렇게 3편의 동요에만 붙어 있음을 확인할 수 있다. 앞에서 살펴본 바와 같이 오가 가쯔다・마키모토 구스로・가와사키 따이찌, 이렇게 3인은 다른 이들에 비하여 수록된 동요의 수도 많은 편이다. 이러한 점들로 미루어 볼 때, 위에서 언급한 3인의 작가가 일본 프롤레타리아 동요운동에서 중요한 지위에 있었을 것이라고 짐작할 수 있다.

반면 『불별』에는 8인의 작가마다 1편의 악보와 1편의 삽화가 함께 수록되어 있다. 위에서 살펴본 바와 같이 8인의 작가들이 거의 비슷한 수의 작품을 수록하였을 뿐만 아니라 동수의 악보와 삽화가 수록되어 있다는 점으로 미루어 볼 때, 『불별』은 어느 정도 카프 계열 동요 작가들의 동인지와 같은 모습을 취하고 있다고도 볼 수 있다. 물론 계급주의 동요운동의 일환으로 기획된 동요집인 만큼, 일반적인 동인지와는 그 성격이 매우 상이하다.

　다음으로 『불별』과 『작은 동지』의 서문을 살펴보도록 하겠다. 우선 『불별』에는 모두 3편의 서문이 수록되어 있다. 처음으로 카프 맹원 권환權煥의 서문이 수록되어 있으며, 다음으로 역시 카프 맹원 윤기정尹基鼎의 서문이 수록되어 있다. 마지막으로 8인의 작가들이 함께 쓴 서문이 수록되어 있다. 반면 『작은 동지』에는 9인의 작가들이 함께 쓴 서문 1편만 수록되어 있다. 『불별』과 『작은 동지』는 모두 프롤레타리아 동요집을 표방하고 있는 만큼, 서문을 통해 밝히고 있는 지향은 별다른 차이가 없다.

　부자집 아히들은 따뜻하고 부드러운 비단옷입고 공긔 조흔 학교에 가서 뛰놀며 공부한다. 그러다가 집에 도라오면 아버지어머니의 무릅미테서 고기쌀밥을 배가 터질 때까지 먹은 뒤에는 달고 맛 조은 양과자를 이가 압흔도록 씹는다. 분바른 누나의 피아노소리와 맛추어 춤추며 노래 보른다.

　그러나 우리는 뼈와 심줄이 아즉 봄바람에 자라난 플대처럼 연하고 부드러운 팔다리로 햇빛업고 몬지찬 공장 안에서 긔게를 돌리는 아히들이다. 아버지뒤를 따라다니며 거름짐 지고 소와 말먹이는 아히들이다. 그리고 고기쌀밥은커냥 조밥, 피죽도 업서서 굼주리는 아히들이다. 비단옷은커냥 무명옷삽배옷도 업서서 헐벗고 울울떠는 아히들이다.

　(…중략…) 그런 째문에 그들의 노래와 우리들의 노래까지도 다르다. 그들에게는 그들의 부르는 노래가 따로 잇고 우리들의 부르는 노래가 따로 잇다.

　　　　　　　　　　　　　　　　　　　　　　　—권환, 「서문 (1)」[30]

너희들의 동요는 부자 아이들의 동요와 전혀 다른 것이다. 부자 아이들이 예쁜 옷을 입고 큰 피아노 앞에서 달콤한 노래를 부를 때 너희들은 낡고 추한 옷을 입고 굶주린 채 황폐한 거리에서 많은 친구들과 같이 노래를 부른다. 너희들은 부자 아이처럼 맛있는 음식을 먹은 후, 찌요코레토 및 키야라메루를 먹으면서 라디오에 맞추어 동요를 부르는 것이 아니다. 너희들의 아버지 어머니, 아저씨들도 똑같이 가난하다. 그리고 너희들도 똑같이 굶주렸으며 추위에 떨고 있다. 하지만 그러한 가운데에서, 너희들은 기운 내어 너희들의 동요를 잘 부르지 않으면 안 된다.

— 「서문まへがき」[31]

『불별』과 『작은 동지』는 모두 서문에서부터 자신들이 가난한 아이들을 독자층으로 상정하고 있음을 분명히 밝히고 있다. 두 잡지는 공통적으로 부자 아이들의 생활 모습과 가난한 아이들의 생활 모습을 대조적으로 제시한 후, 가난한 아이들은 부자 아이들과 생활 모습이 다른 만큼 부르는 노래도 따로 있다고 강조한다. 동요집에 수록된 작품들의 계급의식을 명확하게 제시하고 있는 것이다. 또한 윤기정은 『불별』의 서문에서 "나는 재래 소위 동요—비과학적 공상적 비현실적 동요를 근복적으로 거부하며 미워한다. 더구나 동심다운 초계급동요는 계급사회에 잇서서 도저히 존재할 수업다"[32]고 밝히며, 프롤레타리아 동요운동의 필요성을 역설하였다.

---

30 권환, 「서문 (1)」, 신명균 편, 『푸로레타리아동요집 불별』, 중앙인서관, 1931.3, 1~2면.
31 「まへがき」, 槇本楠郎・川崎大治 編, 『小さい同志』, 自由社, 1931.
32 『푸로레타리아동요집 불별』, 中央印書館, 1931.3, 3면.

2) 『불별』과 『작은 동지』의 공통점

(1) 계급 대립의 직접적 묘사

프롤레타리아 동요집을 표방하는 『불별』과 『작은 동지』에 계급 의식 및 계급 대립을 드러내며, 계급 투쟁을 호소하는 동요들이 많다는 것은 자연스러운 일이 아닐 수 없다. 『불별』에 수록된 김병호의 〈가을바람〉은 가을바람이 지주 영감의 모자를 벗기기를 바라며, 지주 영감이 감기에 걸리라고 저주하는 내용이다. 신고송의 〈우는꼴보기실허〉 역시 마찬가지로 "미운놈 아들놈"이 "가다가 소똥을 밟아 밋그러저 개똥에 코 나다처라"라면서 유산 계급을 저주하는 작품이다. 이렇듯 『불별』에는 유산 계급을 저주하는 동요들이 많이 수록되어 있다.

바람아 우수수
퉁텡탕불어
영감놈 모자를
벗겨가거라

우리네 벼듸룬데
몬지잘날려
영감놈 눈알에
들어가거라

퉁텡탕 바람불면

영감아들놈

코홀록 코홀록

감긔가들어

소작료 만히바다

새쌀밥못먹고

코에서 피터지고

물똥만싸게.

— 김병호, 〈가을바람〉 전문

　또한 유산 계급을 위해 일하며 고생하는 아버지와 어머니의 모습을 그림으로써, 유산 계급에 대한 불만을 나타내는 동요도 많다. 김병호의 〈바다의 아버지〉는 물고기를 잡으러 가는 아버지의 모습을 그리고 있는데, 아무리 물고기를 많이 잡아도 자신들은 집에서 파래장국만 먹을 수 있는 신세라고 한탄하는 동요이다. 같은 작가의 〈더운 날〉은 이렇게 더운 날에도 아버지가 공장에서 일하며 고생하고 있음을 노래한 작품인데, 조만간 노동자들이 동맹 파업하여 아버지를 구해주는 날이 가까워질 것이라고 노래한다. 또한 박세영의 〈대장간〉과 엄흥섭의 〈인쇄긔계〉도 쉴 새 없는 노동으로 고생하는 노동자들의 모습을 그린 작품이다. 또한 양우정의 〈따로잇다〉와 이구월의 〈어듸보자〉 등의 작품들에서는 가난한 프롤레타리아 아동이 단결해야 하며, 투쟁의 대상은 다름 아닌 유산 계급이라는 점을 밝히고 있다.

　『작은 동지』에서도 이러한 내용을 다룬 작품들을 어렵지 않게 발견

할 수 있다. 오가 가쯔다의 〈지주〉는 지주의 차가 와서 소작농의 양식을
다 싣고 간 것에 대한 분노를 드러낸 작품이며, 〈미운 짐승〉은 유산 계
급을 돼지라고 부르면서 그들의 추태를 비난하는 작품이다.

표제작인 마키모토 구스로의 〈작은 동지〉는 프롤레타리아 계급의 아
이들이 붉은 깃발 아래 모여 흔들림 없이 투쟁해야 한다는 내용을 담은
작품이다.

오너라, 오너라, 전 세계의 작은 동지
전 세계의 아이들이여, 손을 잡자
우리는 붉은 깃발, 프롤레타리아
저벅저벅
저벅저벅 저벅저벅
준비는 되었는가
지켜라, 깃발을!

가거라, 가거라, 전 세계의 작은 동지
전 세계의 아이들이여, 공격하자
우리들은 붉은 깃발, 프롤레타리아
저벅저벅
저벅저벅 저벅저벅
두려워 마라, 흔들리지 마라
모두 전진!

— 마키모토 구스로, 〈작은 동지小さい同志〉 전문

〈작은 동지〉는 "오너라"·"저벅저벅"·"가거라" 등의 어구를 반복함으로써 운율을 형성하고 있는데, 내용은 "전 세계의 작은 동지"들이 모두 모여 투쟁해야 한다는 것으로 비교적 평이하다. 작품 자체는 평이하다고 할 수 있지만, 작품의 제목이 프롤레타리아 동요집의 성격을 잘 드러낼 수 있다고 판단하여 표제작이 된 것으로 보인다.

(2) 알레고리 및 풍자의 활용

『불별』에는 알레고리 및 풍자를 통하여 계급 의식을 드러낸 작품이 많이 수록되어 있다. 여기에 해당하는 작품으로는 이주홍의 〈벌꿀〉·〈박쥐·고양이〉·〈모긔〉, 이구월의 〈게떼〉·〈물맴이〉, 신고송의 〈도야지〉·〈거머리〉·〈미럭과 장승〉 등이 있다. 호랑이·고양이·모기·돼지·거머리 등은 유산 계급을 상징하며, 벌·물매미·게·박쥐 등은 가난하며 힘들게 노동하는 프롤레타리아 계급을 상징하고 있다.

벌들아 동무야 이러나라
꿀고방에 범놈이 또드러왓다
놀고서 먹는 놈 미운놈이다
침주자! 침주자! 침주자!

우리땀 우리 피 모워둔걸
네놈이 엇젯다 먹을려드니
놀고서 먹는놈 미운놈이다
쏘아라! 쏘아라! 쏘아라!

언제나 그러케 질줄아나

왕벌떼 침맛을 보고가게

놀고서 먹는놈 미운놈이다

엉겨라! 엉겨라! 엉겨라!

— 이주홍, 〈벌꿀〉 전문

〈벌꿀〉에서 호랑이는 "놀고서 먹는 놈 미운놈"으로 그려지는데, 이는 알레고리를 활용하여 놀고먹는 유산 계급을 풍자한 것이다. 벌들은 자신들이 모아둔 꿀을 "우리 땀 우리 피"라고 한다. 이는 프롤레타리아 계급이 피땀 흘려 생산한 것들을 유산 계급이 독점하고 있는 현실에 대한 알레고리인 것이다. 벌 한 마리의 힘은 미약하지만, 벌떼가 한꺼번에 침을 쏘면 능히 호랑이도 이길 수 있다는 작품이다. 이 역시 프롤레타리아 계급이 단결하면 유산 계급을 타도할 수 있다는 것에 대한 알레고리이다.

이주홍은 『불별』에 총 6편의 작품을 수록했는데, 그중 3편이 알레고리 및 풍자를 활용한 작품이다. 또한 신고송은 『불별』에 총 5편의 작품을 수록했는데, 그중 3편이 알레고리 및 풍자를 활용한 작품이다. 동요는 그 장르적 특성상 유년기 아동의 흥미를 자극할 수 있어야 하는데, 그러기 위해서는 동물들을 활용한 알레고리 및 풍자가 무척 효과적인 표현 기법이 될 수 있다. 따라서 이주홍과 신고송은 이러한 동요의 특성을 잘 고려한 작가들이었다고 볼 수 있다.

『작은 동지』에서도 알레고리 및 풍자를 활용한 작품들을 쉽게 찾을 수 있다. 여기에 해당하는 작품들로는 오가 가쯔다의 〈나비유충과 개미〉, 마키 고스케의 〈모기 붕붕〉, 다게다 아오야게의 〈개미〉, 마키모토 구스로의 〈수세미〉·〈원숭이와 게〉 등이 있다. 원숭이·모기 등은 유산 계급을 상징하며, 개미·게 등은 프롤레타리아 계급을 상징하고 있다.

원숭이에게 받은 감 씨
속임을 당한 줄 모르는 게
머리띠 질끈 매고 비료를 주네
떡잎에 싹이 나서 꽃이 피네
열매가 열리니 어디에서 왔는지
불쑥 산원숭이 붉은 얼굴

멋져 멋져 칭찬하면서
슬슬 올라간다 산원숭이놈
우적우적 볼이 터지도록 먹는 붉은 감
마음씨 좋은 게가 속임을 당해
밑에서 올려다보며 기다리는데
등짝을 내리치는 푸른 감

때려잡자 나쁜 산원숭이놈
이 녀석을 놓칠까보냐
친구인 돌절구, 벌에 밤
같은 편이 많이 모여
마침내 산원숭이 붉은 얼굴
싹둑 잘라 떨어뜨렸더니 창백한 얼굴

〈원숭이와 게〉는 일본의 민담을 모티프로 한 작품이다.[33] 게는 원숭이에게 감 씨를 받고 열심히 비료를 주며 열매를 맺게 했지만, 원숭이는 나무 위로 올라가 저 혼자만 잘 익은 붉은 감을 먹어치운다. 그 모습을 지켜볼 수밖에 없는 게의 등으로 푸른 감이 떨어지는 장면은 게로 상징되는 프롤레타리아 계급의 분노를 자극시킨다. 게들은 단결하여 원숭이의 붉은 얼굴을 싹둑 잘라 떨어뜨린다. 이와 같은 살풍경은 『불별』에서도 찾아볼 수 있는데, 당시에 프롤레타리아 동요를 대표하는 작품들로 손꼽혔던 손풍산의 〈낫〉·〈거머리〉 등이 그러한 작품이다. 그러나 원종찬이 지적했듯, 이러한 증오의 표현은 상투적 발상도 문제지만 아동성과도 부딪히는 것이라는 한계를 지니고 있다.[34]

(3) 의성어·의태어의 활용

아동 독자들은 의성어·의태어를 활용한 동요를 무척 좋아한다. 의성어·의태어를 활용한 동요는 유희성이 두드러지기 때문에, 그만큼 아동 독자에게 호소력을 가질 수 있는 것이다. 『불별』에 의성어·의태어를 활용한 동요를 수록한 작가로는 이주홍과 신고송이 있다. 앞서 살펴본 바와 같이 두 사람은 『불별』에 작품을 수록한 작가들 가운데, '아동성의 고려'라는 측면에서 단연 돋보인다.

---

33 윤주은, 앞의 글, 111면.
34 원종찬, 「계보에 비추어 본 이주홍 아동문학의 특질—카프 시기의 성과를 중심으로」, 『문학교육학』 제38호, 한국문학교육학회, 2012, 350면.

모긔 앵앵앵

물고 앵앵앵

빨고 앵앵앵

조코 앵앵앵

모긔 앵앵앵

맛고 앵앵앵

떨고 앵앵앵

죽고 앵앵앵

— 이주홍, 〈모긔〉 전문

　이주홍은 〈모긔〉에서 알레고리를 통하여 프롤레타리아 계급의 피를
빼는 유산 계급을 사람의 피를 빼는 모기로 풍자하고 있다. 이 작품은
프롤레타리아 계급의 피를 빼는 유산 계급이 결국 프롤레타리아 계급에
의하여 타도될 것이라는 주제의식을 담고 있지만, 그와 같은 주제의식
을 『불별』에 수록된 그 어느 작품보다 재치 있게 표현했다. 특히 모기가
날아와서 사람의 피를 빨다가 맞아 죽기까지의 과정을 모두 '앵앵앵'이
라는 의성어를 통하여 재기발랄하게 표현한 것이야말로 이 작품에서 가
장 주목할 만한 점이다. 같은 주제의식을 담고 있지만, 낫으로 찔러대는
손풍산의 〈낫〉·〈거머리〉 등에 비하면 훨씬 아동성을 고려한 작품으로
평가할 수 있다. 주제의식을 고려하지 않고 그저 아이가 모기 잡는 모습
을 그린 작품으로 보더라도, 얼마든지 흥미로운 작품으로 평가할 수 있
다. 『불별』에 수록된 작품들 가운데 오늘날의 아동 독자들에게까지 호

응을 얻을 만한 작품을 고르자면, 이 작품이 유일할 것이다.

그런데 이주홍의 〈모긔〉와 유사한 작품이 『작은 동지』에도 수록되어 있어서 흥미롭다.

모기 붕붕
피를 빨려 죽었네
아직 그 밖에도
우리의 피를 빠는 놈도 있지
그놈도 꼭 해치워줄 거야

— 마키 고스케, 〈모기 붕붕蚊ブンブン〉 전문

마키 고스케의 〈모기 붕붕〉역시 모기가 날아다니는 소리를 '붕붕'이라는 의성어로 표현했다. 그러나 이주홍의 〈모긔〉가 '앵앵앵'이라는 의성어를 반복함으로써 음악성을 살리며 유희성을 강조한 데 반하여, 마키 고스케의 〈모기 붕붕〉에는 '붕붕'이라는 의성어가 한 번밖에 나타나지 않아 음악성을 살리는 데 크게 기여하지 못했다. 또한 "게다가 / 우리의 피를 빼는 놈도 있지 / 그놈도 꼭 하루도 못 살 거야"라며 주제의식을 직접적으로 드러냄으로써, 유희성보다는 계급 투쟁을 강조했다.

다음으로 『불별』에 수록된 신고송의 〈도야지〉는 의성어와 의태어를 모두 활용한 작품이다.

도야지가 꿀꿀
뱃대기가 똥똥

배가 불러도
작구만 먹네

콧구멍이 킬킬
눈까리가 실룩
제만 먹으면
되는 줄 아네

네다리가 벨벨
뱃대기가 똥똥
삐 딱 거리며
가는 꼴 봐라

— 신고송, 〈도야지〉 전문

　　신고송의 〈도야지〉는 알레고리를 통하여, 자신의 탐욕을 채우는 데
에만 급급한 유산 계급을 돼지로 풍자하고 있다. 특히 이 작품에서 주목
할 점은 돼지를 묘사함에 있어서 '꿀꿀'·'킬킬' 등의 의성어와 '똥
똥'·'실룩'·'벨벨' 등의 의태어를 효과적으로 사용함으로써 유희성을
강조하고 있다는 것이다.
　　『작은 동지』에서 의성어를 활용한 동요의 예로는 가와사키 따이찌의
〈기차 포포〉를 들 수 있다.

　　포포포

쉬쉬쉬
우리는 기관차
기차 포포
기차는 길어
모두 빨리 타라
타라 타라 얼른
삐오니르

포포포
쉬쉬쉬
우리는 기관차
기차 포포
앞에 세운 건
세계를 달리는
붉은 깃발

포포포
쉬쉬쉬
우리는 기관차
기차 포포
간첩이나 스캡
물리치고
앞길은 우리의

소비에트

포포포
쉬쉬쉬
우리는 기관차
기차 포포
기차가 멈추면
바리케이드
우리를 지키는
성이 될 거야

포포포
쉬쉬쉬
우리는 기관차
기차 포포
아버지가 우리를
부를 때까지는
달려라 달려
기차 포포

——가와사키 따이찌, 〈기차 포포汽車ポッポ〉 전문

　'삐오니르пионéр'나 '소비에트совéт' 등의 시어가 사용되고 있다는 점
을 통하여 알 수 있듯이, 이 작품에서는 소련의 영향을 감지할 수 있다.

작품의 내용은 평이하지만, '포포포 쉬쉬쉬' 등의 의성어로 기차 소리를 표현했다는 점에서 일정하게 유희성을 고려한 작품으로 볼 수 있다.

3) 『불별』과 『작은 동지』의 차이점

(1) 유희동요 수록 여부

『작은 동지』에 수록된 가와사키 따이찌의 〈아이우에오 노래〉는 50음도[35]를 활용한 유희동요이다.

> 아이우에 오야지(아저씨)는 스트라이크
>
> 가기구게 고도모(아이)는 삐오니르
>
> 사시스세 소라(하늘)로 가라고 응원해
>
> 다치쯔데 도치우(중간)의 ××들도
>
> 나니누네 노고라즈(남김없이) 차내고
>
> 하히후헤 혼부(본부)에 와서 보면
>
> 마미무메 모리 모리(왕성하게) 삐라를 찍는다
>
> 야이유에 요시키타(좋아) 나는 피켓이다
>
> 라리루레 로시아(러시아)의 아이에게도

---

35 일본어의 가나假名 문자를 모음은 세로(때에 따라서는 가로)로 5자, 자음은 가로(때에 따라서는 세로)로 10자씩 나란히 세워 그린 표를 말한다. 원래 한자의 음音을 표시하는 수단이었던 반절反切을 설명하는 것으로 고안된 것이었다(묘가쿠明覺, 『반절작법反切作法』, 1093). 그러나 그 자음과 모음을 분석적으로 배치했던 체계성이 나중에는 일본어의 문자를 체계적으로 학습하는 것으로도 이용되는 등 다양한 용도로도 사용되었다.

와이우에 오레따치(우리) 지지 않아.

"준비됐나?"
"좋아 준비됐어!"
—가와사키 따이찌, 〈아이우에오 노래あいうえをの唄〉 전문

다음으로 오다 가오의 〈빠삐뿌뻬뽀 노래〉는 모든 연이 '빠삐뿌뻬뽀'
라는 시어로 마무리된다.

확 숨어 아버지.
그놈들은 ×××이다 빠삐뿌뻬뽀

반짝 정신 차리고 있는 우리 친구
언제나 기운이 넘친다 빠삐뿌뻬뽀

뻐끔뻐끔 빈둥거리는 자는
꽝하고 해치우자 빠삐뿌뻬뽀

꾸벅 굽실굽실 숙이는 머리
놈은 짐승이다 빠삐뿌뻬뽀

딱! 딱하고 때리면 때려라
지금 우리는 빠삐뿌뻬뽀

'빠삐뿌뻬뽀'는 일본 아이들이 '아이우에오 가기구게고……'하며 50음도를 외울 때 내는 소리와 음절수를 맞추어 작가가 만들어낸 시어이다. '빠삐뿌뻬뽀'라는 시어 자체는 아무 의미도 없지만, 일본 아이들은 이 동요를 부르며 자연스럽게 가와사키 따이찌의 〈아이우에오 노래〉에서처럼 50음도를 떠올리게 되는 것이다. 게다가 '빠삐뿌뻬뽀'라는 시어는 어감도 재미있어서 유희성을 한층 배가시키고 있다.

다음으로 마키모토 구스로의 〈톱니바퀴 춤〉은 아이들이 놀이를 할 때 부르는 유희동요이다.

> 가지런하다 가지런하게 했다
> 톱날이 가지런하다
> 톱니바퀴 춤의
> 보조를 맞춘다
> 원이 되어라 넓어져라
> 빙글빙글 돌아라
> 드르륵 드르륵 톱니바퀴
> 톱니바퀴 춤
> 드르륵 철커덕 드르륵 드르륵
> 드르륵 철커덕 드르륵 드르륵
>
>
> 아침부터 저녁까지

공장 구석에서

기름도 떨어지고

배도 고프고

꽉꽉 서로 물고 뜯으며 싸우고

이와 이의 삐걱거림

우리는 톱니바퀴

원한이 깊어

드르륵 철커덕 드르륵 드르륵

드르륵 철커덕 드르륵 드르륵

잘라 먹고 싶다

뚱뚱보의 목

비틀어 찢어버리고 싶다

긴 옷자락

그것도 되지 않고

먼지를 뒤집어쓰고

우리는 톱니바퀴

원한이 깊어

드르륵 철커덕 드르륵 드르륵

드르륵 철커덕 드르륵 드르륵

오늘도 아침부터

아무것도 먹지 않고

배가 꼬르륵

톱니를 물고 소리를 지른다

적어도 부서져라

잇바디야 잇바디야

이제 밝은

해의 눈이 보인다

드르륵 철커덕 드르륵 드르륵

드르륵 철커덕 드르륵 드르륵

　　　　　　　—마키모토 구스로, 〈톱니바퀴 춤歯車をどり〉 전문

　마키모토 구스로의 〈톱니바퀴 춤〉은 아이들이 한데 어울려 원을 모아 톱니바퀴 놀이를 하면서 부르는 동요이다. 공장의 톱니바퀴는 하루 종일 돌아가느라 쉬지도 못하고, 기름도 떨어져서 배까지 고픈 상황이다. 당연히 이는 프롤레타리아 계급의 처한 현실에 관한 알레고리이다. 이 동요에서는 의성어 '드르륵'와 '철커덕' 등의 시어를 반복함으로써, 어린이들이 즐겁게 노래 부를 수 있게 하였다.

　위에서 살펴본 바와 같이, 유희동요가 수록되어 있다는 것은 『작은 동지』에서 주목할 만한 점이다. 위와 같은 유희동요들은 『작은 동지』에 수록된 다른 무거운 분위기의 작품들과는 달리, 유희성이 두드러지는 작품들이라고 할 수 있다.

　반면 『불별』에서는 위와 같은 유희동요를 찾아보기 어렵다. 그나마 놀이를 소재로 하고 있는 작품을 찾자면, 우선 양우정의 〈씨름〉이 있다. 이 작품은 '고기밥과 쌀밥'을 먹는 부자 아이가 '나물국죽'을 먹는 가난한 아이를 이기고 말았으나, 조만간 동무와 함께 분풀이를 할 것이라는 내용의 동요이다.

다음으로 이주홍의 〈편싸홈노리〉는 한국 전통놀이의 하나인 '편싸움'을 그린 작품이다.

굶은애도 나오라
버슨애도 나오라
한데엉켜 가지고
편쌈하러 나가자

짤닐대로 짤엿다
밟힐대로 밟혓다
장그릴줄 알어도
인제인제 못참네

어느편이 대빼나
어느편이 패하나
우리덩치 만덩치
어느 놈이 덤빌래

— 이주홍, 〈편싸홈노리〉 전문

원종찬은 이 작품의 "가쁜 호흡에 실린 가락은 아이들의 노래를 닮았다"며, "이주홍의 편싸움은 어디까지나 대동놀이를 그린 것"이라고 평가하였다.[36] 그런데 이 작품은 아이들이 한데 어울려 노는 모습을 잘 그리기는 했지만, 가와사키 따이찌의 〈아이우에오 노래〉나 오다 가오의 〈빠삐뿌뻬뽀 노래〉만큼 유희성이 두드러지는 유희동요로 보기는 어렵다.

『불별』에서는 단순히 놀이를 소재로 하는 것을 넘어, 동요를 부르는 것 자체만으로 재미를 느낄 수 있게 해주는 작품을 찾아보기 어렵다. 동요의 생명력은 역시 음악성과 유희성에 있을 텐데, 유희동요야말로 음악성과 유희성 측면에서 강점을 가질 수 있는 형식일 것이다. 최근 '말놀이 동시'가 호응을 얻고 있다는 점으로 미루어 보더라도, 아이들은 동요 혹은 동시를 통하여 놀이를 느낄 수 있기를 바란다. 그런 점에서 볼 때, 『불별』에서 주목할 만한 유희동요를 찾을 수 없다는 것은 아쉬움으로 남는다.

(2) 반전 평화의 주제의식

『작은 동지』에서 또 한 가지 주목할 만한 점은 반전 평화의 주제의식을 담은 작품이 수록되어 있다는 것이다.

절름발이 절름발이 상이병사가
삐걱삐걱 삐걱거리며 왔다

절름발이 절름발이 상이병사여
국가를 위한 것이라고 생각했는지

---

36 원종찬, 「계보에 비추어 본 이주홍 아동문학의 특질—카프 시기의 성과를 중심으로」, 『문학교육학』 제38호, 한국문학교육학회, 2012, 352면.

아니 우리도 ××당했다

이제 ××는 질색이야

절름발이 절름발이 상이병사여

모두가 모두가 속았다.

— 마쓰야마 후미오, 〈상이병사廢兵〉 전문

　　마쓰야마 후미오의 〈상이병사〉는 전쟁터에서 부상당한 절름발이 상
이병사의 이미지를 그린 작품이다. 유산 계급은 '국가를 위한 것'이라는
명분으로 프롤레타리아 계급을 전쟁터로 내몰지만, 결국 프롤레타리아
계급 출신의 말단 병사들은 부상당하거나 죽게 될 확률이 매우 높다는
것을 보여주는 작품이다. 일본 사회가 점차 파시즘과 군국주의로 치닫고
있는 상황에서, 이처럼 반전 평화의 주제의식을 담은 작품이 동요집에
수록되었다는 것은 그 자체로도 무척 소중한 일이 아닐 수 없다. 이외에도
반전 평화의 주제의식을 담은 작품으로는 이토 킨이치의 〈우리는 싫다〉
등이 있다.

우리는 ×× 씨가 싫다

총포를 짊어지고

대포를 끌고

말보다 고생해

소보다 고생해

우리는 ×× 씨가 싫다

경례하지 않으면

쉬고 있어도

끌려 나와

경련이 일도록 따귀를 맞아요

— 이토 킨이치, 〈우리는 싫다お ら厭だ〉 전문

반면 『불별』에서는 반전 평화의 주제의식을 담은 작품을 찾아볼 수 없다. 이러한 차이는 당시 일본과 식민지 조선이 처한 상황의 차이로부터 비롯된 것으로 보인다. 우선 당시 일본은 상기한 바와 같이, 점차 파시즘과 군국주의로 치닫고 있는 상황이었다. 청일전쟁·러일전쟁에서 승리를 거둔 뒤, 일본은 조선을 강제병합하고 동아시아 전역으로 침략의 마수를 뻗치기 시작했다. 이러한 상황에서 일본의 프롤레타리아 아동문학가들은 제국주의 전쟁에 반대하며, 반전 평화의 주제의식을 담은 작품을 발표하는 것이 주요 과제가 될 수밖에 없었다.

이에 반하여 당시 조선은 식민지 상태로 나라를 잃은 상황이었기 때문에, 제국주의 혹은 국가주의의 주체가 될 '국가' 자체가 존재하지 않았다. '국가'가 없으니 식민지 조선의 프롤레타리아 아동문학가들에게 반전 평화라는 주제는 생각하기 어려운 주제였다. 그들의 주된 관심사는 단연 민족해방과 계급 투쟁일 수밖에 없었던 것이다.

한 가지 이유를 더 들자면, 식민치하에서 반전 평화의 주제의식을 담은 작품을 발표하는 것은 곧 식민체제 자체를 부정하는 일이 되기 때문이라는 점을 들 수 있을 것이다. 이러한 작품을 동요집에 수록했다가는 즉시 혹독한 탄압을 피할 수 없었을 것이고, 그렇게 된다면 프롤레타리아 아동문학운동 전체가 고사할 수 있는 위기에 처하게 되었을 것이다.

상기한 점들을 고려할 때, 『불별』에 반전 평화의 주제의식을 담은 작품이 수록되는 것은 불가능한 일이었음을 능히 짐작할 수 있다. 물론 『작은 동지』에 반전 평화의 주제의식을 담은 작품을 수록하는 것도 적지 않은 용기를 필요로 하는 일이었음에 틀림없다. 당시 한·일 양국의 프롤레타리아 아동문학가들 사이의 교류는 상당히 활발했던 것으로 확인되는데, 조선의 독립과 반전 평화의 주제의식을 담은 작품을 공동 창작·발표하기 위한 노력이 진행되지 못했다는 점은 시대적 한계가 아닐 수 없다.

(3) 퇴학·야학을 소재로 한 작품들

지금까지는 주로 『작은 동지』에서는 찾아볼 수 있지만, 『불별』에서는 찾아보기 어려운 작품 유형에 관하여 논하였다. 여기에서는 반대로 『작은 동지』에서는 찾을 수 없고, 『불별』에서는 확인할 수 있는 작품 유형에 관하여 논하도록 하겠다. 바로 퇴학과 야학을 소재로 한 동요들이 그것이다.

학교와 동무를 뒤에 다두고
울며울며 논길을 걸어갑니다
학교에 못갈 책보를 무엇에 쓰랴
까욱까욱 까마귀에 물여보낼가

내일부터 지개지고 산으로 가나
솔뿌리에 발찔리면 피나오겟지

숲속에서 호랑이가 나오면엇재

산직이가 쪼차오면 엇지내뺄고

밤되면 야학교에 가서배호지

가 갸 거 겨 하나 둘 셋

밤늦게 돌아가선 집신마들지

이래도 커나서는 큰일군될네

— 김병호, 〈퇴학〉 전문

　　김병호의 〈퇴학〉은 학교에서 퇴학을 당해 울상이 된 아동 화자가 "밤되면 야학교에 가서배호"겠다고 다짐하는 내용의 작품이다. 당시 조선 아동들은 가정 형편상 집안일을 도와야 하기 때문에 학교를 그만두게 되는 경우가 허다했다. 또한 월사금을 납부하지 못하여 퇴학당하는 경우도 잦았으며, 일본의 제국주의 교육에 반발하다가 퇴학당하는 경우도 있었다. 식민지 조선에서 학교 공부를 편하게 마칠 수 있는 아동은 극히 드물었다.

　　위에서 살펴본 김병호의 〈퇴학〉에서 퇴학당한 아동 화자는 이제 야학교에서 배우겠노라 다짐하는데, 『불별』에는 야학교에서 배우는 야학노래도 수록되어 있다. 바로 엄흥섭의 〈야학노래〉가 그것이다.

우리는 땅파는 농부의 아들딸

우리는 일하는 농부의 아들딸

땅파도 가난한 농부의 아들딸

일해도 가난한 농부의 아들딸

우리의 못삶은 모르고 약한탓

몰나서 속앗고 약해서 뺏긴탓

배워서 세상알고 힘모와서 싸우려

가갸거겨 하나둘셋 함늣도록 배우세

— 엄흥섭, 〈야학노래〉 전문

엄흥섭의 〈야학노래〉는 비록 가난한 "농부의 아들딸"들이 학교에 가서 공부할 형편은 안 되지만, 야학교에 가서 열심히 배워 세상을 알고 힘을 모아 유산 계급에 맞서 투쟁할 것을 다짐하는 작품이다. 이 작품은 계급 의식 못지않게 계몽주의적 성격도 두드러진다. 이를 통하여 한국의 프롤레타리아 동요운동은 이전 시기의 계몽주의 동요운동과 완전히 단절된 상태에서 시작된 것이 아니라, 상당 부분 그 연장선상에 있었음을 확인할 수 있다.

그렇다면 『작은 동지』에서는 왜 퇴학·야학을 소재로 한 작품들을 찾아볼 수 없는 것일까? 아시아에서 가장 먼저 근대 사회에 진입한 일본은 상당히 이른 시기에 초등 보통교육을 실시하고 있었다. 더욱이 일본 파시즘과 군국주의로 나아가기 위해서는 어린 아이들부터 철저한 교육을 통하여 사상적으로 무장시킬 필요가 있었다. 이러한 상황이었기 때문에 퇴학이라든지 야학과 같은 소재는 일본의 프롤레타리아 아동문학가들에게 있어 주된 관심사는 아니었을 것이다.

〈그림 19〉 **엄흥섭**

물론 일본에서도 가난한 집 아이들은 제대로 학교 공부를 마치기 어려 웠을 것이다. 아무리 그렇다고는 하더라도, 학교 공부를 마칠 수 있는 아동이 극히 드물었던 식민지 조선의 상황과는 비교할 수 없는 형편이 었을 것이다. 이 역시 당시 일본과 식민지 조선이 처한 상황의 차이로부 터 비롯된 것으로 볼 수 있을 것이다.

3. 동요·동시의 '사회성'과 '아동성'

한국 프롤레타리아 동요·동시 중에서 가장 주목할 만한 작품을 고 르자면, 단연 이원수의 작품들을 고를 수 있다. 이원수는 방정환의 제자 를 자임하면서도 동심천사주의를 넘어선 곳에, 프롤레타리아 아동문학 의 현실주의를 중시하면서도 관념적 도식주의를 넘어선 곳에 자리한다 는 평가를 받고 있다.[37]

찔레꽃이 하얗게 피었다오.

누나 일 가는 광산 길에 피었다오.

---

37 원종찬, 「이원수와 마산의 소년운동」, 『아동문학과 비평정신』, 창작과비평사, 2001; 이재 복, 「장차 기쁨을 가져오는 슬픔의 노래-이원수 동요 동시의 세계」, 『우리 동요동시 이야 기』, 우리교육, 2004.

찔레꽃 이파리는 맛도 있지.
남 모르게 가만히 먹어 봤다오.

광산에서 돌 깨는 누나 맞으러
저무는 산길에 나왔다가

하얀 찔레꽃 따 먹었다오.
우리 누나 기다리며 따 먹었다오.

— 이원수, 「찔레꽃」 전문[38]

이원수의 동시 「찔레꽃」은 1930년 11월에 『신소년』을 통하여 발표된 작품으로 그가 일제 강점기에 발표한 작품들 가운데 대표작 중 하나로 손꼽힌다. 화자는 누나가 "광산에서 돌 깨는" 일을 하고 있다고 말하는데, 이를 통하여 알 수 있듯이 화자는 프롤레타리아 아동이다. 가난한 화자는 허기를 달래기 위하여 찔레꽃 이파리를 따 먹는다. 작품은 프롤레타리아 아동의 곤궁함을 애잔한 어조로 표현하였는데, 이는 카프 아동문학에서 흔히 볼 수 있는 관념적 도식주의와는 거리가 멀다.

복순아
엄마가 안 오셨지.
맘마가 먹고 싶어 찬 눈을 먹고 있니

---

38 이원수, 『이원수 아동문학 전집』 1 – 고향의 봄, 웅진출판, 1983, 21면.

눈은 펄펄

해는 지고 어두워져도

너희 엄마 안 오시고

우리 엄마도 안 오시고

집집마다 따뜻이 등불이 켜졌는데

싸늘한 찬 방에서

복순아 넌 엄마를 부르고 울었구나.

두 눈이 퉁퉁 붓고

눈물에 소매가 이리 젖고…….

복순아

너희 엄마 우리 엄마

모두 공장에서 밤이 돼도 안 나오고

일삯 올려 달라고 버티고 계시단다.

눈은 펄펄, 밤은 깜깜

우리 엄마들 이겨라.

공장 아저씨들 이겨라.

복순아 가자, 우리집에,

오빠랑 공장에 가 보고 와서

저녁 맘마 지어 놨다.

노랑 노랑 좁쌀 갖고

저녁 맘마 지어 놨다.

우리, 같이 가서 저녁 먹고

함께 엄마들 기다리자.

너희 엄마도 우리 엄마도

오늘은 꼭 이기고 오실 거다.

—이원수, 「눈 오는 밤에」 전문[39]

　이원수의 동시 「눈 오는 밤에」는 프롤레타리아 아동문학이 한국 아
동문학을 휩쓸었던 1931년에 『어린이』를 통하여 발표된 작품이다. 이
를 통하여 확인할 수 있듯이, 『어린이』 역시 프롤레타리아 아동문학의
주요 발표지면이었다. 『어린이』가 프롤레타리아 아동문학과 동떨어진
민족주의 우파지였다는 주장은 실상과 전혀 다르다.

　「눈 오는 밤에」는 여성 노동자들의 파업 투쟁을 소재로 한 작품이다.
작품 속에 등장하는 아동들은 "눈은 펄펄" 내리고 "해는 지고 어두워져
도" 돌아오지 않는 엄마들을 기다리고 있다. 엄마들은 "모두 공장에서
밤이 돼도 안 나오고 / 일삯 올려 달라고 버티"며 파업 투쟁 중이다. 파
업 투쟁이라는 소재는 카프 아동문학에서도 흔히 다루는 소재이다. 하
지만 「눈 오는 밤에」의 정서라든지 표현 방식은 구호의 제시나 분노의
표출에 머무르고 만 다수의 카프 동요·동시와 확연히 구분된다.

39　위의 책, 30~31면.

이원수의 프롤레타리아 동시들은 현실주의에 도달하는 성취를 보여주었을 뿐 아니라, 아동 독자에 관한 고려 또한 놓치지 않았다. 이처럼 이원수는 '아동 본위'의 프롤레타리아 동시를 창작함으로써, 한국 프롤레타리아 동요·동시 가운데 가장 높은 문학적 성취를 일구어 낼 수 있었다.

다음으로 윤석중의 프롤레타리아 동시를 살펴보도록 하겠다. 윤석중은 오랫동안 '동심주의자'라는 낙인으로부터 자유롭지 못하였다. 그러나 최근의 연구 성과[40]에 의하여 새로운 사실들이 밝혀졌다. 윤석중이 프롤레타리아 동요·동시운동에 상당히 공감하고 있었을 뿐만 아니라, 직접 여러 편의 프롤레타리아 동시를 발표하기도 하였다는 것이다.

그는 1930년대 전후로 시대적 요구에 따라 프롤레타리아 동시를 여러 편 발표하였는데, 여타의 도식적 작품들과는 다르게 윤석중 자신만의 개성적 호흡이 적절하게 녹아 있었다.[41] 김제곤은 『윤석중 연구』에서 윤석중 동시의 특징을 '명랑성'·'공상성'·'도시적 감각'·'유년적 지향'으로 파악하고 있다.

윤석중의 프롤레타리아 동시를 살펴보면, 여타 프롤레타리아 동시와는 달리 아동 화자의 천진함이 잘 드러나 있고 생동감이 두드러진다. 이를 통하여 확인할 수 있듯이, '아동성'이 반드시 '사회성'과 대치되는 것은 아니다. 현실의 아동이 겪고 있는 고통을 현실주의적 창작방법론에 입각하여 형상화하겠다는 뜻 자체는 나무랄 데가 없다. 문제는 동요·동시가 결국 아동을 위한 노래·시이기 때문에, 담겨 있는 뜻보다는 아동의 기호에 맞는 재미있는 표현이라든지 활기찬 운율 등이 더욱 중요

---

40 김제곤, 『윤석중 연구』, 청동거울, 2013.
41 위의 책, 217~219면.

롭다는 것이다.

윤석중은 결코 현실의 아동이 처한 문제를 외면하지 않았으나, '아동성'을 무엇보다도 중요한 동요의 특성으로 여겼다. 즉 그의 동요·동시관은 '성인 본위'의 아동문학이 아니라, '아동 본위'의 아동문학에 가까웠던 것으로 평가할 수 있다. 1932년에 출간된 『윤석중 동요집』에 수록된 작품들 가운데 적지 않은 작품은 서민 아동의 현실을 그리며 시대적 요구에 따른 계급주의적 시각을 드러내고 있다. 아래의 작품은 그러한 사례에 해당한다.

허수아비야 허수아비야
여기쌓엿던 곡식을 누가 다 날라가디?
순이아버지, 순이아자씨 순이오빠들이
왼여름내 그 애를써 맨든 곡식을
누가 다 날라가디?
그리구저 순이네 식구들이
간밤에울며 어떤 길루 가디?
　─이 길은 간도 가는 길.
　─저 길은 대판 가는 길.
허수아비야 허수아비야
넌 다 알텐데 왜 말이 없니?
너 다 알텐데 왜 말이 없니?

─윤석중, 「허수아비야」 전문[42]

윤석중의 동시 「허수아비야」는 화자가 허수아비에게 호소하는 방식으로 전개된다. 특히 "누가 다 날라가디?"와 "넌 다 알텐데 왜 말이 없니?" 등의 구절을 반복해서 물음으로써, 화자의 안타까움과 무기력함을 생동하게 묘사하였다. 당시 식민지 조선의 인민들이 감내해야 했던 탄압과 착취를 잘 형상화한 작품으로서, 허수아비가 탄압과 착취의 과정을 목격한 증인의 역할을 담당하고 있다. 이러한 설정은 중국 현실주의 동화의 중심인물인 예성타오의 「허수아비稻草人」와 흡사하다. 예성타오의 「허수아비」에서는 허수아비를 화자로 내세워, 가난한 사람들이 당하는 고통을 묘사하였다. 관찰자인 허수아비는 모든 것을 지켜보면서도 자신이 아무것도 할 수 없다는 데에서 무기력함을 느낀다.

윤석중의 동시는 아동성을 강조하는 한편 사회성도 잃지 않으면서, 당시의 가난한 아이들이 처한 현실을 생동하게 그리는 데 성공하였다. 그는 참혹한 현실을 드러내면서도 눈물을 흘리고 호소하는 데 그치지 않고, 가난한 아이들이 현실을 극복하고자 노력하며 희망을 포기하지 않는 모습을 묘사하고자 하였다. 이는 윤석중의 개성적인 호흡이 느껴지는 대목이라고 할 수 있다.

반찬가가 송첨지하고 왼종일 싸화
환갑진갑 다지낸 할아버지도 목이쉬고,

달보고 멍멍 밤 깊도록 멍멍

---

42   윤석중, 『윤석중 동요집』, 경성신구서림, 1932, 30면.

달밤에 어미 잃은 바두기도 목이쉬고,

"누나야 맘마맘마 배 고파 맘마맘마"
젖없이 자란 우지우지 애기도 목이쉬고,

"싸구료 막 싸구료 떠리로 파는구료"
야시보고 돌아온 오빠도 목이쉬고.

가마솥에 부글부글 잘도끓어 콩나물죽.
어서옵쇼 모여옵쇼 목쉰양반 잡수십쇼.

할아버지 한 사발,
오빠 한 주발,
바두기 한 접시,
애기 한 탕기.

멍석만한 보름달 아래
보름달만한 멍석을 피고

옹긋쫑긋 모여앉아 홀ー홀ー잡수십쇼.
따끈따끈 콩나물죽 맛도좋아 콩나물죽.

— 윤석중, 「우리집 콩나물죽」 전문[43]

동시 「우리집 콩나물죽」은 가난한 식구들의 삶의 단면을 따스한 시각으로 포착한 작품이다. 등장인물은 총 5명으로, 반찬을 사러 간 "환갑진갑"이 지난 나이 많은 할아버지·야시장에서 물건을 판매하는 오빠·젖 없이 자란 아가·어미를 잃은 강아지 바두기·'누나'인 화자이다. 시의 전반부에서는 생계를 위하여 식구들 모두 힘겨운 삶을 사는 모습을 형상화하였다. 그러나 시의 후반에서는 '콩나물죽' 하나로 활기가 느껴진다. "가마솥에 부글부글 잘도끓어 콩나물죽"과 같은 묘사를 통하여, 화자가 무척 즐거운 기분으로 콩나물죽을 끓이고 있다는 것을 확인할 수 있다. "따끈따끈 콩나물죽 맛도좋아 콩나물죽"과 같은 시구에서는 삶에 대한 희망이 감지된다. 비록 가난한 이들이 짊어져야 할 삶의 무게는 가볍지 않지만, "따근따근"하고 "맛도좋"은 콩나물죽 하나로 위로와 행복을 얻는 소박한 모습을 그려낸 작품이다.

이처럼 가난한 이들의 희망을 노래한 작품을 중국에서 찾자면, 평시앤짱이 1928년 3월 5일에 창작한 「노동 동자의 호성勞動童子的呼聲」을 들 수 있다. 이 작품은 '노동 동자'를 화자로 내세운 작품으로서, 『몽후夢後』에 수록되어 있다.

우리가 어리다고 생각하지 마,
아직 국정에 참여할 수 없다고,
사실 우리는 미래의 주인이야!
우리는 역사 창조의 사명을 갖고

---

43 위의 책, 78~79면.

우리는 순수하고 흠 없는 마음이 있어!

우리는 백절불굴의 정신이 있어.

총포와 금은을 막론하고

최후 승리는 우리 거야.

우리는 현실을 부숴버릴 거야!

우리는 밝은 천지를 창조할 거야.

아!

오직 우리만이 미래사회의 광명을 대표할 수 있어.

열심히! 우리 앞으로 열심히 목숨을 걸고 싸우자!

— 펑시앤쨩, 「노동 동자의 호성勞動童子的呼聲」 부분[44]

위의 작품은 미래에 대한 희망을 노래하고 있지만, 화자를 '노동 동자'로 내세웠다는 점을 제외하면 여타 프롤레타리아 시가들과의 차이점을 찾을 수 없다. 비록 희망찬 어조로 밝은 미래를 노래하고 있기는 하지만, 윤석중의 작품들에서 느껴지는 생동감 있는 아동성은 느낄 수 없다. 사회성만 가득 차 있을 뿐, 아동성을 느낄 수 없는 작품인 것이다.

반면 쑈싼蕭三(1896~1983)의 작품들은 사회성 못지않게 아동성에도 주의를 기울인 사례라고 할 수 있다. 그는 이 시기에 많은 프롤레타리아 시가를 창작하였으며, 시가의 통속화와 구어화를 요구하였다. 그는 1933년에 상하이의 공장에서 일하는 노동자들과 밀접하게 접촉하면서 〈세곡의 요람가〉를 썼는데, 이는 장편 서사시 형식을 취하고 있다.[45] 민간

---

44 冯宪章, 〈勞動童子的呼聲〉(『夢後, 1928.3.5), 张香还, 『中国儿童文学史』(现代部分), 浙江少年儿童出版社, 1988, pp.266~267.

동요로부터 영향을 받은 쇼싼은 작품을 짧은 구句 형식으로 구성함으로써, 아이들이 쉽게 따라 부를 수 있게 하였다.

자장 자장,

동생 어려,

손을 뻗어,

안고 싶어.

엄마는 내가 어리다고,

동생이 떨어진다고.

작은 바구니,

찬밥 담아,

엄마가 너를 안아

앞장서고,

내가 바구니를 들고

뒤에서 달려.

자장 자장,

동생 어려,

소리 들어,

귀신이 울고 있듯.

동생아 무서워하지 마라,

---

45 위의 책, p.263.

이건 사이렌 소리야.

엄마가 빨리 가자고 재촉하고 있네.

지각하면 큰 일이 나요.

오 분이라도 지각하면

벌금이 엄청나.

— 쇼싼,

〈요람가 (1)—작은 누나가 부른 것搖籃歌—小姐姐唱的〉 부분[46]

위의 작품은 우선 노래를 부를 때와 같은 운율감이 느껴진다는 것이 커다란 장점이다. 또한 섣불리 계급적 적대감을 부추기려 하기보다는, 사이렌 소리가 무서워서 울음을 터뜨리는 동생의 모습·출근 시간에 늦어 벌금을 내게 될까 봐 전전긍긍하는 누나의 모습 등을 생생하게 표현함으로써 현실감을 획득하였다. 동생을 안아 보고 싶어 하는 작은 누나의 모습 역시 매우 실감나게 표현되어 있다.

다음으로 중화소비에트공화국의 홍색아동가요들을 살펴보도록 하겠다. 중화소비에트공화국에서는 많은 아동가요들이 활발하게 창작되었으며, 중화소비에트공화국 교재에 수록되며 전파되기도 하였다. 중화소비에트공화국의 홍색아동가요들은 집단 창작으로 만들어진 경우가 많아서 창작자는 대부분 확인할 수 없다. 내용에 있어서는 주로 지주와 국민당에 대한 증오를 표현하며, 강한 투쟁의식을 묘사하였다. 이러한 중화소비에트공화국의 홍색아동가요들은 중화소비에트공화국 아동의

---

[46] 蕭三, 〈搖籃歌—小姐姐唱的〉, 『蕭三诗选』, 北京 : 人民文学出版社, 1985, pp.53~54.

일상과 밀접한 관계를 유지하고 있었다.

> 봄이 좋아요,
>
> 봄이 되면 연을 날려요.
>
> 토호 연을 만들고,
>
> 손에서 잡아 흔들어요.
>
> ― 홍색아동가요, 〈봄이 좋아요春天好〉 전문[47]

〈봄이 좋아요〉는 아이들이 연을 날리며 노는 장면을 그린 작품이다. 날리는 연을 토호土豪에 비유하며, 토호를 비웃는 작품이라고 할 수 있다. 놀이하면서 부를 수 있는 쉬운 작품이지만, 별다른 문학적 효과라든지 아동성에 관한 고려는 찾아보기 어렵다.

> 일을 하려면 연합해요.
>
> 아동들 많으면 많을수록 즐거워요.
>
> 어린이들아, 노래하고 춤을 추려면
>
> 모두들 같이 구락부를 만들어요.
>
> 어린이들아, 연극하려면
>
> 집체 연극하면 더 재미있어요.
>
> ― 홍색아동가요, 〈일을 하려면 연합해요做事情, 要联合〉 전문[48]

---

47 中央苏区文艺丛书编委会, 『中央苏区歌谣集』, 武汉 : 长江文艺出版社, 2017, p.606.

48 江西中央苏区红色儿童歌谣, 〈做事情, 要联合〉, 张香还, 『中国儿童文学史(现代部分)』, 浙江少年儿童出版社, 1988, p.334.

중화소비에트공화국의 홍색아동가요들 중에는 〈일을 하려면 연합해요〉처럼 집체주의集體主義를 제창하는 작품이 많았다. 작품에서는 '연합'해야 노래도 춤도 연극도 더 재미있다고 하면서, 아이들이 집체주의의 중요성을 자연스럽게 받아들을 수 있게 해준다.

위에서 확인한 것처럼 중화소비에트공화국의 홍색아동가요들은 중화소비에트공화국이라는 특수한 장소를 토대로 하여 형성된 아동가요로서, 중화소비에트공화국 아동의 일상과 밀접하게 결합되어 있었다. 특수한 상황에서 형성되고 향유된 특수한 아동문학이라는 점에서 역사적 의미라든지 시대적 의미는 찾을 수 있지만, 그만큼 보편적인 호소력을 갖기는 어려운 작품들이라고 평가할 수 있다.

1930년대 중국 아동시가를 거론할 때, 결코 빼놓을 수 없는 사람이 토싱쯔陶行知이다. 그는 청년 시절에 미국으로 유학을 떠나, 존 듀이John Dewey(1859~1952)로부터 교육학을 배웠다. 그는 중국 귀국 후, 향촌교육과 아동교육에 열중하였다. 가요로부터 많은 영향을 받은 그의 아동시가는 쉽고 자연스러우면서도 생동감이 있어, '싱쯔체行知體'라는 독특한 용어로 칭하여졌다. 좌련 시인 쇼싼은 「중국대중시인 토싱쯔」(1936)에서 토싱쯔의 아동시가는 다른 시인들의 작품과 구분되는 자신만의 품격을 갖추고 있으면서도, 대중적인 시미詩味를 갖추고 있기 때문에 대중들에게 꼭 필요한 시라고 평가하였다. 꿔모뤄도 그의 시는 '진리의 호각'이라고 높이 평가하였다.[49]

토싱쯔의 작품집으로는 상하이아동서국에서 출간된 『싱쯔시가집行知诗

---

49 위의 책, p.285.

歌集』・『싱쯔시가속집行知诗歌續集』(1933)・『싱쯔시가별집行知诗歌別集』(1935)・『싱쯔시가삼집行知诗歌三集』(1936.11)이 있다. 그는 프롤레타리아 작가라기보다는 동반자 작가라고 할 수 있다. 그는 가난한 아이들의 처참한 생활상을 형상화하거나 반제・반국민당의 주제를 형상화하면서도, 아동시가는 철저히 '아동 본위'의 아동문학이어야 한다는 신념을 버리지 않았다. 그는 '사회성'에도 관심을 두었지만 '아동성'이야말로 아동시가의 핵심이라 생각했고, 그로 인하여 널리 사랑받는 작품을 다수 발표할수 있었다.

토싱쯔가 1931년 4월 18일에 창작한 〈아이는 작지 않아요小孩不小歌〉에서는 아동에 관한 그의 인식을 엿볼 수 있다.

> 사람들은 모두 아이가 작다고 말하지
>
> 사실 아이는 몸은 작지만 마음은 작지 않아.
>
> 그대가 아이가 작다고 무시한다면
>
> 아이보다 더 작은 사람이라네.
>
> ─ 토싱쯔, 〈아이는 작지 않아요小孩不小歌〉 전문[50]

위의 작품에서 확인할 수 있듯이, 그는 어른이 아이를 작다고 무시한다면 결국 아이보다 더 작은 사람이 될 것이라고 말하고 있다. 그의 아동관・아동문학관이 철저히 아동 본위론에 입각하여 있다는 것을 확인할 수 있게 해주는 작품이다.

---

50 华中师范学院教育科学研究所 编, 『陶行知全集第四卷』, 長沙 : 湖南教育出版社, 1985, p.141.

바람이 왔어요.

비가 왔어요.

하 선생님은 손에 온 마음을 받치고 왔어요.

바람이 왔어요.

비가 왔어요.

한 선생님은 손에 온 마음을 받치고 왔어요.

　　　　　—토싱쯔, 〈바람과 빗속에서 개학을 맞이하며風雨中開學〉 전문[51]

　위의 작품은 1연과 2연에서 단 한 글자만 바뀌었을 뿐이다. 전통 민요의 방식으로 전개된 작품으로서, 짧은 구로 구성되어 있다. 작품에는 바람과 빗속에서 개학하는 학생들을 맞이하는 하 선생님과 한 선생님, 두 명의 교사가 등장한다. 열악한 날씨에도 불구하고, 두 명의 교사가 모두 우산을 받쳐 들고 학생들을 기다리는 감동적인 장면을 그린 작품이다. 토싱쯔가 생각하는 교육자는, 위의 작품에서처럼 온 마음을 받쳐 들고 학생을 위하여 복무하는 인물이었다. 토싱쯔 자신도 실제로 그러한 삶을 살았다고 평가받고 있다.

　또한 그는 사회 현실을 외면하지 않고, 가난한 아동의 일상을 묘사함으로써 당시의 불평등을 폭로하며 문제 제기에 나섰다. 이러한 면모는 아래의 작품을 통하여 확인할 수 있다.

51　위의 책, p.72.

아가, 아가,

아가야, 이리 와보렴!

얼마니,

구두 한 쌍을 닦으면?

아가 한 명을 불렀더니

아가 여섯 명이 왔네.

한 쌍의 발을 둘러싸고 앉아

모두 구두를 닦겠다고 하네.

—토싱쯔,

〈구두 닦는 아이-친안소견擦皮鞋的小孩-亲眼所见〉 전문[52]

또한 토싱쯔는 항일抗日을 주장한 사람이며, 이와 관련하여 〈한 쌍의 손一雙手〉·〈꼬마 병사小小兵〉·〈올해의 '9·18' 5주년 기념 아가今年的'九一八'五周年記念兒歌〉·〈나는 꼬마 쑨원我是小孫文〉·〈부가 형가博家兄弟〉·〈중국인中國人〉·〈'1·28' 아가'一二八'兒歌〉 등의 작품들을 창작하기도 하였다.

1930년, 난징 효장사범曉庄師範은 항일 투쟁을 주장하였다는 이유로, 국민당 정부로부터 조사를 받고 학교가 봉쇄되었다. 이에 토싱쯔는 1930년 11월 7일에 〈한 쌍의 손〉을 창작하였다. 작품은 4연으로 구성되어 있는데, 아동 독자와 대화하는 식으로 전개된다.

---

52 위의 책, p.366.

어린이 여러분! 어린이 여러분!

여러분에게는 한 쌍의 보배가 있어요.

몸을 만져 보세요.

찾았나요?

있을 거예요, 있을 거예요, 없을 리가 없어요.

알려줄까요.

바로 여러분의 한 쌍의 손이에요.

그 한 쌍의 손을 쓸 줄 알면

아무 것도 걱정할 필요가 없어요.

입는 것도

먹는 것도

노는 것도

어린이 여러분! 어린이 여러분!

부디 잊지 마세요.

남한테 부탁하는 것보다 스스로에게 부탁하는 것이 더 나아요.

그네를 타고

공중제비를 하고

사탕을 입에 넣고

동생과 공놀이를 하고

여러분의 즐거움들을 세어 보세요.

이것들이 한 쌍의 손을 쓰지 않을 때가 있나요?

여러분도 제국주의를 물리치고 싶다면

여러분의 주먹을 내밀어야 해요.

변변치 못한 녀석을 따라하지 마세요.

손을 쓰는 것을 무서워하는 것들이지요.

키는 크지만 빗자루도 못 들어요.

하루 종일 왔다갔다

손을 소매에 넣고 다니지요.

그는 담배를 피울 줄 알아요.

그는 카드놀이를 할 줄 알아요.

외국인에게 따귀를 맞아도

참고 되받아치지 않아요.

그러나 약한 사람은 괴롭힐 줄 알아요.

약한 사람을 괴롭히면서 술도 사 달라고 하네요.

그런 사람은 참 못됐지요.

손이 있는데 쓸 줄을 몰라요.

하늘이 손을 만들어 준 건 쓸 데가 많아서예요.

모든 정신은 '하다'라는 글자에 있지요.

지식의 최고봉을 올라가고

지하 만천의 보장을 탐색하고

인간의 불평등을 없애고

천국과 같은 세상을 만들어요.

이 일들을 전부 하기 전에

손을 놓으면 안 돼요.

—토싱쯔, 〈한 쌍의 손—双手〉 전문[53]

위의 작품을 통하여 그의 많은 사상을 엿볼 수 있다. 먼저 그는 아동 독자들에게 '자립自立'이 매우 중요한 것이라고 강조한다. 그는 아동 독자들에게 한 쌍의 손으로 놀이도 하고, 노동을 하고, 불평등에 반항하고, 제국주의에 맞설 것을 촉구한다. 이러한 대목에서 그의 계급적·민족적 관점을 확인할 수 있다. 특히 3연에서는 당시 국민당 정부의 '불저항 정책'을 풍자하기도 하였다.

앞서 살펴본 바 있는 윤석중은 1920년대에 한국 동요와 동시를 개척한 공로자가 정지용이며, 그는 한국 예술동요의 선구자라고 밝혔다. 또한 윤석중은 정지용의 시 창작으로부터 상당한 영향을 받았다.[54] 널리 알려진 것처럼, 정지용은 창작 초기에 일본 시인 기타하라 하쿠슈의 영향을 받았다.

기타하라 하쿠슈는 1910년대 후반부터 대두한 일본 창작동요의 선도자라고 할 수 있다. 그는 동요는 '동심동어童心童語'라고 주장하며 『빨간 새』의 동요 주필을 맡았고, 일본의 예술동요운동에 주력하였던 사람이다. 그의 동요는 오늘날까지도 일본에서 폭넓은 사랑을 받고 있다. 1920~1930년대의 기타하라 하쿠슈는 동요와 아동자유시 부문에서 많은 작품을 발표하였다.

제자리걸음하고 있어요,

---

53 위의 책, p.97.
54 김제곤, 앞의 책, 187면.

우리들.

하늘에 흐르는,

아리따운 구름.

바다에는 잔물결,

반짝반짝

학교 밖 정원,

한 바퀴 돌고

돌아서 제자리걸음,

우리들.

동백꽃 피어라, 피어라

종이 울리네.

— 기타하라 하쿠슈, 〈제자리걸음足踏み〉 전문[55]

달에 가는 길

하늘의 길.

---

55 北原白秋, 〈足踏み〉(『赤い鳥』, 1926.1), 猪野省三 等編, 『日本児童文學大系—プロレタリア
童話から生活童話へ』, 三一書房, 1955, p.301.

유칼립투스 나무의

우듬지로부터

하얀 배의

돛대로부터

안테나 끝

밤이슬로부터

달에 가는 길

빛나는 길.

똑바로 똑바로

푸른 길.

　　　　　　　　　　— 기타하라 하쿠슈, 〈달에 가는 길月へゆく道〉 전문[56]

위의 작품들처럼 기타하라 하쿠슈의 작품들 가운데에는 자연과 동심을 노래한 것들이 많은데, 다음과 같은 동요도 찾아볼 수 있다.

가죽 벨트가 미끄러져.

스르르 스르르 미끄러져.

56　北原白秋, 〈月へゆく道〉(『赤い鳥』1928.6), 위의 책, p.309.

톱니바퀴가 돌아.

맞물리고 맞물리고 돌아.

팔, 팔이 움직여.

피스톤, 피스톤이 움직여.

빛나, 빛나 칼붙이가

윙윙 도는 톱이지.

선반, 철판 던지고

나사, 나사 구멍을 뚫어.

불꽃, 망치, 이글이글

기차 레일이 만들어져

— 기타하라 하쿠슈, 〈철공장鉄工場〉 전문[57]

위의 작품은 철공장의 풍경을 묘사한 것인데, 생동감 있는 묘사가 돋보이는 작품이다. 무엇보다도 단어의 반복적인 사용이 인상적이다. "스르르 스르르 미끄러져"·"맞물리고 맞물리고 돌아"·"팔, 팔이 움직여요"·"피스톤, 피스톤이 움직여요"·"빛나, 빛나 칼붙이가"·"나사, 나사 구멍을 뚫어" 등의 반복적 구조는, 아동 독자들로 하여금 작품을 재

---

57 北原白秋, 〈鉄工場〉(『赤い鳥』, 1927.2), 위의 책, pp.303~304.

미있게 노래할 수 있도록 해준다. 이처럼 아동성에 초점을 맞추다 보면, 공장을 노래한 작품을 발표하더라도 도식적인 프롤레타리아 동요와 전혀 다른 작품이 나올 수 있는 것이다.

앞서 기타하라 하쿠슈를 중심으로 한 '유수사乳樹社'의 '문학동요'운동을 검토한 바 있다. 흥미로운 것은 그들이 문학동요·예술동요를 추구하면서도, 점차 사회 현실을 반영하는 작품도 많이 창작하였다는 점이다.

아파트 계단
올라가네
해질녘엔 아이 보기도
너무나 지쳐

엄마의 병
심해서
간병하는 아이는 바빠

시골로 보낸
동생에게
편지를 쓰는 아이는
슬프구나

아파트 지붕 위에
어느덧 붉은 달—

봄이 올 듯한 방 안.

봄이 올 듯한 방 안.

봄이 올 듯한 생각.

　　　　　　　　　　　　　　　　　　　　—스고우 히로시周郷博,

　　　　　　　　〈아파트의 아이들ｱパ-トの子どもたち〉 전문[58]

　　스고우 히로시すごう ひろし의 「아파트의 아이들」은 가난한 아파트에
사는 아이들의 일상을 그린 작품이다. 가난한 아파트에서 사는 화자는
아픈 엄마를 간병하며 바쁘게 움직여야 하기 때문에 쉴 여유가 없다. 시
골로 보낸 동생에게 편지를 쓸 때, 화자는 무척 슬픈 감정에 빠진다. 제
목이 '아파트의 아이들'로 되어 있는 것을 통하여, 이렇게 가난하게 살
아가는 아이들이 많다는 것을 알 수 있다. 결말 부분에는 아파트 지붕
위에 '붉은 달'이 등장하면서, '봄이 올 듯'한 모습을 묘사하였다. 비록
현실은 참혹하지만, 그나마 따뜻한 기운을 전하여 주는 대목이다.
　　이 시기에 특별히 주목할 만한 인물로는 시마다 아사이치島田浅一, しま
だあさいち가 있는데, 그는 '사회적 감정'을 주장하며 계급적 관점에 서고
자 하였다.

　　차가운 비가 내리는 들판

　　동생을 업고 갔습니다.

　　젖을 먹이러 갔습니다.

58　周郷博, 〈ｱパ-トの子どもたち〉(『チチノキ』第7冊, 1931.2), 위의 책, pp.318~319.

겨울 괭이밥이 피어 있던

작은 도랑을 넘어갈 때

나막신의 끈이 끊어졌습니다.

끈을 찾고 있는 사이,

공장에서 종이 울렸습니다.

3시를 알리는 종이 울렸습니다.

3시 휴식 15분,

엄마가 기다리시며

젖을 불리고 계시네.

나막신 끈 꿰는 것도 초조해져서

나는 맨발이 되었습니다.

맨발로 서둘러 돌아갔습니다.

— 시마다 아사이치, 〈젖을 먹이러乳を飲ませに〉 전문[59]

시마다 아사이치의 〈젖을 먹이러〉는 『뚝딱チクタク』 1932년 10월호에 발표된 작품이다. 화자는 공장에서 노동하는 엄마의 휴식 시간인 3시에 맞춰, 동생을 업고 겨울비가 내리는 비탈을 달린다. 동생을 업고 작은 도랑을 넘을 때 나막신의 끈이 끊어지는데, 끈을 찾는 사이에 공장

---

59 島田浅一, 〈乳を飲ませに〉(『チクタク』, 1932.10), 위의 책, pp.320~321.

의 휴식 신호인 3시 종이 울린다. 결국 아이는 맨발로 달려가고, 엄마는 이미 젖을 불리고 기다리고 있다.

이 작품은 가난한 화자의 일상을 매우 생동감 있게 형상화하였다. 가난한 화자의 힘든 일상을 소재로 하고 있지만, 도식적으로 계급 대립과 계급 투쟁을 부르짖고 있는 작품은 아니다. 그저 가난한 화자의 고통을 생생하게 보여줄 뿐이다. 특히 동생에게 젖을 먹이기 위하여 애쓰는 상황을 긴박하게 제시함으로써, 작품에 흥미를 더하고 있다. 이처럼 시마다 아사이치는 사회성에 관심을 두면서도, 결코 아동성을 간과하지 않았다. 그로 인하여 여타의 프롤레타리아 동요보다 생동감 있는 작품을 창작할 수 있었던 것이다.

제5장

결론

1920~1930년대 한·중·일 문단은 카프·좌련·나프라는 프롤레타리아문학 예술운동 단체가 주도하고 있었다. 당시 각국의 아동문학 역시 프롤레타리아 아동문학이 주도하고 있었다. 프롤레타리아 아동문학이 각국에서 위세를 떨쳤던 것은 비단 아동문학계에서만 벌어진 일이 아니라, 전체 문단의 상황이 반영된 것이었다. 한·중·일 각국에서 프롤레타리아 문학운동은 철저히 '운동'으로 존재했으며, 프롤레타리아 아동문학 역시 프롤레타리아 문학운동의 일부로 전개되었다.

프롤레타리아 아동문학이 프롤레타리아 문학운동의 일부로 존재했던 것은 명백하지만, 프롤레타리아 아동문학운동이 프롤레타리아 문학운동을 그대로 추수할 수만은 없었다. 그것은 프롤레타리아 아동문학 역시 어디까지나 '아동문학'이기 때문에, '아동문학의 특수성'을 고려하지 않을 수 없었기 때문이다. 아동문학은 '문학'인 동시에, '아동에게 주어지는 것'이라는 특징을 갖는다. 따라서 아동문학은 '문학성'과 '아동성'을 모두 짊어질 수밖에 없는 운명을 타고 났다. 게다가 프롤레타리아 아동문학은 '문학성'과 '아동성'은 물론, '운동성(사회성)'까지 자임하고 나선 경우이다. 고려해야 할 것이 많아질수록, 그 과제를 훌륭히 수행해내는 것은 어려워질 수밖에 없다. '프롤레타리아 아동문학의 정체성'은 '근본적으로 많은 과제를 짊어지고 있는 문학'이라는 데에 있다. 창작 영역에서나 이론(비평) 영역에서나, 프롤레타리아 아동문학운동에 뛰어드는 사람은 중압감으로부터 자유로울 수 있는 도리가 없었다.

'아동에게 주어지는 것'이라는 아동문학의 근본적인 특성 때문에, 아동문학은 언제나 그리고 어디에서나 '성인 본위'의 아동문학이 될 위험에 처하여 있었다. 잭 자이프스는 일찍이 그림 형제가 요정담[60]을 발표했을 당시부터, 아동문학이 부르주아 사회화 과정으로 작동하였다고 지적한다.[61]

서방에서 시작된 '현대화'의 실상은 '자본주의화'였다. '현대화 과정'의 산물인 '아동문학'이 부르주아 사회화 과정으로 작동하는 것은 자연스러운 일이었다. '현대화 과정'에서 '발견된 아동'은 새롭게 도래한 자본주의 체제의 요구에 따라 훈육되어야 하였고, 아동문학은 그러한 요구에 충실히 부응하였다. 그러나 아동문학의 독자는 '아동'이기 때문에, 아동의 흥미를 자극하지 못하는 작품은 출판 시장에서 외면당할 수밖에

---

60 원문에는 "fairy tales"로 되어 있다. 한국어 번역본(잭 자이프스, 김정아 역, 『동화의 정체』, 문학동네, 2006)에서는 이를 "동화"라 번역하였다. 하지만 필자는 '요정담'으로 옮기는 것이 더욱 타당하다고 생각하여, 원문을 토대로 이를 '요정담'이라 표기할 것이다. 'fairy tales'라는 장르 용어의 번역에 관한 논의로는 김환희, 『옛이야기의 발견』, (우리교육, 2007)을 참조.

61 Zipes, Jack, *FAIRY TALES and the ART of SUBVERSION : The Classical Genre for Children and the Process of Civilization*(2nd ed), New York : Routledge, 2006, pp.69~72.

없었다. 그래서 서구 아동문학은 훈육의 기능을 담당하기도 하였으나, 무엇보다도 독자의 기호를 고려하는 것이 중요했다. 그리하여 제국주의적 착취와 그것을 통한 번영에 토대를 둔 서구 자본주의 체제하에서, 아동문학은 '아동성'에 초점을 맞춘 '문학'으로 존재할 수 있었다. 즉 서구에서도 아동문학은 '성인 본위'의 아동문학으로 시작되었다고 보는 것이 타당하다. 그러나 출판 시장의 요구 혹은 독자의 기호에 따라, 점차 '아동 본위'의 아동문학으로 변모하여 갔던 것이다.

반면 1920~1930년대 한·중·일 아동문학이 처한 상황은 서구 아동문학의 상황과는 전혀 달랐다. 일본은 아시아에서 가장 빨리 현대화를 이루었다고는 하지만, 서구 열강과 비교할 때에는 그저 후발 자본주의 국가일 뿐이었다. 게다가 일본의 자본주의화는 서구와는 달리 노동운동을 압살하는 방식으로 전개되었다. 서구의 노동자들은 강력한 노동조합과 노동자 계급정당을 바탕으로, 적정 수준의 임금과 최소한의 복지 혜택을 누리고 있었다. 하지만 후발 자본주의 국가였던 일본은 영국·미국 등을 비롯한 서구 열강을 시급히 따라잡겠노라 부르짖으며, 파시즘으로 치달아 갔다. 일본의 전체주의 체제하에서 빈부격차는 매우 심각한 수준이었다.[62] 따라서 일본 아동문학은 서구 아동문학처럼 전개될 수 없었다.

식민지 조선과 반(半)식민지 중국의 상황은 일본보다 더욱 열악하였다. 학교에서 정규 교육을 받을 수 있는 아동은 극히 소수에 지나지 않았다. 절대 다수의 아동은 성인들과 마찬가지로 노동해야 했으며, 문맹률 또

---

62 나카무라 오사무, 「조선아동문화 연구(1920~45)」, 『아동청소년문학연구』 제14호, 한국아동청소년문학학회, 2014, 433~434면.

한 매우 높았다. 이와 같은 상황에서 아동문학이 온전히 '문학'으로 존재하는 것은 불가능하였다. 1910년대에 '계몽'으로서 시작된 아동문학은 1920~1930년대에도 여전히 '계몽'으로서, 즉 '운동'으로서 존재해야 했다. 그런데 '계몽'의 목적의식은 1910년대와 달라졌다. 1910년대의 '계몽'은 서구 자본주의를 추종하는 것을 의미하였으나, 1920~1930년대의 '계몽'은 서구 자본주의를 초월하는 것을 의미하였다. 제국주의의 실체를 알게 된 지식인들이 더 이상 서구 자본주의를 대안으로 내세우지 않았기 때문이다.

한국과 중국 그리고 일본의 지식인들 가운데 상당수는 자본주의를 비판하기 시작하면서 무정부주의 혹은 무정부공산주의에 관심을 기울였다.[63] 그런데 소련 성립 이후, 반자본주의 진영의 주도권은 공산주의 진영으로 넘어 왔다. 본래 마르크스주의에서는 문학을 비롯한 예술의 상대적 자율성을 인정하며, 예술에 관한 교조적 해석에 맞서 투쟁하였다. 그러나 블라디미르 일리치 레닌Владимир Ильич Ле́нин(1870~1924)을 중심으로 한 공산주의 진영에서는 '당 문학'을 내세우며, 문학에 교조주의적으로 접근하기 시작하였다. 1920~1930년대 한 · 중 · 일 프롤레타리아운동은 소련을 대안으로 내세우거나, 최소한 모범적인 참고 대상으로 여겼다.

먼저 한국의 프롤레타리아운동은 소련을 전범典範으로 인식하였는데, 소련의 논의를 직접 받아들이기보다는 일본을 거쳐서 수용하는 형국이었다. 따라서 한국 프롤레타리아운동은 일본 프롤레타리아운동의 절대

---

63 두전하, 「단재 신채호의 문학과 무정부공산주의」, 『한국학연구』 제25집, 인하대 한국학연구소, 2011 참조.

적인 영향 아래 있었으며, 프롤레타리아 아동문학 역시 예외일 수 없었다. 그러나 한국 프롤레타리아운동의 상황이 일본과 아무런 차이도 없었던 것은 아니다. 일본의 경우에는 공산주의운동이 활기를 띠게 된 이후에도 사회주의·무정부주의 진영 역시 일정한 세력을 유지하였다. 반면 한국에서는 마르크스주의운동이 공산주의운동으로 일원화되었고, 무정부주의 세력은 거의 사라지게 되었다. 카프 아동문학은 당시 한국 아동문학의 이론 논의 및 창작 경향을 완전히 지배하였다.

카프 아동문학이 대두하면서, 비로소 현실주의적 문제의식이 한국 아동문학에 뿌리 내릴 수 있게 되었다. 그러나 지나치게 '사회성'만 강조하다 보니, '아동성'을 간과하거나 심지어 부정하는 지경에까지 이르는 사례들도 나타났다. 이른바 동화 말살론이라고까지 할 수 있을 법한 동화 부정론이 주류를 형성하였는데, 중국과는 달리 문단의 거장들이 적극 나서서 동화를 위한 변론을 펼치는 일도 찾아보기 어려웠다. 그러다 보니, 1930년까지만 하더라도 활발했던 동화 창작이 불과 2년 만에 급감하는 현상이 나타나기도 하였다. 동화를 둘러싼 당시의 개념적 혼란이 초래한 문제는 현재까지도 지속되고 있다. 공상에 바탕을 둔 '동화'와 현실에 바탕을 둔 '아동소설'이 뚜렷이 구분되지 않은 채, 아동문학의 산문 장르 전체를 '동화'라 칭하는 그릇된 장르 용어가 여전히 횡행하고 있는 것이다.[64]

마해송의 「톡기와 원숭이」는 일제의 검열에 의하여 비록 당시에 완성되지는 못하였지만, 1930년대 한국 아동문학의 주요 성과로 꼽히기

---

64 이러한 난맥상은 한국아동청소년문학학회 편, 『한국 아동청소년문학 장르론』(청동거울, 2013)에서도 여전히 확인된다.

에 손색이 없다. 그러나 당시의 마해송이 마르크스주의에 공명하였던 '동반자 작가'라 할 수 있다고는 하여도, 일반적으로 볼 때 프롤레타리아 아동문학 진영에 속해 있는 작가로 보기는 어렵다. 특히 마해송은 당시에 일본에 체류하고 있었기 때문에, 한국 프롤레타리아 아동문학운동과는 멀찍이 떨어져 있었다.

오히려 당시에 한국 프롤레타리아 아동문학을 대표하는 작품으로 손꼽히던 작품은 송영의 「쫓겨 가신 선생님—어떤 소년의 수기」였다. 이 작품은 '아동성'이나 '문학성'보다는 '사회성'이 두드러지기 때문에, 특별한 재미를 느끼기는 쉽지 않다. 그러나 현실주의에 입각하여 당시 식민지 아동이 처한 현실을 잘 그려낸 작품이기 때문에, 당시의 아동 독자들에게 상당한 호응을 이끌어 낼 수 있었다는 점만큼은 틀림없다. 따라서 오늘날의 아동 독자들에게는 별다른 감흥을 전달하기 어려울 수도 있지만, 당시의 시대적 요구에 충실히 대응한 작품으로서 기억되어야 한다. 그러나 「쫓겨 가신 선생님—어떤 소년의 수기」를 비롯한 송영의 작품들은 어디까지나 '성인 본위'의 아동문학이라 할 수 있다. 아동의 기호를 고려하며 그들을 즐겁게 해주려고 하기보다는, 작가가 전달하고자 하는 목적의식이 뚜렷이 강조된 작품이기 때문이다. 이와 같은 이유로 송영의 작품들을 비롯한 당시의 프롤레타리아 아동문학은 당시의 시대적 상황 속에서 독자들의 호응을 얻는 '특수성'을 획득하는 데에는 성공할 수 있었으나, 시공을 초월하여 사랑받는 '보편성'의 획득으로까지 나아가지는 못하였다.

현재의 시각에서 한국 프롤레타리아 아동문학을 대표하는 작가를 꼽자면, 단연 이주홍을 들 수 있다. 그는 아동소설 「돼지코쑤멍」·「군밤」,

동화 「개구리와 둑겁이」, 동요 〈모긔〉 등을 통하여 다른 카프 아동문학에서 찾아보기 어려운 웃음의 감각을 유감없이 드러내 보였다. 그는 좌련 아동문학의 대표 작가인 장톈이와 여러 모로 비견할 만한 점이 많은 작가라고 할 수 있다. 이주홍은 1945년 8·15해방 이후에도 한국 아동문학사에 남을 만한 아동소설을 여러 편 발표하였다. 8·15해방 이후 그의 동화 창작이 꾸준히 이어지지 못한 점은 아쉬운 대목이 아닐 수 없다.

오늘날 1920~1930년대 한국 아동문학의 대표작으로 손꼽히는 작품은 현덕의 아동소설들이다. 현덕은 카프 맹원이 아니었으며, 그의 주요 아동문학 작품들은 카프 해산 이후 1930년대 말에 발표된 것들이다. 즉, 아동문학가로서 현덕의 활동 시기는 1920년대 중반부터 1930년대 초반에 걸친 카프 시기라기보다는, 오히려 카프 이후의 시기라고 할 수 있다. 현덕은 이른바 1930년대를 대표하는 아동문학가인 셈이다. 한국문학에서 1930년대는 현실주의와 현대주의가 '회통'을 이룬 시기로서, 문학의 사회성과 예술성이 동시에 고양되는 시기였다. 현덕의 아동소설은 한국문학에서 1930년대 문학이 갖는 독특한 위상과 결코 무관하지 않다.[65] 그의 아동소설들은 현실주의적 문제의식을 현대주의적 기법으로 펼쳐 보인 경우라고 해도 과언이 아닐 것이다.

현덕의 아동소설 가운데 상당수는 동화와 아동소설의 경계에 있다고 평가할 수 있다. 이러한 평가는 현덕의 아동소설이 동화도 아니고 아동소설도 아닌, 어정쩡한 '생활동화'에 머무르고 말았다는 뜻이 아니다.

---

65 최원식, 「한국문학의 근대성을 다시 생각한다」, 『생산적 대화를 위하여』, 창작과비평사, 1997; 최원식, 「'리얼리즘'과 '모더니즘'의 회통」, 『문학의 귀환』, 창작과비평사, 2001; 원종찬, 『한국 근대문학의 재조명』, 소명출판, 2005 참조.

그의 아동소설 가운데 상당수는 '동화적 특성'이라고 할 만한 점들이 발견된다는 뜻이다. 이를테면 마치 동시와도 같은 운율과 음악성·아이들의 천진난만한 놀이와 공상이 그려져 있다는 점에서, 현덕의 아동소설들은 '동화적 특성'을 지니고 있다고 평가할 수 있는 것이다.[66]

현덕의 아동소설이 '동화적 특성'을 가지고 있었던 까닭은, 그가 보다 어린 연령의 독자층을 염두에 두고 있었기 때문이다. 당시 아동문학의 독자들은 오늘날에 비하여 연령대가 상당히 높았다. 즉 오늘날의 기준으로 생각할 때에는 '청소년'에 해당하는 연령대가 당시 아동문학의 주요 독자층이었다. 그러다 보니, 동화보다 아동소설이 강조되는 것은 자연스러운 일이기도 하였다. 하지만 현덕은 남달리 유년 독자들에게 관심을 기울였고, 그러한 관심이 '동화적 특성'을 가지고 있는 아동소설의 창작으로 이어진 것으로 보인다. 그리하여 그의 아동소설은 「남생이」와 같은 그의 소설과 뚜렷이 구분된다. 「남생이」를 비롯한 소설에서는 소설이라는 장르적 특성에 맞게 현실을 핍진하게 묘사하는 데 방점을 찍었지만, 아동소설들에서는 아동 독자들의 기호를 고려하여 그들에게 즐거움을 선사하는 데 초점을 맞추었기 때문이다. 즉 그의 아동소설

---

66 원종찬은 현덕의 아동소설을 "노마 연작 동화"라 칭하며, "옛이야기 방식의 서술 구조"를 가지고 있다고 평가하였다. 이에 "현덕 동화는 판타지가 아니면서 소년소설과도 구별되는 독특한 서술 구조를 지"니는 "엄밀한 의미의 '리얼리즘 동화'(사실동화, 생활동화)를 새로 개척한 것"이라고 평가하기도 하였다. 이에 관하여서는 원종찬, 위의 책, 160~167면 참조. 그러나 이후 원종찬은 '공상동화'와 '생활동화'(사실동화) 등의 개념을 폐기하고, 공상에 바탕을 둔 '동화'와 현실에 바탕을 둔 '아동소설'을 분명하게 구분해야 할 필요성을 제기하였다. 이러한 최근의 논의에 따른다면, 현덕의 아동소설들은 비록 '동화적 특성'을 가지고 있다고 하더라도 어디까지나 현실에 바탕을 둔 '아동소설'로 보는 것이 더욱 타당할 것이다. 이에 관하여서는 원종찬, 「한국의 동화 장르」(『한국 아동문학의 쟁점』, 창비, 2010)를 참조.

들은 '성인 본위'의 아동문학이 아니라 '아동 본위'의 아동문학으로 평가할 수 있다. 덕분에 그의 아동소설들은 시공을 초월하여, 오늘날의 아동 독자들에게까지 꾸준한 사랑을 받고 있는 것이다.

다음으로 중국의 프롤레타리아운동은 한국·일본과 마찬가지로 소련으로부터 영향을 받기는 하였으나, 한국·일본에 비하여 소련의 영향이 절대적인 것은 아니었다. 소련은 자국의 경험을 절대화하며, 오로지 노동자 계급만이 프롤레타리아 혁명을 주도할 수 있다는 방침을 내세웠다. 그러나 마오쩌둥을 중심으로 한 중국 공산주의운동은 소련의 방침을 따르기를 거부하였다. 당시 중국 인구의 절대 다수는 농민이었으며, 노동자 계급은 소수에 불과하였다. 이와 같은 상황에서 농민은 소자산 계급이기 때문에 혁명에서 주도적인 역할을 담당할 수 없다고 규정하는 것은 혁명을 포기하는 것과 다름없었다. 이에 마오쩌둥을 중심으로 한 중국 공산주의운동은 당시 중국 인구의 절대 다수를 차지하고 있었던 농민을 중국혁명의 주력으로 내세우며, 농민과 노동자 계급의 광범위한 연합을 추구하였다. 이로써 중국의 프롤레타리아운동은 소련을 참고대상으로 여기기는 하였으나, 소련의 지원을 받기보다는 소련과 갈등하는 양상으로 전개되었다.

중국 프롤레타리아 아동문학 역시 소련 아동문학이나 일본 프롤레타리아 아동문학을 답습하기보다는, 중국 특색을 살리는 방향으로 전개되었다. '조언수어' 논쟁에서 확인할 수 있듯이, 중국 프롤레타리아 아동문학 중에서도 이른바 동화 말살론이라 할 수 있는 교조적인 주장이 제기되기도 하였다. 그러나 문학계의 거장들이 동화를 둘러싼 이론적 논의에 적극 개입하여 동화의 중요성을 거듭 강조함으로써, 좌련 시기에 동화의 지위는 더욱 확고해질 수 있었다. 이러한 제반 조건을 토대로 하여, 동화의 환상성을 그대로 유지하면서 사회성을 결합시키는 '신흥동화'가 제기되었다. '신흥동화'는 장톈이의 장편동화『다린과 쇼린』·『대머리 마왕 투투』등의 성과로 이어졌고, 장톈이의 장편동화들은 당대까지도 중국 아동문학의 정전으로 자리매김하고 있다. 좌련 맹원이었던 장톈이의 동화들은 결코 사회성을 외면하지 않았으나, 그의 작품들은 '성인 본위'의 아동문학이 아니라 철저히 '아동 본위'의 아동문학이었다.

이후 중국 아동문학에서는 1980년대 초부터 하나의 새로운 유파가 등장하면서 중국 아동문학의 황금시대를 견인하였는데, 그 유파를 '시끌벅적파熱鬧派'라고 일컫는다. '시끌벅적파 동화'의 주요 특징으로는 과장·변형·재미있는 서술 등이 꼽힌다.[67] 앞서 장톈이의 동화들의 특징을 살펴보았는데, '시끌벅적파'는 다름 아닌 장톈이의 계승자들이라고 할 수 있다. 이를 통하여 확인할 수 있는 것은 '아동 본위'의 아동문학에 관한 요구가 시대를 초월한다는 것이다. '아동 본위'의 아동문학만이 특정 시대에 국한되지 않고, 오랜 생명력을 지닐 수 있다.

반면 중화소비에트공화국의 홍색아동가요들은 중국 프롤레타리아 아동문학 중 '성인 본위'의 아동문학을 대표하는 사례라 할 수 있다. 중화소비에트공화국의 홍색아동가요들은 중화소비에트공화국이라는 특수한 장소를 토대로 하여 형성된 아동가요로서, 중화소비에트공화국 아동의 일상과 밀접하게 결합되어 있었다. 특수한 상황에서 형성되고 향유된 특수한 아동문학이라는 점에서 역사적 의미라든지 시대적 의미는

---

[67] 朱自强, 『黄金时代的中国儿童文学』, 北京 : 中国少年儿童出版社, 2014, pp.8~24.

찾을 수 있지만, 그만큼 보편적인 호소력을 갖기는 어려운 작품들이라고 평가할 수 있다.

　마지막으로 일본의 사례를 살펴보도록 하겠다. 일본 프롤레타리아 아동문학운동 내에서 오가와 미메이를 중심으로 한 무정부주의 진영은 자유예술가연맹을 조직하여, 프롤레타리아 아동문학을 선전의 도구로 활용하고자 했던 공산주의 진영을 비판하였다. 그러나 일본 프롤레타리아 아동문학의 주도권을 쥐고 있었던 세력은 어디까지나 나프 진영이었다. 물론 나프 진영에서 '아동성'은 무시한 채, '사회성'만을 추구해야 한다고 주장했던 것은 아니다. 나프 아동문학을 대표하는 인물이었던 마키모토 구스로는 프롤레타리아 아동문학이 아동 독자의 특성을 고려할 것을 주문하였고, 동화의 공상성을 부정하는 논의를 반박하였다.

　하지만 상당 수준에 이르렀던 마키모토 구스로의 이론적 성과는 일본 프롤레타리아 아동문학에서 창작의 성과로 이어지지 못하였다. 물론 프롤레타리아 동화 가운데 일본 민담을 차용하면서 전복시킨 에구치 키요시의 「어느 날의 도깨비 섬」 등 주목할 만한 작품도 없지는 않았다. 그러나 일본 프롤레타리아 아동문학은 '사회성'과 '아동성'을 효과적으로 조화시키지 못하였고, 오히려 아동소설도 아니고 동화도 아닌 어정쩡한 장르로서 '생활동화'가 대두하기에 이르렀다.

　그럼에도 불구하고 일본 아동문학에서 현실주의를 추구하기 위한 노력은 계속 이어졌다. 이는 전후 1946년 일본아동문학자협회日本児童文学者協會의 출범으로 일정한 성과를 거두게 된다. 일본아동문학자협회 회원들이 주축이 되어 발표한 '소년문학 선언'(1953)에서는 '동화의 방법' 대신 '소설의 방법'을 내세우며, '생활동화'를 극복하기 위한 대안으로 현실주의를 제창하였다. 이후 일본아동문학자협회의 활동을 통하여, 비로소 일본 아동문학에서도 현실주의가 자리를 잡게 되었다. 현실주의의 정착 이후 일본에서 널리 쓰이던 '생활동화'라는 명칭은 점차 자취를 감추게 되었고, '동화'와 '소설'이 장르적으로 명확히 구분되면서 분화 발전하였다. 결국 오늘날 일본에서는 '생활동화'라는 용어가 사용되지 않고 있지만, 이를 받아들인 한국에서는 아직까지도 '생활동화'라는 용어가 상당한 영향력을 행사하며 동화 장르에 관한 혼선을 부추기고 있다.[68]

오늘날 1920~1930년대 일본 아동문학의 대표작으로 손꼽히는 작품은 미야자와 겐지의 『은하철도의 밤銀河鉄道の夜』이다. 무정부주의에 공명하여 에스페란티스토esperantisto가 되기도 한 미야자와 겐지는 1924년부터 『은하철도의 밤』의 집필을 시작하였다. 그러나 1933년 세상을 떠날 때까지 작품을 완성하지 못하였다. 『은하철도의 밤』은 나프 아동문학이라든지 기타 프롤레타리아 아동문학과는 거리가 먼 작품이다. 작품의 스케일은 광활하지만, 섬세한 문체로 내면 심리를 구석구석까지 잘 묘사했다. 넘치는 상상력으로 환상의 날개를 펴고 우주 공간을 날아다니는 동시에, 사람의 내면세계까지 들여다보는 것이다. 작품의 전반적인 선율은 슬프지만, 잔잔한 희망도 품고 있다. 또한 다양한 상징이 동원되고 있어서, 독자들로 하여금 작품을 읽은 뒤에 여러 생각을 하게끔 하는 작품이다. 인간·우정·성장·죽음·진정한 행복 등 여러 가지 층위에서 해석이 가능한 작품이다. 굳이 따지자면, '사회성'보다는 '문학성'에 훨씬 주안점을 둔 작품이라고 할 수 있다. 당시 일본 아동문학의 주류로부터 멀찍

---

68 원종찬, 「한국의 동화 장르」, 『한국 아동문학의 쟁점』, 창비, 2010, 32~37면.

이 떨어져 있던 그의 작품이 오늘날 일본 아동문학의 정전이 되었다는 사실은, 어떤 아동문학 작품이 오랜 생명력을 가질 수 있는지에 관하여 적지 않은 시사점을 제공한다.

1920~1930년대 한·중·일 프롤레타리아 아동문학은 서방 아동 문학과는 달리 '운동'으로 존재했던 동아시아 아동문학의 성격을 극명 하게 드러낸 경우라고 할 수 있다. 한국과 중국에서 아동문학은 각기 식 민지와 반식민지 상태를 극복하고, '현대국가' 성립과 현대 제도 수립이 라는 시대적 과제에 복무해야 했다. 한·중 프롤레타리아 아동문학은 소련이라는 당시 선진적인 현대국가로부터 자극을 얻어, 아동으로 하여 금 사회주의 현대 기획에 동참할 수 있게 하고자 했다. 반면 일본은 이 미 '현대국가' 성립과 현대 제도 수립이라는 과제는 달성한 상태였다. 하지만 극심한 빈부격차는 물론 파시즘으로 치닫는 현실에 제동을 걸기 위하여, 일본을 사회주의 현대국가로 변혁하려는 노력의 일환으로 프롤 레타리아 아동문학이 대두한 것이다.

상술한 바와 같이 1920~1930년대 한·중·일 프롤레타리아 아동 문학은 사회주의 현대 기획이라는 목적의식을 강하게 띠고 있었기 때문 에, 필연적으로 정치성·현실성·교육성이 두드러질 수밖에 없었다. 이를 단순히 아동문학에 관한 인식이 부족했다든지, 아동성에 관한 고 려가 부족했다든지 하는 식으로 폄하해서는 안 된다. 서방 아동문학과 한·중·일 아동문학은 각기 처한 시대적 상황과 아동문학장場 등의 물 적 토대가 달랐기 때문에, 다른 양상으로 전개되는 것은 지극히 자연스 러운 일이었다. 오히려 1920~1930년대 한·중·일 프롤레타리아 아 동문학은 당대 아동 독자들의 현실에 깊숙이 파고들어가, 그들에게 힘이 될 수 있는 아동문학'운동'으로 자리매김하기 위하여 노력했다고 적극적으로 평가할 수 있다.

하지만 당시 한·일 프롤레타리아 아동문학 작품 중 오늘날까지 사랑받는 작품이 거의 남아 있지 않다는 사실은, 우리로 하여금 아동문학의 본질과 특성에 관하여 고민하지 않을 수 없게 한다. 좌련 시기 중국 프롤레타리아 아동문학에서 장톈이의 『다린과 쇼린』이라는 정전正傳이 배출될 수 있었던 이유는 문학계의 거장들과 주요 작가들이 아동문학은 '교육'의 도구가 아니라 '문학'이어야 한다는 점을 강조했기 때문이다. 결국 1920~1930년대 한·중·일 프롤레타리아 아동문학은 우리에게 '성인 본위'의 아동문학이 아니라 '아동 본위'의 아동문학만이 생명력을 가질 수 있음을 확인시켜 준다.

아동문학은 '아동 독자들에게 주어지는 것'이지만 '성인 작가가 창작하는 것'이기도 하기 때문에, 작가의 의도가 두드러지기 쉽다는 위험을 항상 안고 있다. 1920~1930년대 한·중·일 프롤레타리아 아동문학은 아동문학에서 작가의 의도가 두드러질 때, 어떠한 결과로 이어지게 되는지를 가장 분명하게 보여주는 사례라고 할 수 있다. 이를 서구 아동문학과 동일선상에 놓고, 서구 아동문학의 정전들에 미달하는 것이라고 평가하는 것은 온당하지 않다. 1920~1930년대에 서구의 아동과 한·중·일의 아동이 처한 상황은, 비교하는 것이 무의미할 정도로 상이한 것이었다. 1920~1930년대 한·중·일 프롤레타리아 아동문학은 당시의 시대적 상황 속에서 분출된 매우 특수한 형태의 문학이라는 점을 염두에 두지 않으면, 정당한 평가가 이루어질 수 없다.

1920~1930년대 한·중·일 프롤레타리아 아동문학의 독자는 정

규 교육을 받지 못한 채, 저임금·장시간 노동에 혹사당하는 아동이었다. 1920~1930년대 한·중·일 프롤레타리아 아동문학가들에게는 '시공을 초월한 아동문학의 보편성' 같은 것들을 고려할 여유가 없었다. 당시 프롤레타리아 아동문학가들에게 중요한 것은 프롤레타리아 아동을 위로하고, 그들로 하여금 자본주의·제국주의라는 수탈 체제를 변혁할 수 있도록 추동하는 데 있었다. 그것이 1920~1930년대 한·중·일 프롤레타리아 아동문학에 주어진 시대적 사명이었고, 당시 프롤레타리아 아동문학가들은 자신들에게 주어진 사명에 충실하고자 고군분투하였다. 이에 당시 아동 독자들은 프롤레타리아 아동문학 작품을 읽고 눈물을 흘렸다는 독자 편지를 보내는 등, 뜨거운 반응으로 화답하였다. 1920~1930년대 한·중·일 아동문학을 주도한 것이 프롤레타리아 아동문학이었다는 점에는 이론의 여지가 있을 수 없으며, 한·중·일 프롤레타리아 아동문학은 동아시아 아동문학사적으로 간과할 수 없는 위치에 있다.

하지만 우리가 1920~1930년대 한·중·일 프롤레타리아 아동문학에 관심을 기울여야 하는 까닭은, 그저 시대적 의미 때문만은 아니다. 1920~1930년대 한·중·일 프롤레타리아 아동문학은 우리로 하여금 '아동문학'의 본질에 관하여 근본적인 질문을 던지게끔 한다. '아동문학'은 '아동에게 주어지는 것'이기 때문에 아동성을 고려하지 않을 수 없다. 또한 아동문학은 '문학'이기 때문에, 문학성이 담보되어야 한다는 것은 기본 중의 기본이라 할 수 있다. 문학적 기교만 좇으며 아동 독자의 기호를 간과하는 아동문학은 결코 좋은 아동문학이라고 할 수 없다. 마지막으로 아동은 현실과 동떨어진 특수한 시공간에 존재하는 천사와 같은 존재가 아니라 현실에 발붙이고 살아가는 존재이기 때문에, 결코 사회성을 배제할 수 없다. 사회성을 제거한 이른바 순수 아동문학은 아동에 대한 그릇된 관념이 빚어낸 산물일 뿐이다.

이렇듯 아동문학은 짊어져야 할 과제가 무척 많다. 아동성・문학성・사회성을 모두 염두에 두면서, 균형을 잡아야 하는 것이다. 결국 좋은 아동문학을 추구하기 위하여서는 아동문학의 본질을 추구할 수밖에 없다. '아동문학'이라는 단어에서 '문학' 앞에 붙은 '아동'이라는 단어는 그저 수식어가 아니라, '아동문학'의 정체성을 규정하는 본질이다. 문학성과 사회성을 추구하는 데 성공한 작품은 좋은 '문학'이 될 수는 있을지언정, 좋은 '아동문학'이 될 수는 없다. 아동문학은 '성인 본위'가 아니라 '아동 본위'의 문학이어야 한다. 당시 한・일 프롤레타리아 아동문학 작품 중 오늘날까지 사랑받는 작품이 거의 남아 있지 않은 까닭은, 그것이 '아동 본위'의 아동문학이 아니라 '성인 본위'의 아동문학이었기 때문이다. 반면 장톈이의 동화들이 당대에 이르기까지 중국 아동문학의 정전으로 자리 잡고 있는 까닭은, 그것이 '성인 본위'의 아동문학이 아니라 '아동 본위'의 아동문학이기 때문이다. '아동문학'은 무엇이며 또한 무엇이어야 하는지를 고민하는 연구자라면, 결코 1920~1930년대 한・중・일 프롤레타리아 아동문학을 비켜 갈 수 없다.

참고문헌

1. 기본 자료

『동아일보』, 『중외일보』, 『조선일보』.

『별나라』, 『신소년』.

겨레아동문학연구회 편, 『겨레아동문학선집』 1-엄마 마중, 보리, 1999.

_____, 『겨레아동문학선집』 2-돼지 콧구멍, 보리, 1999.

_____, 『겨레아동문학선집』 3-팔려가는 발발이, 보리, 1999.

_____, 『겨레아동문학선집』 4-날아다니는 사람, 보리, 1999.

경희대 한국아동문학연구센터 편, 『별나라를 차져간 소녀』 1, 국학자료원, 2012.

_____, 『별나라를 차져간 소녀』 2, 국학자료원, 2012.

_____, 『별나라를 차져간 소녀』 3, 국학자료원, 2012.

신명균 편, 『푸로레타리아동요집 불별』, 중앙인서관, 1931.3.

윤석중, 『윤석중 동요집』, 경성신구서림, 1932.

이원수, 『이원수 아동문학 전집』 1-고향의 봄, 웅진출판, 1983.

장톈이, 김택규 역, 『요술 호리병박의 비밀(宝葫芦的秘密)』, 국민서관, 2007.

_____, 남해선 역, 『다린과 쇼린(大林和小林)』, 여유당, 2013.

토리고에신 편, 서은혜 역, 『일본 근대동화 선집』 1-산도토리와 산고양이, 창작과비
    평사, 2001.

_____, 『일본 근대동화 선집』 2-울어버린 빨간 도깨비, 창작과비
    평사, 2001.

魯迅, 『魯迅全集』 第10卷, 人民文学出版社, 2007.

鲁迅等, 『从百草园到三味书屋-现代儿童文学选(1902~1949)』, 湖北少年儿童出版社,
    2007.

张天翼, 『张天翼儿童文学全集』 一券, 北京:中国少年儿童出版社, 2002.

_____, 『张天翼儿童文学全集』 二券, 北京:中国少年儿童出版社, 2002.

_____, 『张天翼儿童文学全集』 三券, 北京:中国少年儿童出版社, 2002.

_____, 『张天翼儿童文学全集』四券, 北京 : 中国少年儿童出版社, 2002.

陈伯吹, 『百年百部中国儿童文学经典书系－一直想飞的猫』, 湖北少年儿童出版社, 2006.

叶圣陶, 『百年百部中国儿童文学经典书系稻草人』, 湖北少年儿童出版社, 2006.

猪野省三 等編, 『日本児童文學大系－プロレタリア童話から生活童話へ』, 三一書房, 1955.

槇本楠郎, 『プロレタリア童謠講話』, 紅玉堂書店, 1930.

_____, 『プロレタリア兒童文學の諸問題』, 世界社, 1930.

_____, 『新兒童文學理論』, 東宛書房, 1936.

_____, 『赤い旗』, 紅玉堂書店, 1930.

_____ ・ 川崎大治 編, 『小さい同志』, 自由社, 1931.

2. 단행본

김계자・이민희, 『일본 프로문학지의 식민지 조선인 자료 선집』, 도서출판 문, 2012.

김영순, 『한일아동문학 수용사 연구』, 채륜, 2013.

김요섭 편, 『현대일본아동문학론』, 보진재, 1974.

김제곤, 『윤석중 연구』, 청동거울, 2013.

김환희, 『옛이야기의 발견』, 우리교육, 2007.

류종렬, 『이주홍과 근대문학』, 부산외대 출판부, 2004.

_____ 편, 『이주홍의 일제 강점기 문학 연구』, 국학자료원, 2004.

민족문학사연구소 기초학문연구단 편, 『제도로서의 한국 근대문학과 탈식민성』, 소명출판, 2008.

박경수, 『아동문학의 도전과 지역 맥락－부산・경남 지역 아동문학의 재인식』, 국학자료원, 2010.

원종찬, 『아동문학과 비평정신』, 창작과비평사, 2001.

_____, 『동화와 어린이』, 창비, 2004.

_____, 『한국 근대문학의 재조명』, 소명출판, 2005.

_____, 『한국아동문학의 쟁점』, 창비, 2010.

_____, 『북한의 아동문학』, 청동거울, 2012.

이재복, 『우리 동화 바로 읽기』, 소년한길, 1995.

_____, 『우리 동요동시 이야기』, 우리교육, 2004.

이재철, 『한국 현대 아동문학사』, 일지사, 1978.

인하BK한국학사업단 편, 『동아시아 한국학 입문』, 역락, 2008.

최원식, 『민족문학의 논리』, 창작과비평사, 1982.

_____, 『생산적 대화를 위하여』, 창작과비평사, 1997.

_____, 『문학의 귀환』, 창작과비평사, 2001.

_____ 외, 『동아시아 한국학의 이론과 실제』, 태학사, 2013.

한국아동청소년문학학회 편, 『한국 아동청소년문학 장르론』, 청동거울, 2013.

郭沫若, 『郭沫若全集』第10卷(文学编), 人民文学出版社, 1985.

李利芳, 『中国发生期儿童文学理论本土化进程研究』, 中国社会科学出版社, 2007.

方卫平, 『中国儿童文学理论发展史』, 上海: 少年儿童出版社, 2007.

萧三, 『萧三诗选』, 北京: 人民文学出版社, 1985.

姚 辛, 『左联史』, 北京: 光明日报出版社, 2006.

蒋 风, 『中国儿童文学发展史』, 上海: 少年儿童出版社, 2007.

张香还, 『中国儿童文学史』(现代部分), 杭州: 浙江少年儿童出版社, 1988.

周作人, 『周作人散文全集』2, 广西师范大学出版社, 2009.

朱自强, 『日本儿童文学论』, 山东文艺出版社, 2007.

_____, 『黃金时代的中国儿童文学』, 北京: 中国少年儿童出版社, 2014.

中央苏区文艺丛书编委会, 『中央苏区歌谣集』, 武汉: 长江文艺出版社, 2017.

鳥越信, 『はじめて學ぶ日本兒童文學史』, ミネルヴァ書房, 2001.

陈伯吹, 『百年百部中国儿童文学经典书系－一只想飞的猫』, 湖北少年儿童出版社, 2006.

村松定孝・上笙一郎 編, 『日本兒童文學研究』, 三彌井書店, 1974.

华中师范学院教育科学研究所 编, 『陶行知全集第四卷』, 长沙: 湖南教育出版社, 1985.

Zipes, Jack, *FAIRY TALES and the ART of SUBVERSION: The Classical Genre for Children and the Process of Civilization*(2nd ed), New York: Routledge, 2006.

3. 논문

강이숙, 「한・일 양국의 초등학교 '국어'교과서에 나타난 동화분석」, 목포대 석사논문, 2002.

김민령, 「한일 아동문학의 판타지 시공간 비교연구－이원수의 「숲 속 나라」, 사토 사토루의 「아무도 모르는 작은 나라」」, 『아동청소년문학연구』 제7호, 한국아동청소년문학학회, 2010.

김성진, 「1930년대 이주홍의 동화 연구」, 『현대소설연구』 제22호, 한국현대소설학회, 2004.

김영순, 「일본 동화 장르의 변화 과정과 한국으로의 수용―일본 근대 아동문학사 속에서의 흐름을 중심으로」, 『아동청소년문학연구』 제4호, 한국아동청소년문학학회. 2009.

_____, 「1930년대에 교차하는 한국과 일본의 아동문학」, 『아동청소년문학연구』 제7호, 한국아동청소년학회, 2010.

_____, 「근대 한일 아동문학 유입사 연구―일본 동요 장르의 한국으로의 수용」, 『아동청소년문학연구』 제10호, 한국아동청소년문학학회, 2012.

_____, 「한일 근대 창작동화 속에 투영된 일생의례의 특징」, 『아동청소년문학연구』 제12호. 한국아동청소년문학학회, 2013.

김태영, 「조선에서 전개된 프로레타리아 음악운동에 관한 고찰」, 한예종 석사논문, 2003.

나까무라 오사무, 「조선아동문화 연구(1920~45)」, 『아동청소년문학연구』 제14호, 한국아동청소년문학학회, 2014.

남해선, 「한·중 '童話' 개념의 정착 및 변화 과정 연구」, 인하대 석사논문, 2012.

두전하, 「단재 신채호의 문학과 무정부공산주의」, 『한국학연구』 제25집, 인하대 한국학연구소, 2011.

_____, 「이주홍과 장톈이의 아동문학 비교연구―카프와 좌련 시기를 중심으로」, 『동화와번역』 제26집, 건국대 동화와번역연구소, 2013.

_____, 「카프와 좌련 시기의 아동문학론 고찰」, 『한국아동문학연구』 제24호, 한국아동문학학회. 2013.

_____, 「한일 프롤레타리아동요 비교연구―『불별』과 『작은 동지(小さい同志)』를 중심으로」, 『한국아동청소년문학연구』 제14호, 한국아동청소년문학학회, 2014.

_____, 「한·중 동화와 『이상한 나라의 앨리스』 모티프―『웅철이의 모험』과 『아리스 아가씨』를 중심으로」, 『동화와번역』 제30집, 건국대 동화와번역연구소, 2015.

_____, 「한국 『웅철이의 모험』과 중국 『앨리스 아가씨』의 반제(反帝) 특성 연구」, 『아동청소년문학연구』 제21호, 한국아동청소년문학학회, 2017.

류종렬, 「이주홍과 부산 지역문학」, 『현대소설연구』 제19호, 한국현대소설학회, 2003.

_____, 「이주홍의 프로문학 연구」, 『비교문화연구』 제14집, 부산외대 비교문화연구소, 2003.

마성은, 「1950년대 조선 『아동문학』과 동아시아적 감각―작품 속에 나타난 중국인 상을 중심으로」, 『아동청소년문학연구』 제8호, 한국아동청소년문학학회, 2011.

_____, 「1960년대 조선 『아동문학』과 프롤레타리아 국제주의」, 『아동청소년문학연

구』 제12호, 한국아동·청소년문학학회, 2013.

_____, 「1980~1990년대 중국 조선족 아동소설 연구―『20세기중국조선족아동문학선집』에 수록된 작품들을 중심으로」, 『한국아동문학연구』 제12호, 한국아동문학학회, 2011.

목수현, 「국토의 시각적 표상과 애국 계몽의 지리학―최남선의 논의를 중심으로」, 『동아시아문화연구』 제57집, 한양대 동아시아문화연구소, 2014

박경수, 「계급주의 동시 이해의 밑거름―프롤레타리아 동요집 『불별』에 대하여」, 『지역문학연구』 제8호, 경남·부산지역문학회, 2003.

_____, 「잊혀진 시인, 김병호(金炳昊)의 시세계」, 『한국시학연구』 9집, 한국시학회, 2003.

박태일, 「이주홍의 초기 아동문학과 『신소년』」, 『현대문학이론연구』 제18호, 현대문학이론학회, 2002.

심명숙, 「한국 근대아동문학론 연구」, 인하대 석사논문, 2002.

심은정, 「한·일 국어교과서의 전래동화 교재연구」, 『동일어문연구』 제13집, 동일어문학회, 1998.

_____, 「한·일 전래동화 비교연구―일본 소학교 국어교과서에 실린 한국전래동화」를 중심으로, 동덕여대 박사논문, 2004.

_____, 「한·일 전래동화 비교연구―일본 소학교 국어교과서에 실린 「줄지 않는 볏단(へらない稻束)」을 중심으로」, 『일어일문학연구』 제55호, 한국일어일문학회, 2005.

악 용, 「한국카프와 중국 좌련의 프로시 비교연구」, 건국대 석사논문, 2011.

오오타케 키요미(大竹聖美), 「1920년대 일본의 아동총서와 「조선동화집」」, 『동화와번역』 제2집, 건국대 동화와번역연구소, 2001.

_____, 「근대 한일 아동문화교육 관계사 연구(1895~1945)」, 연세대 박사논문, 2002.

_____, 「「조선동화」와 호랑이―근대 일본인의 「조선동화」 인식」, 『동화와번역』 제5집, 건국대 동화와번역연구소, 2003.

_____, 「이와야 사자나미(巖谷小波)와 근대 한국」, 『한국아동문학연구』 제15호, 한국아동문학학회, 2008.

원종찬, 「韓·日 아동문학의 기원과 성격 비교―방정환과 한국 근대아동문학의 본질」, 『한국학연구』 제11집, 인하대 한국학연구소, 2000.

_____, 「근대 한국아동문학에 나타난 중국인 이미지」, 『동북아 문화연구』 제25집, 동

북아시아문화학회, 2010.

_____, 「일제 강점기의 동요·동시론 연구—한국적 특성에 관한 고찰」, 『한국아동문학연구』 제20호, 한국아동문학학회, 2011.

_____, 「한국 동화 장르에 관한 연구—동아시아 각국과 다른 '동화' 개념의 연원」, 『민족문학사연구』 제30호, 민족문학사연구소, 2006.

_____, 「계보에 비추어 본 이주홍 아동문학의 특질—카프 시기의 성과를 중심으로」, 『문학교육학』 제38호, 한국문학교육학회, 2012.

_____, 「중도와 겸허로 이룬 좌우합작—1920년대 아동잡지 『신소년』」, 『창비어린이』, 2014.여름.

윤주은, 「槇本楠郎와 이주홍의 프롤레타리아 아동문학 비교」, 부산외대 박사논문, 2007.

이순욱, 「카프의 매체 투쟁과 프롤레타리아 동요집 『불별』」, 『한국문학논총』 제37집, 한국문학회, 2004.

이재철, 「향파 이주홍 선생의 문학세계—해학적 문장, 건강한 리얼리즘」, 『아동문학평론』 제12호, 한국아동문학연구원, 1987.

_____, 「한일 아동문학의 비교연구 (I)」, 『한국아동문학연구』 창간호, 1990.

이정임, 「이주홍 초기 사실 동화 연구」, 부산대 석사논문, 2003.

장영미, 「이주홍 동화의 현실 인식 연구」, 성신여대 석사논문, 2004.

정금자, 「이주홍 동화의 인물 유형 연구」, 창원대 석사논문, 2003.

정선혜, 「이주홍 아동소설의 문학 구조 탐색」, 『한국아동문학연구』 제13호, 한국아동문학학회. 2007.

정춘자, 「이주홍 연구—창작동화와 소년소설을 중심으로」, 단국대 석사논문, 1990.

조리리, 「이기영의 『고향』과 모순의 『농촌삼부곡』의 비교연구」, 아주대 석사논문, 2011.

조평환, 「한·중 동화의 비교연구—「개와 고양이」와 「신필마량(神筆馬良)」을 중심으로」, 『동화와번역』 제18권, 건국대 동화와번역연구소, 2009.

최지희, 「한·일 전래동화의 요괴담 비교연구」, 울산대 석사논문, 2004.

한 연, 「한·중 동화문학 비교연구」, 전남대 박사논문, 2002.

호배배, 「한국 카프와 중국 좌련에 대한 비교연구—조직과 문학 논쟁을 중심으로」, 대구대 석사논문, 2011.

盛翠菊, 「中国诗歌会对现实主义传统的继承与发展」, 『徐州教育学院学报』 第20卷 第4期, 2005.

王泉根, 「三十年代中国儿童文学现象的历史透视」, 『西南师范大学学报』 第2期, 1997.

張美紅, 「中韩现代儿童文学形成过程比较研究」, 北京师范大学 博士论文, 2008.

蒋风, 「中日儿童文学交流的回顾及前瞻」, 『集宁师专学报』第2期, 1995.

朱自强, 「战后日本儿童文学的变革」, 『东北师大学报』第6期. 1991.

_____, 「中日儿童文学术语异同比较」, 『东北师大学报』第5期, 1993.

_____, 「'童话'词源考—中日儿童文学早年关系侧证」, 『东北师大学报』第2期, 1994.

_____, 「二十世纪日本少年小说纵论」, 『浙江师大学报』第6期, 1994.

陈红旗, 「'日本体验'与中国左翼文学的发生」, 『贵州师范大学学报』第5期, 2005.

许 萌, 「在幻想与现实之间」, 兰州大学硕士论文, 2006.

찾아보기

인명

동요 · 동시

잡지 · 단행본

동화·아동소설

핵심어

새 천 년이 시작된 지도 벌써 몇 해가 지났다. 식민지와 분단국가로 지낸 20세기 한국 역사의 와중에서 근대 민족국가 수립과 민족 문화 정립에 애써온 우리 한국학계는 세계사 속의 근대 한국을 학술적으로 미처 정리하지 못한 채 세계화와 지방화라는 또 다른 과제를 안게 되었다. 국가보다 개인, 지방, 동아시아가 새로운 한국학의 주요 대상이 된 작금의 현실에서 우리가 겪어온 근대성을 다시 한번 정리하고 21세기에 맞는 새로운 모습으로 탈바꿈시키는 것은 어느 과제보다 앞서 우리 학계가 정리해야 할 숙제이다. 20세기 초 전근대 한국학을 재구성하지 못한 채 맞은 지난 세기 조선학·한국학이 겪은 어려움을 상기해 보면, 새로운 세기를 맞아 한국 역사의 근대성을 정리하는 일의 시급성은 아무리 강조해도 지나치지 않다.

우리 근대한국학연구소는 오랜 전통이 있는 연세대학교 조선학·한국학 연구 전통을 원주에서 창조적으로 계승하고자 하는 목표에서 설립되었다. 1928년 위당·동암·용재가 조선 유학과 마르크스주의, 그리고 서학이라는 상이한 학문적 기반에도 불구하고 조선학·한국학 정립을 목표로 힘을 합친 전통은 매우 중요한 경험이었다. 이에 외솔과 한결이 힘을 더함으로써 그 내포가 풍부해졌음은 두말할 나위가 없다. 연세대학교 원주캠퍼스에서 20년의 역사를 지닌 매지학술연구소를 모체로 삼아, 여러 학자들이 힘을 합쳐 근대한국학연구소를 탄생시킨 것은 이러한 선배학자들의 노력을 교훈으로 삼은 것이다.

이에 우리 연구소는 한국의 근대성을 밝히는 것을 주 과제로 삼고자 한다. 문학 부문에서는 개항을 전후로 한 근대 계몽기 문학의 특성을 밝히는 데 주력할 것이다. 역사 부문에서는 새로운 사회경제사를 재확립하고 지역학 활성화를 위한 원주학 연구에 경진할 것이다. 철학 부문에서는 근대 학문의 체계화를 이끌고 사회과학 분야에서는 학제 간 연구를 활성화시키며 근대성 연구에 역량을 축적해 온 국내외 학자들과 학술 교류를 추진할 것이다. 이러한 연구들은 일방성보다는 상호 이해와 소통을 중시하는 통합적인 결과물의 산출로 이어질 것이다.

근대한국학총서는 이런 연구 결과물을 집약적으로 정리하기 위해 마련한 총서이다. 여러 한국학 연구 분야 가운데 우리 연구소가 맡아야 할 특성화된 분야의 기초자료를 수집·출판하고 연구성과를 기획·발간할 수 있다면, 우리 시대 연구자들뿐만 아니라 학문 후속세대들에게도 편리함과 유용함을 줄 수 있을 것이다. 새롭게 시작한 근대한국학총서가 맡은 바 역할을 충분히 할 수 있도록 주변의 관심과 협조를 기대하는 바이다.

2003년 12월 3일
연세대학교 원주캠퍼스 근대한국학연구소